Ein

Zwilling

kommt niemals allein

Für Christian

und

alle Zwillinge,

die die Menschheit mit ihrem Charme beglücken

Lilly Fröhlich

Ein *Zwilling* kommt niemals allein

Komödie

Impressum

*Bibliografische Information der Deutschen Nationalbibliothek:
Die Deutsche Nationalbibliothek verzeichnet diese Publikation
in der Deutschen Nationalbibliografie; detaillierte bibliografische Daten sind im Internet über http://dnb.dnb.de abrufbar.*

*TWENTYSIX – Der Self-Publishing-Verlag
Eine Kooperation zwischen der Verlagsgruppe Random House
und BoD – Books on Demand*

© 2019 Lilly Fröhlich

*Herstellung und Verlag:
BoD – Books on Demand, Norderstedt*

ISBN: 978-3-740752989

*Covergestaltung: Nicole Schwalbe
Covermodelle: Nicole Schwalbe und
              Luis Molinero - Freepik.com*

Alle Rechte vorbehalten.

Das vorliegende Werk ist mit all seinen Teilen urheberrechtlich geschützt und darf – auch teilweise – nur mit Genehmigung der Autorin wiedergegeben werden. Das Kopieren, die Digitalisierung, die Farbverfremdung und Ähnliches stellt eine urheberrechtlich relevante Vervielfältigung dar. Verstöße gegen den urheberrechtlichen Schutz sowie jegliche Bearbeitung der hier erwähnten schöpferischen Elemente sind nur mit ausdrücklicher vorheriger Zustimmung des Verlags und des Autors zulässig.

Inhaltsverzeichnis

Unverhofft kommt oft 1
Zwillingsspiele 38
Vertrauen ist gut 52
Zu alt 78
Verheiratet 92
Doch kein Tausch? 109
Ungezügelt 120
Verflixt noch eins! 130
Nicht getroffen? 143
Blödes Kissen 151
Rettung in letzter Sekunde 161
Komische Marie 173
Das Alibi-Buch 186
Herrje, ich seh doppelt! 204
Ich könnte, wenn ich dürfte 217
Der Notfallknopf 231
Nochmal auf Anfang 239
Harte Nuss 248
Mann oder Job? 257
Schwein gehabt 270
Ende gut, alles gut? 279

Unverhofft kommt oft

Voller Vorfreude packte ich meine neueste Errungenschaft aus: Strapse - oder vielmehr ein ganzes Unterwäscheset. Ich hatte es extra gekauft, um mich endlich mal wieder sexy zu fühlen, auch wenn ich davon ausging, dass niemand in den Genuss des Anblicks kommen würde.
Zumindest nicht heute.
Meine Mom wollte mich heute nämlich mit auf einen 81. Geburtstag mitnehmen. Da ich noch nicht einmal halb so alt war, hielt sich meine Lust in Grenzen. Meiner Mom zuliebe hatte ich jedoch zugesagt, vor der Präsentation meines neuesten Buches über die aufregende Welt des Strafrechts, mitzugehen.
»Also, das kannst du gleich wieder wegpacken, mein Schatz«, hörte ich meine Mom sagen, noch während ich meine Schnäppchenbeute vom Black Friday in die Höhe hielt.
Verwundert blickte ich erst auf meine Mom, dann auf das neue, samtig weiche Unterwäscheset. »Warum? Ich habe es extra gekauft, um mich heute so richtig gut zu fühlen bei der Präsentation. Ich bin jetzt schon fast zwei Jahre geschieden und es wird langsam mal Zeit, dass ich jemanden kennenlerne, der weder verheiratet ist, noch irgendwelche bescheuerten Obermacken hat.«
Meine Mom lächelte zaghaft. »Das ist an sich auch eine gute Idee. Aber es kann sein, dass es in der Hütte RICHTIG kalt ist. Und dann frierst du den ganzen Nachmittag.«
»Hütte? Kalt? Haben die keine Heizung?«

(FRIEREN alte Leute etwa nicht?)
Voller Entsetzen schaute ich meine Mom an. Sie warf meine Pläne durcheinander und ich war so wahnsinnig schlecht im Aufgeben meiner Vorsätze.
»Nun«, druckste meine Mom herum, »wenn sie es nicht vergessen, haben sie die Heizung eingeschaltet. Aber wir hatten auch schon Nachmittage, an denen wir entsetzlich gefroren haben. Und bei den Temperaturen holst du dir mit den halterlosen Strümpfen den Rest.«
Ich rümpfte die Nase. »Aber ich habe die Unterwäsche extra für heute gekauft! Fahren wir nach deiner Geburtstagsfeier noch einmal zu dir?«
Meine Mom schüttelte den Kopf. »Das lohnt sich nicht. Hast du keine Strumpfhosen mit?«
Ich rollte mit den Augen.
Doch, hatte ich.
Aber die hatte ich nicht geplant zu tragen.
Unnachgiebig schaute meine Mom mich an, bis ich schließlich seufzend nachgab. »In Ordnung. Ich ziehe die Strumpfhose an.«
»Die sexy Unterwäsche kannst du doch immer noch tragen, wenn du mal einen Freund hast, Schatz.« Aufmunternd lächelte meine Mom mich an.
Wenn…
Hatte ich aber nicht.
Das Thema ›Freund‹ war für mich ein klitzekleiner wunder Punkt. Mein letztes Date war ungefähr eintausend Jahre her und ich hatte nicht die geringste Ahnung, was sich nach all dieser Zeit auf dem Single-Markt so getan hatte.
»Okay, ich kriege ohnehin keinen Mann mehr ab. Die Guten sind entweder vergeben oder schwul. So war das schon vor fünfzehn Jahren und ich wette, das hat sich bis heute nicht geändert.« Ich warf die Unterwäsche zurück in meine Schrankhälfte und zog eine lange, warme Nylonstrumpfhose heraus.

Ich hatte mich nach verflixten dreizehn Ehejahren von meinem griesgrämigen Grummelgatten getrennt, nachdem ich hatte einsehen müssen, dass er mir weder Humor, noch Kinder schenken würde. Nun lebte ich übergangsweise bei meiner Mom, bis ich eine eigene Wohnung im Großstadtdschungel gefunden hatte.
(Okay, der ›*Übergang*‹ hielt nun schon zwei Jahre an, weil es im ›*Hotel Mama*‹ so wahnsinnig gemütlich war, aber ich hatte immerhin schon eine tolle Wohnung in Aussicht.)
»So ein Blödsinn! Sieh dich an! Du bist Schneewittchen's Abbild. Die Männer werden sich um dich reißen! Und sieh mich an! Ich bin zweiundsechzig und habe auch noch einen netten Mann kennengelernt.« Meine Mom lächelte aufmunternd.
»Wenn du meinst.«
»Du darfst das nicht so negativ sehen, Melina! Natürlich ist der Großteil der brauchbaren Männer in deinem Alter verheiratet. Aber es gibt auch einige Scheidungsopfer, die ganz passabel sind.«
Na, super!
Ich konnte ja eine Anzeige aufgeben: ›*Suche kinderliebes, passables Scheidungsopfer mit Humor*‹.
»Du meinst also, ich soll darauf hoffen, dass sich die Männer nach einem oder mehreren Jahrzehnten ebenfalls von ihren Partnern getrennt haben und ich damit eine minimale Chance auf einen gutgebauten, vollhaarigen Mann zwischen dreißig und fünfzig habe?« Ich ließ mich auf den Schaukelstuhl plumpsen und zog mir die Nylonstrumpfhose mit der größten Vorsicht an, die ich aufbringen konnte.
(Die Dinger rissen ja schneller, als man für gewöhnlich blinzeln konnte.)

Aber dieses Mal hatte ich den Schönheitsgott ausgetrickst: Ich hatte REISSFESTE Strumpfhosen gekauft, die natürlich auch entsprechend ein Vermögen gekostet hatten.
(Ob die wirklich reißfest waren, würde sich ja heute noch zeigen.)
Nach dem erfolgreichen Hineinschlüpfen zog ich mir meinen khakifarbenen, kurzen Rock und meinen schwarzen Pullover mit sexy V-Ausschnitt an. Dann holte ich meine legendären Designer-Lederstiefel aus dem Koffer.
»Die Stiefel sind wirklich der Renner«, bewunderte meine Mom meinen Kauf von anno dazumal.
Ich lächelte und streichelte das Leder. »Sie sind phantastisch. Jeden Cent wert.« Ich kramte im Koffer herum und zog noch ein Paar Ministulpen über, die ich an den oberen Schaft der Stiefel zog.
»Wahnsinn! Du siehst umwerfend aus, Melina! Also, wenn du HEUTE niemanden kennenlernst, weiß ich auch nicht weiter«, sagte meine Mom.
»Ich präsentiere heute mein neues Buch, Mama. Strafrecht. Das ist für viele so trocken wie die Mojave-Wüste. Was meinst du, was da für Typen hinkommen? Die werden ähnlich verstaubt sein, wie der Rest der Juristensippschaft. Von denen hatte ich bereits ein Exemplar. Ich brauche frischen Wind und am besten keinen Juristen. Denen mangelt es an Humor!«
Meine Mom zuckte mit den Schultern. »Hm. Ich habe die Erfahrung gemacht, dass man meistens exakt dann jemanden kennenlernt, wenn man gar nicht damit rechnet. Wer weiß, wer heute dort auftauchen wird! Und wer weiß, ob es nicht auch lustige Juristen gibt. Dein Ex-Mann war zwar ein verknöcherter, miesepetriger Richter, aber doch kein Paradebeispiel.« Sie musterte meine Stulpen. »Solche Strickdinger brauche ich auch. Die sind richtig genial!«

»Kein Problem. Stricke ich dir zu Weihnachten. Habe ich wenigstens gleich ein Geschenk.«
Kurz darauf saßen wir im Auto, etwas später erreichten wir die Hütte, die gefüllt war mit gutem Essen und vielen Menschen. Das Beste aber war: Sie war geheizt.
Und noch etwas überraschte mich: Hatte ich doch mit einem Haufen sabbernder, alter Altenheimbewohner gerechnet, nicht jedoch mit einer fetzigen Ansammlung uriger, musizierender Gestalten fortgeschrittenen Alters.
»Wow! Es sind ja richtig viele Leute gekommen«, freute sich meine Mom.
»Hattest du nicht gesagt, das wird ein 81. Geburtstag?«, fragte ich leise.
Meine Mom nickte. »Ja. Aber da wir alle Musiker sind, feiern wir in Form einer Session. Jeder geht mal auf die Bühne und spielt mal mit jedem.«
»Das ist richtig cool, Mom«, sagte ich anerkennend.
(Warum hatte sie das nicht gleich gesagt?
Ich hatte mich mental schon auf Bingo und Co. eingestellt.)
Wir begrüßten ein paar Leute, dann gingen wir in die Küche, um uns einen Kaffee zu holen.
Bewaffnet mit unseren Bechern betraten wir schließlich den Hauptraum der großen Barracke, die wohl irgendwann mal zu einer Schule gehört haben musste.
Wir begrüßten noch mehr Leute und suchten uns Sitzplätze. Mein Blick wanderte durch den Raum und scannte die Gesichter. Eine Person kannte ich tatsächlich - den Ex-Freund meiner Mom. Er winkte, kam herüber und absolvierte einen kurzen, höflichen Smalltalk.
Als er sich zu seiner Verlobten zurückgezogen hatte, wanderte mein Blick weiter in die vordere Ecke des Raumes.
Unverhofft blieb mein Blick an einem Tisch hängen, an dem mehrere Personen saßen.

»Die kenne ich ja gar nicht«, wisperte meine Mom, die mich beobachtet hatte, mir zu.
Es saß nur ein einziger Mann unter sechzig an dem Frauentisch. (Abgesehen von einem Teenager mit Eierschale hinter den Ohren, aber den hätte ich noch nicht als ›*Mann*‹ bezeichnet.)
Der Mann, der mir sofort ins Auge gesprungen war, hatte die schönsten blauen Augen, die ich je gesehen hatte und trug - ganz wie die Mode es momentan wohl verlangte - einen sexy Vollbart; seine männliche Nase zierte eine schwarze Hornbrille, die noch vor zwanzig Jahren voll out gewesen wäre, aber heute ein echter Trendsetter war. Er trug dazu einen Bauch, der der Aussage beleibter Männer wie ›*ein Mann ohne Bauch ist wie ein Haus ohne Balkon*‹ irgendwie eine neue, ja, sinnvolle Bedeutung gab.
(Hatte ich das blöde Gelaber beleibter Männer stets für eine faule Ausrede gehalten, etwas disziplinierter zu leben, so musste ich jetzt lächeln. Just in diesem Moment hätte ich wirklich ALLES gegeben, um DIESES Exemplar Mann - MIT Balkon - auf meine Bettkante zu setzen, von der ich ihn ganz gewiss NICHT weggestoßen hätte.)
Der Mann lächelte und entblößte eine Reihe gerader, weißer Zähne. Aber er lächelte nicht einfach nur so vor sich hin, nein, er lächelte, als wollte er eine Meisterschaft der Zahnreihenpräsentation gewinnen.
(Gott, war der Typ sexy!)
Ich war so fasziniert, dass ich gar nicht mehr weggucken konnte. Er unterhielt sich mit dem Teenager, der sein Sohn zu sein schien. Neben dem Jungen saß eine Frau, die ich Mr Zahnpasta-Lächeln gleich als Ehefrau andichtete.
Ich verdrehte innerlich die Augen.
(War ja klar, dass DIESES Prachtexemplar von Mann besetzt war!)
Ich hätte am liebsten laut geseufzt.

Mr Perfect mit dem VOLLEN Haar blickte lachend zu mir rüber und ich hatte das Gefühl, er zwinkerte mir zu. Für den Bruchteil einer Sekunde hielten unsere Augen Blickkontakt.
(Und exakt JETZT wusste ich, dass mir Amor im Nacken saß, obwohl er sich seit gut fünfzehn Jahren nicht mehr bei mir hatte blicken lassen.)
Derweil musterten mich die Frauen an dem Tisch neugierig.
(Ich musste dringend woanders hingucken! Was leichter gesagt war, als getan, denn Mr Sexy war wie ein Magnet.)
Siedendheiß fiel mir dabei ein, dass ich für den Anlass der Session vielleicht falsch gekleidet sein könnte.
Ich blickte unauffällig an mir herunter.
(Okay, ich war wirklich LEICHT overdressed.
Aber schließlich hatte ich heute noch einen wichtigen Termin, bei dem ich NICHT in Jeans und T-Shirt erscheinen konnte.)
Ich blickte nach vorne zur Bühne, wo sich bereits die ersten Musiker platzierten. Aber meine Ausdauer hielt nicht lange an. Mit einem möglichst unauffälligen Seitenblick musterte ich Mr Hot erneut.
Ich war unglaublich schlecht im Schätzen, aber ich nahm an, dass er so zwischen fünfunddreißig und fünfundvierzig sein musste. Ob er Sport trieb, konnte ich überhaupt nicht sagen, denn sein Bauch erinnerte ein wenig an den fünften oder sechsten Schwangerschaftsmonat.
(Und das wiederum ließ darauf schließen, dass er gutes Essen einer Fitnessstunde vorzog.)
Obwohl ich mir fest vorgenommen hatte, den nächsten Mann nach meinen (sehr hoch angesetzten) Schönheitsidealen auszusuchen, war ich vollkommen entrückt von diesem humorvollen Exemplar der männlichen Spezies.

›*Melina*‹, meldete sich mein pingeliger Verstand, ›*DIESER Mann hat zwar das schönste Lächeln im ganzen Universum UND er hat KEINE Glatze, ABER er scheint verheiratet zu sein und hat noch dazu einen Sohn! Schlag ihn dir am besten gleich aus dem Kopf! Damit vermeidest du unnötigen Herzschmerz.*‹
(Ich wusste, es war ABSOLUT oberflächlich, einen Mann nach der Quantität seiner Kopfhaare einzuschätzen, dennoch war es ein EXTREM wichtiges Kriterium auf meiner Liste des zu findenden Auserwählten - noch VOR irgendwelchen figürlichen Anforderungen.
Vielleicht war das auch dem misslichen Umstand geschuldet, dass mein Verflossener kaum noch Haare auf dem Kopf gehabt hatte. Und so assoziierte ich diese Tatsache mit seinem sehr, SEHR schwierigen Charakter, auch wenn es sicherlich keine Studien darüber gab, ob glatzköpfige Männer weniger Humor und einen anstrengenderen Charakter hatten als Männer mit vollem Haar.)
Aber zurück zur Session…
Die Musiker fiedelten auf ihren Instrumenten herum, bis sie einsatzbereit waren und die ersten Songs spielten, die noch weit vor meiner Kindheit Hits waren. Es war trotzdem ›*coole Mucke*‹ und ich genoss den Nachmittag mit vielen, SEHR VIELEN Seitenblicken in Richtung meines Traumobjektes.
Der Teenager hatte sich mit der ›*Ehefrau*‹, die schätzungsweise eher nicht zu Mr Perfect gehörte, aus dem Staub gemacht und ich jubelte bereits innerlich, dass Prinz Charming vielleicht doch noch zu haben war.
Hin und hergerissen zwischen der Performance auf der Bühne und Mr Humor in der vorderen Ecke des Raumes, dessen tiefe Stimme gelegentlich durch den ganzen Saal dröhnte, spürte ich, wie sich Amor immer weiter näherte und mittlerweile mit seinem Pfeil höhnisch grinsend auf mich zielte. Bevor er mich jedoch zielsicher anvisieren

konnte, drückte der Kaffee und ich huschte nach draußen zur Toilette.

Als ich sie wieder verließ, stand meine Mom am Buffet und quatschte mit Mr Umwerfend.

Ich hielt die Luft an und beobachtete die zwei für einen kurzen Augenblick.

»Ich bin Linda«, hörte ich meine Mom sagen. »Warum gehst du denn nicht auch auf die Bühne? Ich hörte, du bist ein begnadeter Sänger«, fuhr sie fort.

»Ach nein, um Gottes Willen! Ich bin nur ein kleiner Hobby-Musiker«, versuchte sich Mr Gesangstalent herauszureden.

Melina, carpe horas - nutze die Stunde!

Sag etwas!

IRGENDetwas!

Schmeiß dich in die Nähe seiner Aura und lass die Wimpern wallen! Hauptsache, er nimmt Notiz von dir und du kannst mit ihm reden!

Aus den Augenwinkeln sah ich wieder Amor auf mich zielen. Der Kerl war mir gefolgt wie eine lästige Fliege. Hatte er etwa vor, mich HIER und JETZT mit seinem Pfeil zu treffen? Der hatte wohl einen Vogel, zu viel Sonne getankt oder was den Liebesgott sonst noch so ritt!

Ich ging leicht in die Hocke und preschte dann vor. So unauffällig wie möglich gesellte ich mich zu den beiden ans Buffet.

»Hallo!«, hörte ich mich sagen. »Ich würde dich auch gerne singen hören.«

(Hatte ich das wirklich gerade gesagt?

Und hatte ich ihn WIRKLICH gerade GEDUZT, obwohl wir noch NIE gemeinsam Schafe gehütet hatten?

Wie würde er reagieren?

Der eiserne Griff meiner guten Erziehung packte mich an der Kehle und schnürte mir die Luft ab.

Normalerweise duzte ich keine Menschen, die älter sein konnten als ich - und anhand der Anzahl der grauen Haare auf seinem Kopf ging ich davon aus, dass er älter war als ich.)
»Was? Noch jemand? Unglaublich! Was ist nur heute los?« Mr Obersexy lachte. Dabei entblößte er wieder seine phantastischen weißen Zähne. »Warum wollen mich bloß alle singen hören?«
»Was bedeutet es eigentlich, dass du nur hobbymäßig singst?«, fragte meine Mom neugierig.
»Ich habe mal im Rahmen einer Veranstaltung in der Klinik gesungen. Und dabei den Spaß am Singen entdeckt. Seitdem singe ich hobbymäßig mal hier, mal da. Und in der Band von Heinrich«, erklärte Mr Überwältigend.
»Du könntest doch jetzt gleich auf die Bühne gehen«, schlug ich mit einem Blick auf die Wanduhr vor. Es war bereits halb sechs und ich musste in einer halben Stunde abrauschen.
»Jetzt singen die Profis«, bemerkte meine Mom fast ein wenig schnippisch.
Sie spielte auf die vierköpfige Band an, die erst fünf Millionen Stunden zu spät eingetrudelt war und sich dann auch noch bei erstbester Gelegenheit die Bühne unter den Nagel gerissen hatte. Nun sangen sich die vier Profis die Arroganz aus dem Leib.
Mr Atemberaubend lachte.
(Was mich einen weiteren schwärmerischen Blick kostete.)
»Dann müssen wir wohl noch etwas warten. Du hast doch keinen Termin mehr heute, oder?« Er zwinkerte mir zu und brachte mein Herz zum Schmelzen.
(Nicht, dass es irgendwie eingefroren war in den dreizehn Jahren meiner wenig amüsanten Beziehung. Aber ich merkte, dass ich langsam aber sicher zu einem sabbernden

Groupie mutierte und mein Herz verräterisch schnell galoppierte.)
»Leider ja«, gab ich zu.
»Ach echt?« Mein Gegenüber war total überrascht. »Wie schade!«
»Ja, das ist absolut schade. Aber leider kann ich den Termin nicht absagen.«
»Was hast du denn für einen Termin?« Mr Oberinteressant lächelte mich an.
Obwohl ich als Strafrechtsdozentin an der Polizeiakademie sonst für einen kühlen Kopf bekannt war, die in jeder Stresssituation die Nerven behielt, fühlte ich mich mit einem Mal wie ein Teenager: Ich hatte Herzklopfen, konnte rein gar nichts gegen das dämliche Dauergrinsen tun und versuchte den Schwarm Schmetterlinge tunlichst zu ignorieren, der sich unaufhaltsam in meinem Innern bemerkbar machte. Mein Denkzentrum war so was von lahmgelegt, dass ich Schwierigkeiten hatte, keinen Blödsinn zu reden.
»Ich habe eine Lesung. Ich muss mein neuestes Buch präsentieren.« Das für viele doch eher trockene Thema des Strafrechts ließ ich lieber unter den Tisch fallen. Damit konnte ich sicherlich NICHT punkten.
»Was? Ehrlich? Du bist Schriftstellerin?« Mr Zauberhaft blickte mich fast bewundernd an.
(Oder bildete ich mir das nur ein?)
»Ja.«
»Wahnsinn! Unglaublich, was man hier alles für interessant Menschen trifft! Eine ECHTE Schriftstellerin!« Er lächelte und dieses Mal war ich mir sicher, dass sich Bewunderung in seinen Blick mischte.
(Gott, wenn er nicht bald aufhörte, mich so anzulächeln, werde ich dahinschmelzen wie Butter in der Sonne!)

Heinrich, das Geburtstagskind (der in einem Jungbrunnen gebadet haben musste, denn er sah glatt zehn Jahre jünger aus) kam zum Buffet.
Mr Sexy-Voice fasste an seinen Arm. »Heinrich, die junge Dame hier ist Schriftstellerin. Die zwei Ladies wollten tatsächlich, dass ich mal singe! Was sagst du dazu?«
»Tolle Idee! Allerdings müsst ihr euch noch etwas gedulden. Die Band wird noch etwas brauchen, bis sie sich genug präsentiert hat«, erwiderte Heinrich schmunzelnd.
Offenbar war meine Mom nicht die einzige, die sich über die überhebliche Art der Profiband mokierte.
Heinrich und meine Mom lächelten sich wohlwissend an.
»Allerdings hat Lindas Tochter gleich eine Lesung«, fügte Mr Hinreißend hinzu.
»Gehst du denn mit zur Lesung, Linda?«, fragte Heinrich.
»Ja«, erwiderte meine Mom, »da Norman heute geschwächelt und mich alleine gelassen hat, habe ich ohnehin keinen Partner auf der Bühne. Ich mache beim nächsten Mal wieder mit.«
»Du kannst doch auch mit uns spielen«, schlug Heinrich vor, doch meine Mom winkte ab. »Ich begleite meine Tochter zur Lesung. Als seelischer Beistand. Wir müssen unser Bühnendate also verschieben. Leider.«
Ja, leider.
Mittlerweile arbeitete mein Großhirn auf Hochtouren, wie ich mich um die Lesung drücken konnte, zu der sicherlich schon einige Leute unterwegs waren.
»Ich wünschte, ich könnte meinen Termin verschieben«, sagte ich bedauernd und erntete erneut einen lächelnden Blick von Mr Traumhaft.
(Herr im Himmel, der Typ brauchte einen Waffenschein für sein Lächeln! DEN würde ich als Ehefrau NICHT ohne Leine - dafür aber ganz sicher mit GPS-Signal - auf die Weiblichkeit loslassen!)
Ich sah Amor, der noch immer grinsend auf mich zielte.

(Dabei spielten meine Gefühle bereits total verrückt, obwohl ich rein gar nichts von Mr Entzückend wusste.)
Wir gingen noch einmal in den Musiksaal zurück und tranken unseren Tee aus. Die Musik genoss ich NICHT mehr. Ich hätte lieber Mr Großartig bewundert und mich weiter mit ihm unterhalten. Ich spürte seine Anwesenheit links neben mir wie ein überwältigendes Druckgefühl in meiner Brust, was mich wiederum ganz hibbelig machte.
Um Punkt achtzehn Uhr drängte meine Mom zum Aufbruch. Wir erhoben uns also von unseren Plätzen und ich schlüpfte widerwillig in meine Jacke.
Aus den Augenwinkeln sah ich, wie Mr Supersüß ebenfalls aufsprang und in den Vorraum lief.
(Tat er das etwa, um mir auf Wiedersehen zu sagen?)
Ich verließ den Saal mit einem strahlenden Lächeln und steuerte direkt auf mein Objekt der Begierde zu, dessen Namen ich noch nicht einmal erfragt hatte.
Er streckte mir gleich die Hand entgegen, als hätte er meine Gedanken erraten. »Ich bin übrigens Benjamin Müller«, stellte er sich mir mit seiner beeindruckend tiefen Stimme auf den letzten Drücker vor und lächelte sein Prinz-Charming-Lächeln, welches meine Knie in Pudding verwandelte.
Ich lächelte zurück und ergriff seine Hand. »Melina Klein.«
»Freut mich sehr.«
(Und mich erst!)
Ich war kurz davor, seufzend in Ohnmacht zu fallen.
Aber ich hatte nicht mit dem hinterlistigen Überfall von Amor gerechnet!
(Den ich natürlich längst vergessen hatte.)
Wusch!
Kracks!
OMG - er hatte auf mich GESCHOSSEN!
DAS war Amors Pfeil in meiner Brust!

Ich hatte nicht mehr aufgepasst.
Sein Pfeil steckte mitten in meinem Körper!
DAS war jawohl NICHT Amors Ernst, oder?
WAS sollte ich mit einem Mann, der so sexy war, dass er tausendprozentig NICHT mehr zu haben war?
»Ich hätte dich wirklich gerne singen gehört«, läutete ich die Verabschiedung ein.
Amors Pfeil benebelte so langsam meine Hirnwindungen.
Ich spürte, wie meine Herzklappen an Geschwindigkeit zunahmen und mir so leicht, aber sicher der Schweiß ausbrach. Meine Stimmbänder klebten irgendwo im Hals fest und meine Augen wurden langsam feucht.
Eilig blinzelte ich die lästigen Glückstränen weg.
Halleluja!
Ich war vollkommen überwältigt von diesem Mann!
(Oder hatte mich einer von Amors seltenen Giftpfeilen getroffen?)
Benjamin blickte mir in die Augen. Ich war kurz davor, ihm um den Hals zu fallen und das ewige Liebesgelübte abzulegen.
(Amors Liebeselixier leistete wirklich ganze Arbeit!
Was hatte der Kerl bloß an seinen Pfeil rangeschmiert?
Ich erkannte mich selbst nicht wieder.)
Am liebsten hätte ich meine Füße in der Hütte festtackern lassen, damit ich eine Ausrede hatte, weshalb ich sie nicht verlassen konnte.
Ich ahnte bereits, dass ich den besten Auftritt des Tages verpassen würde, doch es half alles nichts.
Ich war eine wahnsinnig pflichtbewusste Person und ich hatte die Lesung zugesagt. Das Buch wurde von einigen Juristen schon heiß erwartet und somit musste ich nun in den sauren Jura-Apfel beißen.
»Es hat mich sehr gefreut, dich kennenzulernen«, sagte Mr Obersüß und reichte mir erneut die Hand.
Sie war warm und trocken.

Sie war...🎼...unser Kontaktinstrument♫, eine Einladung♪♪, eine Herausforderung♫, ein Liebesbeweis♪♪?
(Na gut, sie war eigentlich nur eine Hand.
Aber ich glaube, ich hatte leichte Halluzinationen von dem Giftpfeil, der noch immer in meiner Brust steckte.
Und Amor saß da oben unterm Dach und lachte sich eins ins Götterfäustchen, weil er mal wieder einer einsamen Seele schlaflose Nächte bescheren würde.)
Ich hatte Mühe, seine Hand wieder freiwillig herzugeben.
»Mich hat es auch sehr gefreut. Zu dumm, dass wir nicht bleiben können«, sagte ich zerknirscht.
»Die zwei können doch auch mal zur Bandprobe kommen. Oder wenn wir einen Auftritt haben«, schlug Heinrich vor, der uns gefolgt war.
(Halloooo!
Ich war taufrisch von Amors Pfeil vergiftet worden.
Ich würde ÜBERALL hinkommen, nur um diesen Mann noch einmal sehen zu können.)
»Tolle Idee, Heinrich.« Benjamin wandte sich wieder an mich. »Ich hoffe, wir sehen uns wieder. Viel Spaß bei der Lesung!«
»Danke! Das hoffe ich auch. Bis zum nächsten Mal!«
Ich zog den Reißverschluss meiner Jacke zu und verließ gemeinsam mit meiner Mom die Holzhütte. Als hätte mir der Sachbearbeiter im Universum Blei an die Füße geschraubt, ging ich ultra-schweren Schrittes (allerdings mit einem mindestens doppelt so beschwingten Herzen) zum Auto und ließ mich auf den viel zu kalten Sitz fallen.
»OH MEIN GOTT!«, sagte ich nur und grinste bis über beide Ohren. »Mama!«
Verwirrt schaute meine Mom mich an.
»Ich MUSS diesen Mann wiedersehen! Ich MUSS ihn kennenlernen. Er ist PERFEKT!«
»Er ist ganz niedlich«, gab meine Mom zu.

»GANZ NIEDLICH? Er ist UMWERFEND!« Ich lehnte mich gegen die Sitzlehne. »Hast du gesehen, wie oft er gelacht hat? Das ist endlich mal ein Mann mit Humor! Und er hat das traumhafteste Lächeln aller Zeiten.«
Meine Mom startete grinsend den Motor. »Ich hätte ihn gerne mal singen gehört.«
»Ich auch. Ein Jammer, dass wir jetzt noch einen Termin haben. Ich werde mich bestimmt kaum konzentrieren können. Wieso habe ich auch AUSGERECHNET HEUTE die Präsentation?«
Meine Mom klopfte mir auf den Oberschenkel. »Wenn es so sein soll, wirst du ihn wiedersehen.«
»Warte!«
»Was ist?« Erschrocken ließ meine Mom den Blinker wieder zurückschnappen.
»Ich gehe noch einmal rein und frage ihn nach seiner Telefonnummer.« Ein mehr als breites Lächeln suchte mich heim. Ich war zu allem entschlossen.
»NEIN, das macht man nicht«, sagte meine Mom mit Bestimmtheit und legte eine Hand auf mein Bein.
»Was? Nicht? Warum nicht? Also vor fünfzehn Jahren war das noch erlaubt.« Plötzlich fühlte ich mich wie ein Schulkind, das etwas Verbotenes tun wollte.
»Das gehört sich nicht. Du wirst ihn wiedersehen, wenn es so sein soll«, beharrte meine Mom.
»Na, dein Wort im Gehörgang des Sachbearbeiters im Universum!«

***

»Ich finde, man sollte ALLE Eltern bestrafen, die nicht nur einen Allerwelts-NACHNAMEN haben, sondern ihrem Kind dann auch noch einen Allerwelts-VORNAMEN geben«, beschwerte ich mich eine Woche später bei meiner besten Freundin Emma.

Emma schaute mich grinsend an. »Erzähl! Wer ist der Glückliche, dessen Pfeil dich getroffen hat?«
Seufzend warf ich meine langen, fast ebenholzschwarzen Haare zurück. Dann hob ich meine Hände, als wollte ich die Götter beschwören. »Wie kommst du darauf, dass es sich um einen Mann handelt? Gott, ich bin soooo verzweifelt!«
Emma grinste noch breiter. »Weil du aussiehst, als wenn dich Amors Pfeil getroffen hat. Außerdem bist du beruflich als Strafrechtsdozentin gut aufgestellt. Du hast deinen Traumjob gefunden. Es würde mich wundern, wenn sich da etwas Neues aufgetan hätte.«
Ich sackte in mich zusammen und raufte mir die Haare. »Stimmt. Es ist ein Mann.«
(Der schönste, bezauberndste, perfekteste Mann wohlgemerkt.)
»Und, ist er Polizist? Oder Jurist? Wie ist er? Wie sieht er aus? Was macht er? Ist er noch zu haben?« Aufgeregt hopste Emma auf dem Sofa herum, als ginge es um ihre Zukunft.
»Oh Gott, er ist soo umwerfend! Und nein, ich glaube, er ist eher kein Polizist. Auch kein Jurist. Ehrlich gesagt, weiß ich nicht, was er beruflich macht. Aber das ist mir auch so was von herzlich egal, weil er die schönsten blauen Augen hat, die ich je gesehen habe.« Ich blickte gen Zimmerdecke. »Und ich habe eine Menge blaue Augen gesehen«, fügte ich eilig hinzu. »Gott, er kann LACHEN! Ich meine, so RICHTIG lachen! Herzhaft und aus tiefster Seele.«
»So etwas gibt es?« Emma rutschte auf dem Polster vor und schob mir eine Tasse Tee über den Glastisch. »Bist du sicher, dass es sich um einen Mann handelt«, witzelte sie.

»Tee? Hast du nix Stärkeres?« Unwillig schaute ich zu Emma.
»Verliebte dürfen keinen Alkohol trinken«, entgegnete meine Freundin mit ernster Miene.
»Willst du mich verarschen?«, platzte ich heraus.
Emma lachte lauthals auf. Dann streichelte sie meine Schulter. »Süße, du bist bereits liebestrunken. Wenn ich dir jetzt noch Alkohol serviere, dann landest du heute Abend noch an einem Baum. Don't drink an drive!«
Grunzend warf ich mich in die Kissen. »Ich bin mit der Bahn da. Außerdem kann ich gut auf dieses Gefühl verzichten. Ich meine, wer will denn bitteschön ›liebestrunken‹ sein? Es gibt wohl kaum etwas Blöderes, vor allem, wenn die Liebe unerwidert ist.«
»Wieso unerwidert? Du bist UNGLÜCKLICH verliebt? Ach manno, nun lass dir nicht alles aus der Nase ziehen!« Emma schnitt etwas vom Schokoladenkuchen ab und hielt ihn mir unter die Nase.
»Ich bin frustriert. Aber so was von! Gib mir also am besten gleich fünfhundert Gramm von deinem sündhaft kalorienreichen Kuchen! Ich fresse mir jetzt Kummerspeck an!«
Emma kicherte. »Echt? Du siehst eigentlich ganz glücklich aus und nicht frustriert. Aber gut, dann berichte erst einmal! Ich halte es kaum noch aus vor Neugier!«
Ich setzte mich wieder aufrecht hin und holte tief Luft. »Er hat das schönste Lächeln, welches ich je bei einem Mann gesehen habe. Ehrlich, ungelogen! Und seine Zähne sind toll! Gott, da möchte man Zahnarzt sein!«
Emma hielt mitten in der Bewegung inne und musterte mich kritisch. »Und weiter?«
Ein sanftes Lächeln zierte meine Lippen und breitete sich schließlich bis zu den Ohren aus. »Er hat Humor! Ich

habe noch nie einen Mann so viel lachen gesehen. Ich konnte gar nicht mehr wegsehen.«
»Wenn sie saufen, sind sie alle lustig«, tat Emma ab.
Ich hob den Zeigefinger. »Äh-äh! Benjamin war absolut nüchtern! Soweit ich das beobachten konnte, hatte er nur Kaffee im Becher. Und eine Fahne hatte er auch nicht. Er ist einer von DEN Männern, die auch lachen und lustig sind, wenn nur Blut durch ihre Adern rauscht.«
»So nahe bist du ihm gekommen?«, feixte Emma.
»Leider nicht noch näher.« Ich wackelte grinsend mit den Augenbrauen. »Wobei ich meine Reizunterwäsche an dem Abend ohnehin nur zur Hälfte getragen habe. Meine Mutter meinte nämlich, wir fahren auf einen 81. Geburtstag, bei dem die Heizung ausgefallen sein könnte. Ich habe also meine heißen Strapse weggelassen.«
»Ein Geburtstag mit alten Leuten OHNE Heizung? Geht das?«, fragte Emma perplex.
Ich lachte leise. »Das habe ich mich auch gefragt. Tatsache war, dass es bullig heiß dort war und ich meine halterlosen Strümpfe durchaus hätte tragen können.«
»Wie neckisch! So etwas habe ich auch noch irgendwo ganz hinten im Kleiderschrank. Aber als Hausfrau und Mutter lohnt sich das nicht.« Emma biss in ihren Kuchen. »Und was weißt du noch von Mr Humor?«
»Er war richtig gut drauf. Ruhte quasi in seiner Mitte.«
»Wenn Mr Perfect in seiner Mitte ruhte, ist er hundertpro auch vergeben. KEIN Mann ist ein in sich ruhender Single. Zumindest bin ICH noch keinem begegnet.«
»Süße, entschuldige! Aber das ist kein Maßstab. Du bist seit über zehn Jahren Hausfrau. Es gibt kaum Männer, denen du begegnest.« Ich biss von dem Kuchen ab. »Aber ich befürchte trotzdem, dass du Recht hast.«

»Einen Mann mit Humor würde ich dir wirklich wünschen, nachdem du so lange mit Mr Griesgram verheiratet warst.«
»Danke! Rate mal, warum ich mich nach dreizehn Ehejahren von Nils getrennt habe?«, erinnerte ich an meinen humorlosen Ex. »Nichts ist schlimmer als ein Mann, der zum Lachen in den Keller geht.«
»Nils war auch wirklich nichts für dich«, bemerkte Emma. »Ich habe mich all die Jahre gewundert, was du von ihm wolltest. Dein Strafrichter war ungesellig, ständig schlecht gelaunt und sooo toll sah er nun auch wieder nicht aus. Außerdem gehörte er zu den Männern, bei denen die Haare vom Kopf auf den Rücken wandern. Wirklich unsexy!«
»Vielen Dank für die Zusammenfassung. Du hättest mal seine Eltern sehen sollen, als ich ihnen eröffnet habe, dass ich mich getrennt habe, wo ihr Sohn doch so eine gute Partie ist! Danach war ich die böse Schwiegertochter schlechthin.«
Emma winkte ab. »Das warst du auch vorher schon.«
»Ja, leider.«
»Sieh es positiv! JEDE Frau wäre in ihre Ungnade gefallen. Du hast ihren einzigen Sohn geehelicht, ohne ihnen Enkelkinder zu schenken. Dass ER partout keine Kinder wollte, wissen sie ja nicht.« Emma biss von ihrem Kuchenstück ab und verteilte die Hälfte der Schokoladenmasse auf dem weißen Sofa. »Ups!«
»DAS«, ich zeigte auf das dreckige Polster, »hätte bei mir zuhause ein mega-riesiges Donnerwetter gegeben! Essen auf dem Sofa? Geht gar nicht. Und dann auch noch Schokoladenkuchen! Emma, Emma, was wird dein Göttergatte nur dazu sagen?«

»Er wird toben«, gestand Emma und wackelte mit den Augenbrauen.
»Und das lässt dich kalt?«, fragte ich erschrocken.
Emma grinste von einem Ohr zum anderen. »Nö. Aber jedes Mal, wenn Till schimpft, halte ich ihn so lange kurz, bis er sich kleinlaut bei mir entschuldigt.«
»Du bestrafst ihn mit Sexentzug?«, fragte ich entgeistert.
Emma lachte beim Anblick meiner Grimasse. »Ja. Das wirkt wahre Wunder.«
Ungläubig schüttelte ich den Kopf. »Vielleicht hätte ich diese Methode auch öfters mal einsetzen sollen. Dann wäre mein Ex bestimmt handzahmer gewesen.«
»Vielleicht. Vielleicht auch nicht.« Emma zuckte mit den Schultern. »Und nun erzähle mir mehr von deiner Eroberung!«
Ich warf die Beine in die Luft und strampelte kreischend vor Verzweiflung. »Er - ist - ja - gar - keine - Eroberung!«
»Wie jetzt? Ich dachte, Amors Pfeil hat dich getroffen?«, fragte Emma perplex.
Ich schnaufte. »Das hat er auch. Aber leider standen keine Kontaktdaten meines Auserwählten auf Amors Pfeil. Ich meine, können diese Liebesgötter nicht gleich einen Zettel an ihren Liebespfeil pinnen, auf dem Name, Alter, Wohnort und Telefonnummer draufstehen? Oh«, ich hob einen Finger, »und am besten noch der Beziehungsstatus, der Name des *Facebook*-, *Instagram*- und *Twitter*-Accounts.«
»Warum nicht gleich noch *LinkedIn* und *Xing*?«, witzelte Emma.
»Guuuute Idee! Hätte von mir sein können!« Ich lächelte, dann wurde ich wieder ernst. »Ich bin diesem sagenumwobenen, phantastischen Mann auf dem 81. Geburtstag begegnet und ich habe weder seine Kontaktdaten, noch

weiß ich, wo ich ihn erwischen kann. Ich habe ihn auf jeder nur erdenklichen Social Media Plattform gesucht!«
»Auf jeder? Warte, das haben wir gleich!« Emma schlug ihren Laptop auf, der, wie immer, achtlos auf dem Sofa schlummerte. »Deine Mutter kannte ihn nicht?«
»Nein. Er war wohl zum ersten Mal bei einer der Musiksessions.«
»Also, wie heißt dein Wunderknabe?«
»Benjamin Müller«, antwortete ich wie aus der Pistole geschossen.
(DIESER Name war GANZ FEST auf meiner Festplatte eingebrannt.)
Emma hackte auf ihren Laptop ein und ließ ihn ratternd nach meinem Objekt der Begierde suchen. »Wäre doch gelacht, wenn wir ihn nicht finden!« Plötzlich riss sie erschrocken die Augen auf. »Boah, ist das deren Ernst?«
Ich grinste, wohlwissend, was jetzt kommen würde.
(War ja nicht so, als hätte ich es nicht auch schon versucht. Aber finde mal einen Typen, der so hieß, wie ungefähr einhunderttausend andere Männer!)
»Siehst du! Das ist es, was ich meinte. Er hat einen beschissenen Allerweltsnamen. Und zwar Vor- sowie Nachname. Es gibt eine Million Menschen, die ›*Müller*‹ heißen, wenn nicht sogar noch mehr. Und die Hälfte davon musste ihrem Sprössling so einen außergewöhnlichen Namen wie ›*Benjamin*‹ geben«, fügte ich schnippisch hinzu.
Emma blickt von ihrem Computer auf. »Süße, ich sage es nicht gerne, aber es dürfte JAHRE dauern, bis wir deinen Benjamin gefunden haben.«
»Ich weiß«, rief ich hoffnungslos. »Ist das nicht entsetzlich?«

Emma ging bei *Facebook* rein. »Hast du hier schon geguckt?«
»Ja.«
»*Twitter*?«
»Ja.«
»*Instagram*?«
»Ja. Keine Chance. Außerdem nutzen da doch die wenigsten ihren echten Namen.«
Entmutigt klappte Emma den Laptop zu. »Tja, dann gibt es nur noch zwei Möglichkeiten…«
»Die da wären?« Fragend blickte ich meine Freundin an.
»Entweder vergisst du ihn ganz schnell«, schlug Emma vor, doch ich winkte ab. »Geht nicht. Schon probiert. Er turnt ja sogar schon durch meine Träume!«
»Warum kannst du ihn nicht vergessen? Das geht doch eigentlich recht flott. Du denkst einfach nicht mehr an ihn. Und mit der Zeit verblassen die Erinnerungen.«
Ich schnaufte verächtlich. »Das geht nur bei denjenigen von Amors Opfern, die von einem NORMALEN Liebespfeil getroffen wurden. Aber ICH wurde von Amors Pfeil VERGIFTET.«
»Wie bitte?« Emma bekam ganz große Augen und wusste nicht, ob sie lachen oder den Kopf schütteln sollte.
»Okay, hör zu! Es gibt diejenigen, die nur von Amors Pfeil ohne Liebesgift getroffen werden. Die sind dann zwar verliebt, aber eher so, als würden sie in einem ruhigen Liebesfahrwasser vor sich hinplätschern. DIE können natürlich auch den von Amor Auserwählten irgendwann wieder vergessen. Und dann«, ich holte tief Luft, »gibt es diejenigen, zu denen ich jetzt auch zähle, die von einem VERGIFTETEN Liebespfeil getroffen wurden. Das sind die armen Schweine, die sich so sehr nach ihrem Liebsten verzehren, dass sie kaum essen und schlafen können. Sie

werden fast wahnsinnig vor Sehnsucht, vor allem, wenn die Liebe unerfüllt bleibt.«

»Und nach welchen Kriterien sucht sich Amor seine Opfer aus? Alter, Familienstand, Aussehen, Geschlecht? Wann nutzt er sein LiebesGIFT und wann nimmt er normale Liebespfeile?«, sprang Emma auf den Zug auf.

Ich dachte kurz nach. »Normale Liebespfeile nimmt er so gut wie immer. Da kann er nicht viel falsch machen. Aber manchmal juckt ihn das Götterfell und wenn er dann zwei Menschen sieht, die nach seiner Meinung UNBEDINGT zusammengehören, DANN nutzt er sein unüberwindbares Pfeilgift.«

»Man lernt nie aus. Und wie lange hält die Wirkung des Giftes an?«

»Wer einmal von einem vergifteten Pfeil getroffen wurde, der ist seinem Auserkorenen bis an sein Lebensende verfallen. Es hält also EWIG! Der Vergiftete hat gar keine Chance, als seinem Objekt der Begierde jahrelang hinterher zu hecheln.« Ich rollte theatralisch mit den Augen.

Emma lachte leise. »Du wurdest also VERGIFTET?«

Ich nickte und bemühte mich um ein ernstes Gesicht.

»Und nun musst du deinem Benjamin bis an dein Lebensende hinterher trauern?« Emma war kurz vorm Platzen.

Wieder nickte ich. »Wenn ich ihn nicht wiederfinde.«

Emma blies die Backen auf und lachte schließlich laut auf. »Halleluja! MELINA! Was machst du, wenn er verheiratet ist und Kinder hat? Ich meine, wie alt schätzt du ihn ein? Er ist doch bestimmt im besten Familienalter.«

FAMILIENALTER?

VERHEIRATET?

KINDER?

Oh Gott, das wäre mein Untergang!

Mein Tod!

»Das Herz fragt leider nicht, ob es passt«, entwich es mir. Voller Entsetzen verdrehte ich die Augen. »Oh Mann, ich würde ihn sogar verheiratet nehmen! Was ist nur mit mir los?« Ich dachte kurz nach. »Ich würde sagen, er ist so Mitte dreißig bis Ende vierzig. Ich bin wahnsinnig schlecht im Schätzen. Ooooooh Gott, was mache ich, wenn er wirklich verheiratet ist?«
Emma grunzte. »In dem Alter ist es sehr, SEHR wahrscheinlich, dass er vergeben ist. Wenn er tatsächlich so ein Prachtexemplar von Mann ist, werden die Damen der Fruchtbarkeit bei ihm Schlange gestanden haben und eine hat den Zuschlag bekommen. Gute Männer sind NIEMALS frei! Merk dir das!«
Ich rümpfte die Nase. »Danke, dass du mich daran erinnerst! Meine Mutter hat in einer sehr rührseligen Stunde versucht mich zu überreden, wieder mit Nils zusammenzukommen. Sie meinte ›*Kind, du bist Anfang dreißig, dich nimmt nie wieder ein Kerl. Und wenn da einer ist, der dich nehmen würde, dann hat der nicht alle Tassen im Schrank. Schließlich sind die Guten in deinem Alter ALLE vergeben. Bequem eigelagert im Ehehafen. Überlege dir also, ob du nicht doch lieber Nils nimmst. Da weißt du zumindest, was du hast. Er ist Richter und hat ein gutes, sicheres Einkommen.*‹ Ein paar Tage später hat sie sich dafür entschuldigt, denn sie hat schließlich selbst noch einmal von vorn angefangen und auch einen netten Mann erwischt.«
»Das ist nicht sehr ermutigend und auch ziemlich direkt, aber ich befürchte, deine Mutter hat in gewisser Weise Recht. In unserem Alter kriegst du nur noch Kerle ab, die eine oder mehrere Schrauben locker haben. Warte noch zwanzig Jahre, dann sieht der Markt vielleicht besser aus.«

Ich rollte mit den Augen. »Boah! Was? Zwanzig Jahre? Na, super! Das sind ja rosige Aussichten! Das hättest du mir mal vor fünfzehn Jahren sagen sollen! Es heißt doch auch immer ›*Augen auf, beim Autokauf!*‹. Vielleicht sollten die Standesbeamten so eine Warnung vor JEDER Eheschließung abgeben. Dann könnte man sich VORHER überlegen, ob man mit dem Mann auch alt werden will. Jetzt bin ich über dreißig und damit in einem Alter, in dem kein vernünftiger Mann mehr frei ist. Ich kann quasi einpacken.«
»Quatsch! Bevor du ins Altenheim kommst, findest du bestimmt noch einen netten Skatpartner«, feixte Emma.
»Sehr witzig! Gott, ich hätte Nils gleich aussortieren sollen, als er das erste Mal schlechte Laune hatte. Also vor gut sechzehn Jahren, was dann noch VOR unserer Hochzeit gewesen wäre.«
»Woher willst du wissen, ob ein schicker Zwanzigjähriger mit gelegentlich schlechter Laune fast zwei Jahrzehnte später nicht nur Glatze und Bauch kriegt, sondern auch noch die eine oder andere lästige Macke, die dir ganz mächtig auf den Keks geht?«
»Das weiß leider niemand. Es müsste mal jemand eine entsprechende Alterungs-App erfinden«, feixte ich.
»Noch gibt es aber leider keine App, die dir mitteilt, zu welchem Tier dein Partner mutiert. Du konntest doch gar nicht wissen, dass sich Nils als so ein miesepetriger Eigenbrötler entpuppt, dem auch noch die Haare ausgehen«, sagte Emma nachdenklich. »Mir fällt nicht einmal ein passendes Tier für ihn ein. Oder warte! Was ist mit dem Wolf?«
»Mit dem Wolf?«, fragte ich perplex.
»Ja. Der wird doch auch ›*Isegrim*‹ genannt. Und der Name steht für mürrische Menschen.«

Ich zuckte mit den Schultern. »Gut. Dann ist Nils eben ein einsamer Wolf. Er hatte schon öfters Anzeichen eines Griesgrams, die ich wohlweislich ignoriert habe. Und meine Mom meinte neulich, dass man sich nur die Eltern des Auserwählten anschauen muss. Dann weiß man in etwa, was auf einen zukommt.«
»Und wie sind seine Eltern?«
»Oberflächlich gesehen ganz nett, aber sein Vater - ebenfalls Richter - ist herrisch, dominant und SEHR mürrisch. Quasi der Oberwolf. Freunde hat er keine. Außerdem besteht er darauf, dass seine Frau den Haushalt schmeißt und ihm das Essen zubereitet. Ganz wie dein Mann! Mein Ex-Schwiegervater zieht sich ja nicht einmal alleine an. Und sogar die Unterhosen muss meine Ex-Schwiegermutter ihm bügeln! Ich hätte gewarnt sein müssen.«
Emma rubbelte sich nachdenklich über die Nase. »Dann sollte ich mich aber ganz schnell von Till scheiden lassen. Sein Vater hat eine Glatze und ist biestiger als der biestigste Oberlehrer. Der ist wie eine hinterhältige Schlange. Und was den Haushalt anbelangt, sieht es bei denen haargenau so aus. Sie ackert, er lässt sich bedienen. Muss an der Generation liegen.« Emma schüttelte sich. »Das sind keine guten Aussichten!«
»Wenn du mich fragst, sitzt du längst in der Hausfrauenfalle, Emma, und dein Mann lässt sich bedienen wie ein fauler Affe. Lass dich scheiden und bis wir unsere Skatpartner haben, heiraten wir einfach einander und lassen gemeinsam die Sau raus«, schlug ich vor. »Männer stehen auf Lesben. Wir könnten also so tun als ob und finden dann vielleicht doch das eine oder andere passable Exemplar.«
Emma verdrehte die Augen. »Nette Idee! Sehr aufopfernd, mein Schatz! Eventuell komme ich darauf zurück.«

Ich lächelte und streichelte meiner Freundin über den Oberarm. »Süße, liebst du Till?«
»Wenn er seine Macken nicht gerade auslebt, ja.«
»Und lebt er die oft aus?«
»Nein. Gibt ja sonst keinen Sex«, lachte Emma fast ein wenig triumphierend.
»Na, da hast du ihn dir zumindest gut erzogen und führst ihn an der kurzen Leine. Hat er sich also als Schosshündchen entpuppt?«
»So ungefähr!« Emma lachte leise, als plötzlich die Tür aufging.
»Aha!«
Erschrocken wirbelten wir herum.
»Till! Was machst DU denn schon Zuhause?«, rief Emma erschrocken. Mit hochroter Miene sprang sie vom Sofa auf und lief auf ihren Mann zu. »Hast du etwa hinter der Tür gelauscht?«
»Ich komme gerade rechtzeitig, um Zeuge eurer Unterhaltung zu werden«, brummte Till missmutig. Dann wandte er sich an mich. »Du willst doch wohl meine Frau nicht zu deinem bizarren Freiheitstrip überreden, oder? Ich finde es nämlich ganz gut, mit ihr verheiratet zu sein.«
»›*Bizarrer Freiheitstrip*‹? ›*Ganz gut*‹?«, wiederholte ich perplex.
(Meiner Freundin hätte ich ETWAS mehr Hingabe und Liebe gewünscht. Das klang ja sehr halbherzig!)
Till zog die Stirn kraus. »Ja. Nur weil du dich scheiden lassen hast, müssen das ja nicht alle anderen Frauen in deinem Umfeld ebenso tun. Ich finde übrigens, Nils ist ein ganz anständiger Kerl.«
»Vom Anstand bekommt man keinen Orgasmus«, grunzte ich unwirsch. »Außerdem kennst du ihn gar nicht. Ihr seid

euch bei jedem Treffen aus dem Weg gegangen. Und das seit immerhin fünfzehn Jahren!«
»Nun ja, die Chemie stimmte nicht so recht«, verteidigte sich Till.
Emma lachte auf und sogar Till musste nun lachen. »Nun ja, ich kann vielleicht wirklich nicht beurteilen, wie er drauf ist«, ruderte er zurück. »Aber unabhängig vom Bett war Nils doch ganz nett, oder nicht?«
»›Nett‹ ist die kleine Schwester von ›Scheiße‹. Das solltest du doch auch schon mitbekommen haben, oder?«, konterte ich.
Till nickte. »Habe ich. Ich meinte das andere ›Nett‹.«
Ich hob die Augenbrauen. »Es gibt zwei Arten von ›Nett‹?«
Till ließ sich aufs Sofa plumpsen, seine Frau geflissentlich ignorierend. »Und ob es das gibt.«
»Nils ist ein mürrischer Wolf, der seinen Hintern nur noch hochkriegt, wenn *Apple* neue Technik auf den Markt schmeißt. Ansonsten interessieren ihn nur seine verstaubten Gerichtsakten.«
»Ein Wolf? Nun ja, dann kann ich mich als Schosshündchen ja glücklich schätzen«, knurrte Till.
»Schatz, willst du Kuchen?«, warf Emma versöhnlich ein. Sie lächelte, aber Till musterte nur das Sofapolster. »Warum? Reicht ein fetter Schokoladenfleck auf dem weißen Polster nicht?«
Emma errötete. »Kleiner Unfall.«
»Ich schätze, die Katze hat mitgegessen und konnte sich nicht beherrschen, oder?«, witzelte Till. Trotzdem lächelte er seine Frau an. »Naja, musst DU ja wegmachen, nicht ich. DU bist ja schließlich die Putzfrau im Hause.«
(Für diesen Satz hätte ICH ihn mit Sexentzug bestraft!

War Till schon immer so schräg drauf gewesen und ich hatte das nur nicht mitgekriegt?)
Emma gab ihm einen schnellen Kuss auf den Mund.
Ich räusperte mich. Ich hatte kein Problem, das Malheur auf meine Kappe zu nehmen.
»Das war ich mit dem Fleck. Melde ich der Haftpflichtversicherung.«
Till grinste. »Bist ja doch eine treue Freundin! Allerdings hätte ich das von dir als Strafrechtsdozentin nicht gedacht, immerhin ist das ein Versicherungsbetrug. Sei es drum! Danke, auch wenn du versuchst, meine Frau zu überreden, mich zu verlassen.«
Ich runzelte die Stirn.
(Was ich seit ungelogen zehn Minuten ununterbrochen tat und was mich noch schwerwiegende, tiefe Falten kosten würde.)
»Das habe ich gar nicht. Wir haben uns lediglich darüber unterhalten, was aus den Männern wird, die man so im Feuer der Leidenschaft in der Blüte seines Lebens ehelicht.«
»Schlafende Faultiere, kuschende Schosshündchen, sklaventreibende Affen, mürrische Wölfe…« Till lächelte hämisch. »Gibt es denn in euren strengen Augen auch nettere Tiere? Starke Gorillas, fleißige Büffel, flinke Hasen oder Schätzesammler wie Elster, Rabe und Co.?«
Sowohl Emma als auch ich holten tief Luft.
Keine von uns wagte den ersten Vorstoß.
Till winkte ab. »Keine Sorge, ich lebe ja nicht auf dem Mond. Ich weiß, dass uns die Haare vom Kopf auf den Rücken wandern und sogar die Libido irgendwann flöten geht. Die Falten und grauen Haare sind ja eher ein Gütesiegel. Zumindest beim Mann«, fügte er eilig hinzu.

Emma schnaufte entrüstet. »Ist das nicht unfair? Männer werden mit Falten und grauen Haaren attraktiver, Frauen aber brauchen Botox und müssen alle paar Wochen panisch darauf bedacht sein, ihre Haare zu färben, damit man nicht auf ihren grauen Ansatz, ihre Falten und damit auf ihr Alter achtet.«
»Also ich finde, es gibt auch Frauen, die sehen mit grauen Haaren attraktiv aus«, mischte ich mich ein.
Emma schnalzte mit der Zunge. »Die kannst du jawohl an einer Hand abzählen. Die meisten sehen doch aus wie alte Schachteln auf dem Abstellgleis.«
»Ich habe erst drei graue Haare. Ich kann dir also nicht das Gegenteil beweisen«, entgegnete ich.
Emma rollte mit den Augen. »Ich nicht. Ich war schon mit dreißig total grau. Seitdem muss ich ständig färben.«
»Ich finde nicht, dass grauhaarige Frauen ALLE aussehen wie alte Schachteln«, widersprach Till. »Es gibt durchaus Frauen, auch junge Frauen, die sich neuerdings extra die Haare grau färben. Und die sehen ziemlich scharf aus.«
»Ach!« Entgeistert starrte Emma ihren Mann an. »Wie muss ich das denn jetzt verstehen?«
Till lächelte geheimnisvoll. »Du hast deine kleinen Geheimnisse, ich habe meine. Auch ein Schosshündchen lässt sich kraulen, schweigt und genießt.«
Voller Empörung verschränkte Emma die Arme vor der Brust. »Wie bitte? Das soll jawohl ein Scherz sein!«
Till schüttelte den Kopf. »Nö. Aber ihr könnt mich ja in eure Geheimnisse einweihen, vielleicht verrate ich euch dann meine!«
Emma lachte laut auf. »Du bist neugierig?«
»Du doch auch!«, warf Till ein.
»Touché!«

»Melina wurde von Amors Pfeil getroffen«, berichtete Emma.

Ich nickte zustimmend und seufzte. »Aber leider heißt der Typ, den Amor für mich ausgewählt hat, ausgerechnet ›*Müller*‹ mit Nachnamen, so wie jeder dritte Deutsche.«

Till lachte auf. »Was für ein Nachname! Ganz seltenes Exemplar. Es dürfte ein Klacks sein, ihn ausfindig zu machen.«

»Sehr witzig. Willst du nun unsere Geheimnisse wissen, oder nicht?«, blaffte Emma ihren Mann an.

Till hob grinsend die Hände. »Na logo! Also gut, er heißt also Müller. Ich schätze, auch sein Vorname gibt nicht viel her, weil es kein seltener ist?«

»Bingo!« Ich schnitt eine Grimasse. »Ich habe ihn bei der letzten Musiksession meiner Mutter kennengelernt und…«

»Musiksession? Deine Mutter macht MUSIK?«, platzte Till dazwischen. »In IHREM Alter?«

Ich lächelte. »Oh ja, und das ziemlich gut. Lieber spät als nie, oder?«

Anerkennend nickte Till. »Wow! Nicht schlecht. Offenbar scheint es einigen Damen gut zu bekommen, wenn sie sich in der zweiten Blüte ihres Lebens von ihren Ehemännern lossagen.«

»In der zweiten Blüte?«, hakte Emma nach.

»Naja«, winkte Till ab, »die erste Blüte kommt ja gleich nach dem ersten Frühling. Deine Mutter hatte sich doch irgendwann in ihren Vierzigern scheiden lassen, oder nicht?«

»Bingo.« Ich nickte. »Mein Vater war auch nicht gerade das, was man als Gentleman bezeichnen würde.«

Till zeigte mit dem Finger auf mich. »Siehst du, Melina! Und genau deshalb ziehst du diese Idioten an! Du hast

quasi noch die Altlasten auf dir sitzen und solange du die nicht los wirst, wirst du immer denselben idiotischen Kerlen begegnen.«
»Benjamin ist kein Idiot«, wandte ich voller Empörung ein.
Till hob die Augenbrauen. »Benjamin heißt er also! Na, das ist wirklich die Suche nach der Nadel im berühmten Heuhaufen. Den findest du NIE!«
»Vielen Dank, mein Schatz! Und genau deshalb sollten Frauen ihre Ehemänner niemals in ihre Geheimnisse einweihen. Ihr Männer seid so WAHNSINNIG ermutigend!« Emma stöhnte theatralisch.
»Und ihr Frauen seid verlogen, wenn ihr behauptet, dass ihr einen Meyer-Müller-Schmidt wiederfinden werdet.«
Emma starrte ihren Mann an. »Okay. Wie in so vielen Dingen macht es keinen Sinn, das mit dir auszudiskutieren. Wie wäre es also, wenn du mich in deine Geheimnisse einweihst? Wer ist sie, kenne ich sie und woher kennst du sie?«
»Wen?«, fragte Till perplex.
»Die rattenscharfe, JUNGE Frau mit den grauen Haaren.«
Till blies die Backen auf. »Es gibt keine. Zumindest nicht in meinem Leben.«
»Aber du hast doch eben noch gesagt, es gibt scharfe Grauhaarige VOR ihrem ersten Frühling«, widersprach Emma verärgert.
Till wackelte mit dem Zeigefinger. »Ich sagte lediglich, dass es auch junge, scharfe Frauen mit grauen Haaren gibt. Ich sagte nicht, dass eine auf meiner Kennlernliste steht.«
»Du führst eine ›Kennenlernliste‹?«, quiekte Emma entsetzt auf.

Till verdrehte die Augen. »Gott, mit euch Frauen zu reden ist wie ein Balanceakt auf einem Drahtseil in eintausend Metern Höhe über einer felsigen Schlucht. Alles, was man sagt, wird sofort analysiert, ausgewertet und letztendlich total verdreht. Als nächstes werde ich verbal exekutiert, oder was?«

Emma rutschte auf dem Sofa vor. »Und ihr Männer denkt immer, wir Frauen sind doof und merken es nicht, wenn ihr ein Eisen im Feuer habt. Ihr denkt, ihr könnt alles, was ihr sagt, in Watte packen und dann sind wir blöd genug, uns von dem flauschigen Stück Natur einwickeln zu lassen.«

Till streichelte seiner Frau liebevoll übers Gesicht. »Und genau deshalb lieben wir uns. Weil wir so wahnsinnig unterschiedlich sind.«

Emma schnitt eine Grimasse. »Lenk nicht vom Thema ab! Das zieht bei mir nicht. Also, was ist jetzt mit deiner schönen Grauhaarigen?«

Till seufzte. »Es gibt wirklich keine. Nicht der Rede wert zumindest.«

»Aha!«

»Aha?«

»Ja, aha! Es gibt sie also doch.« Emma schnappte ein und verschränkte demonstrativ die Arme vor der Brust. »Aber weil sie so unbedeutend ist und dich noch nicht in ihr Bett eingeladen hat, ist sie nicht der Rede wert.«

Till fuhr sich stöhnend durch die Haare. »Schatz, unsere neue Sekretärin hat graue Haare. Und sie ist SEHR jung und nur ein bisschen adrett.«

»Aha.« Nun war Emma vollends beleidigt.

Till versuchte, ihr einen Kuss zu geben, doch Emma wehrte ihn ab. »Du brauchst mich nicht um den Finger zu wickeln! Sekretärinnen sind SEHR gefährlich. Und das weiß nicht nur die Filmbranche.«

»Sie ist gar nicht in meiner Altersklasse«, widersprach Till.

Emma zog die Augenbrauen hoch. »DAS hält jawohl KEINEN Mann von einem Ausrutscher ab. Oder ist sie weit über fünfzig?«

Till lachte leise auf und verschluckte sich prompt. Als er wieder Luft bekam, schüttelte er den Kopf. »Sie ist gerade mal dreiundzwanzig.«

»Was?« Voller Entsetzen sprang Emma auf. »SO blutjung? Und du kennst sogar ihr GENAUES Alter? Sehr verdächtig!«

»Ja«, Till winkte ab, »du kennst doch diesen merkwürdigen Trend, dass sich plötzlich alle Frauen diese grauweiße Haarfarbe verabreichen. Total albern, wenn du mich fragst. Und natürlich kenne ich das Alter meiner Mitarbeiter. Was wäre ich für ein Chef, wenn ich es nicht kennen würde?«

»Du wirst kündigen!«, grunzte Emma entschlossen.

Till blieb das Lachen im Halse stecken. »Ich werde was?«

»Kündigen!«

Nun verschränkte Till die Arme vor der Brust. »Ich habe mich in den letzten Jahren mühsam zum Spartenleiter hochgearbeitet und soll jetzt einfach alles hinschmeißen, nur weil meine Sekretärin blutjung ist? Und wer finanziert unser Haus, die teuren Hobbys von dir und den Kindern? Reiten, Nähen, Malkurse, Töpfern…«

Emma blickte ihren Mann an. »In Ordnung. Dann bleibst du eben. Aber wenn du mit ihr was anfängst, bin ich weg. Und künftig müsstest du VIEL, SEHR VIEL Unterhalt bezahlen.«

»Sie steht ohnehin nicht auf so alte Männer wie mich«, winkte Till ab.
»Falscher Ansatz, mein Lieber«, mahnte Emma. »Es ist nicht wichtig, was SIE denkt, sondern was DU denkst.«
»Da hat Emma Recht«, mischte ich mich ein. »Das war bei Nils nicht anders. Es gibt immer Frauen, die auch etwas mit einem verheirateten Mann anfangen wollen. Und wenn der Mann grundsätzlich willig ist, ist es auch ein leichtes für die Frau, ihn zu verführen. Nils hat seinen Ausrutscher nicht einmal bereut.«
(Eine andere Erkenntnis traf mich gerade wie ein Schlag. Heiliger Bimbam!
ICH war momentan SO eine Frau, die drauf und dran war, einen verheirateten Mann zu verführen - falls Benjamin verheiratet war!
Denn unabhängig von Amors Liebesgift war ich so was von verliebt in Benjamin, dass es mir herzlich egal war, ob er verheiratet war oder als Mönch lebte.
Ich wollte ihn mit Haut und Haaren.
Je schneller, umso besser.
ICH war jetzt auch ›*SO EINE*‹!)
»…Aber das ist nicht schlimm«, fuhr ich fort, um mich selbst zu beruhigen. »Es ist wichtig, was die verheirateten Männer aus so einer Möglichkeit machen. Greifen sie zu oder lassen sie die Gelegenheit des außerehelichen Geschlechtsaktes sausen!«
»Danke für den Exkurs, Melina«, grunzte Till genervt. »Also gut, ich will nix von ihr. Kein Kuss, keine Zärtlichkeiten, keinen Sex. Zufrieden, Emma?«
»Nicht ganz. Aber fürs Erste reicht's«, sagte Emma gnädig. Energisch schob sie Till vom Sofa in die Küche. »So, und nun lass uns noch einen Augenblick allein! Ich muss Melina die zweite Möglichkeit auftischen.«

Bedauernd schlich Till in die Küche. »Schade! Ich hätte eurem Frauengespräch zu gerne noch gelauscht.«
»Nix da! Wer grauhaarige Kolleginnen nett findet, der hat leider keine Eintrittskarte.« Emma schloss die Tür und kam zum Sofa zurück.
»Also, was ist mit der zweiten Möglichkeit?«, hakte ich neugierig nach.
»Wir werden ihn ausfindig machen.«
»WIR?«
»Ja. Natürlich WIR! Als Freundin ist es meine Pflicht, dir bei der Suche des weltbesten, humorvollsten Mannes zu helfen. Wäre doch gelacht, wenn wir deinen Benjamin nicht finden!«
Stürmisch umarmte ich meine Freundin. »Ach, Emma! Du bist doch die Allerbeste!«
»Ich weiß. Und darum wirst DU mir zuerst helfen, die grauhaarige Sekretärin zu inspizieren!«
»Gebongt!«

Zwillingsspiele

»Du ziehst ein SCHWARZES Hemd zur Jeans an?«
Überrascht blickte ich meine Frau an, dann sah ich an mir herunter. Ich fand mein Outfit vollkommen in Ordnung für eine Musiksession anlässlich Heinrichs 81. Geburtstags. »Ja, warum nicht?«
»Sieht merkwürdig aus.«
»Ich fühle mich super so«, widersprach ich. Ich hatte auch keine Lust, heute zu streiten. Ich war gut drauf und freute mich auf den musikalischen Nachmittag. Ich lächelte Marie an und gab ihr einen flüchtigen Kuss auf die Lippen.
»Tschüss, bis später!«
»Viel Spaß!«
»Danke, werde ich haben.« Ich ließ die Haustür ins Schloss krachen und sprang in mein Auto. Innerhalb von wenigen Minuten war ich am Zielort, parkte und wagte mich in die Höhle der Löwen. Den Großteil der Gäste würde ich gar nicht kennen. Nur gut, dass Jochen und Heinrich da waren, seit neuestem meine Bandmitglieder.
Da ich als Arzt beruflich ziemlich eingespannt war, war das Singen das perfekte Hobby, um einen Ausgleich zu schaffen. Mir war bewusst, ich würde niemals auf den großen Brettern dieser Welt stehen, aber träumen durfte man ja schließlich noch.

»Benjamin! Toll, dass du gekommen bist!« Heinrich begrüßte mich mit einer kurzen, brüderlichen Umarmung. Dann begrüßte ich Jochen und seine Frau. Innerhalb kürzester Zeit versammelten wir uns um den einzigen Tisch in dem nicht ganz so großen Musiksaal.
Bereits kurz nach drei kam ein weiterer Schwung Gäste. Neugierig musterte ich die grauhaarige Frau, die viele der Anwesenden herzlich begrüßte. Sie schien öfters hier zu sein. Sie hängte ihre Jacke an einen Stuhl und winkte eine junge Frau zu sich, die den Altersdurchschnitt enorm nach unten drückte. Ich schätzte sie etwa auf mein Alter, vielleicht war sie sogar noch jünger. Sie hatte lange schwarze Haare und erinnerte irgendwie an Schneewittchen - wenn man an Märchen glaubte, was ich nicht tat.
(Märchen waren noch nie mein Ding gewesen. Ich fand die als Kind schon immer ziemlich anstrengend und sogar angsteinflößend. Vor allem, wenn meine Großmutter die Originalmärchen der Gebrüder Grimm auspackte, in denen immer irgendwie jemand gefoltert wurde oder zu Tode kam.)
Die junge Frau trug einen kurzen Rock und einen eng geschnittenen schwarzen Pulli mit heißem Einblick. Sie hatte tolle Beine, die in ihren eleganten Stiefeln besonders gut zur Geltung kamen.
Ich bemerkte, ich war nicht der einzige, der sie musterte, als sie sich kurz darauf mit ihrem übergroßen Kaffeebecher einen Platz in den ersten Reihen vor der Bühne suchte.
»Ich glaube, ich bin der Jüngste heute«, ertönte es links von mir.
Anne hatte ihren siebzehnjährigen Sohn mitgebracht.

Ich lächelte Max an. »DAS glaube ich auch. Ist aber auch wenig verwunderlich, wenn der Gastgeber gerade erst einundachtzig geworden ist, oder?«
»So alt sieht Heinrich gar nicht aus«, stellte Max fest.
»Nee. Locker zehn Jahre jünger. Heinrich ist wirklich topfit.«
»Du machst doch Musik mit ihm, oder nicht?«, fragte Max.
Ich nickte.
Aus den Augenwinkeln bemerkte ich, dass ich beobachtet wurde. Ich blickte nach rechts zum Fenster und sah die junge Frau in meine Richtung gucken.
Sie lächelte, aber ich war mir unsicher, ob ihr Lächeln mir galt, oder der älteren Dame neben ihr, mit der sie sich angeregt zu unterhalten schien.
Vorsichtshalber lächelte ich zaghaft.
Plötzlich war mir, als bohrten sich ihre Augen in meine.
Mein Lächeln wurde breiter.
(Selbst wenn sie mich nicht meinte, lief ich wohl kaum Gefahr, mit einem fetten Lächeln im bärtigen Gesicht irgendeinen Schaden anzurichten, oder?)
Nun lächelten ihre blauen Schneewittchenaugen zurück.
(Mann, war DIE süß!)
Die ersten Musiker fingen an zu spielen und meine Aufmerksamkeit wurde wieder auf die Bühne gelenkt.
Nach den ersten Auftritten drängte der Kaffee in meiner Blase nach Ausgang und so huschte ich aus dem Raum, um mir Erleichterung zu verschaffen. Natürlich holte ich mir auf dem Rückweg auch gleich noch etwas zu trinken.
Heinrich war voll in seinem Element und hatte mächtig Spaß auf der Bühne gemeinsam mit den anderen Musikern fortgeschrittenen Alters.
Als er fertig war, applaudierte ich.

Die Stimmung war super.
Irgendwann musste ich allerdings erneut auf die Toilette und huschte wieder nach draußen.
Zu meinem Glück war sie besetzt.
Also wandte ich mich ab und stromerte zum Buffet.
»Willst du nicht auch mal singen?«, sprach mich die ältere Grauhaarige an, die gemeinsam mit der jungen Frau gekommen war.
»Ich? Wie kommst du darauf, dass ich singe?«, spielte ich den Unschuldigen.
Die Frau lachte. »Hier bleibt nichts geheim. Ich bin übrigens Linda.«
»Benjamin. Ich bin nur ein kleiner Hobbysänger. Nichts besonderes. Ich glaube, ich würde mich hier total blamieren.«
»Blödsinn! Außerdem sind wir doch alle unter uns.«
»Singst du auch?«, fragte ich höflich nach.
Aus den Augenwinkeln sah ich, dass die Toilette frei wurde, doch da huschte auch schon das Schneewittchen aufs Örtchen.
»Ja. Aber meine Bandmitglieder haben mich heute schmählich im Stich gelassen. Die hatten beide keine Lust zu kommen«, erzählte Linda.
»Das ist aber schade. Ist doch eine tolle Stimmung hier.«
»Ja, das finde ich auch.«
Die Toilettentür wurde geöffnet und die junge Frau kam grinsend auf mich zu. »Willst du nicht auch mal singen?«, fragte sie zu meiner Überraschung.
Überrumpelt lachte ich auf. »Wieso wollen heute eigentlich alle, dass ich vorsinge?«
»Du hast eine tolle Stimmfarbe«, sagte das Schneewittchen.

»Der Abend ist ja noch jung. Ich kann ja nachher noch mal singen«, bot ich an.
Mein Gegenüber verdrehte die Augen und verzog fast schmerzhaft das Gesicht. »Jetzt sofort wäre mir lieber.«
»Wieso, du hast doch wohl keinen Termin mehr, oder?« Ich lachte, denn ich ging nicht davon aus, dass das Schneewittchen noch etwas vor hatte.
»Doch. Ich habe gleich eine Lesung.«
»Wahnsinn! Du bist Schriftstellerin?«
(Hatte ich erwähnt, dass ich Bücher liebte?)
Sie nickte.
Ich lachte auf. »Unglaublich, was man hier alles für Leute trifft! Das ist SO toll!«
»Also, was ist? Habe ich noch eine Chance, dich singen zu hören?«
»Wann musst du denn weg?« Ich blickte auf die Uhr.
»In einer halben Stunde.«
»Mal sehen, was sich machen lässt. Wobei ich fast glaube, dass die Band, die gerade spielt, erstmal Ausdauer beweisen wird.«
»Das befürchte ich auch«, sagte Linda verstimmt.
»Na, Leute, alles in Ordnung bei euch?«, fragte Heinrich gut gelaunt.
»Ja. Aber meine Tochter und ich hätten Benjamin gerne singen gehört«, gab Linda zu.
Heinrich deutete auf die Band. »Ich befürchte, die singen noch länger. Aber ihr könnt ja noch bleiben.«
»Nee, die beiden haben noch etwas vor«, mischte ich mich ein.
»Echt? Warum das denn?«
»Meine Tochter präsentiert heute ihr neues Buch«, erzählte Linda nicht ohne Stolz.

»Ah, eine Schriftstellerin weilt unter uns. Toll.« Heinrich lächelte. »Sonst müssen wir die Damen halt mal zu einer unserer Bandproben einladen oder zu einem Auftritt«, schlug Heinrich vor.
»Gute Idee!«, sagte ich.
(Auch wenn ich es kaum glauben konnte, dass die beiden unbedingt MICH singen hören wollten!
Wieso ausgerechnet mich?
Die Hütte war voll mit Sängern!)
Als die Toilette wieder frei wurde, eilte ich hin, bevor der Nächste seinen Kaffee loswerden wollte. Als ich fertig war, war der Vorraum leer. Alle saßen im Musiksaal und lauschten den rockigen Klängen der Band auf der Bühne. Eilig schlüpfte ich hinein.
»Die spielen schon seit zwanzig Jahren zusammen«, erklärte Jochen hinter vorgehaltener Hand.
»Das merkt man«, sagte ich anerkennend.
Ich blickte auf die Uhr.
Die Zeit schritt voran.
(Was mich unter normalen Umständen nicht sonderlich gestört hätte, aber heute hätte ich doch gerne noch etwas Bewunderung eingeheimst!)
»Warum guckst du plötzlich ständig auf die Uhr, Benjamin?«, fragte Sandra, Jochens Frau. Sie wickelte ihren roten Schal enger um ihren Hals und blickte mich fragend an.
»Siehst du die junge Frau dort drüben in dem Rock?«
Sandra blickte sich um. »Ja. Sie ist nicht zu übersehen.«
»Sie ist Schriftstellerin. Sie hat heute noch eine Lesung. Und eben hat sie gefragt, ob ich nicht mal vorsingen will«, erklärte ich.
Ich war fast ein wenig aufgeregt.
(Hatte ich tatsächlich einen Groupie?

Ich hatte ja noch nicht einmal mein Können gezeigt!
Womit hatte ich sie bloß beeindruckt?)
»Du hast eine Verehrerin, Benjamin?« Sandra wackelte grinsend mit den Augenbrauen.
VEREHRERIN?
Schneewittchen war SCHARF auf MICH?
Das würde natürlich ihr Verhalten erklären.
Ich musste plötzlich lachen. »Sieht fast so aus, oder?«
»Ich gehe gleich mal zu ihr und frage, wo sie ihr Buch präsentiert. Vielleicht gehe ich hin«, sagte Sandra. »Du könntest doch mitkommen!«
»Könnte ich. Aber das will ich Heinrich nicht antun. Ich habe ihm versprochen, heute noch mit abzubauen«, sagte ich bedauernd.
Ich musste zugeben, ich ließ Schneewittchen ungerne gehen, bevor ich überhaupt ihren Namen wusste. Es tat mir gut, von einer attraktiven Frau angehimmelt zu werden.
(Klar, ich war verheiratet, aber von Anhimmeln konnte da nach fast zwei Jahrzehnten längst keine Rede mehr sein.
Es war mehr ein gut funktionierendes Uhrwerk.
Aber schon meine Oma hatte immer betont: ›*Appetit holt man sich unterwegs, gegessen wird zuhause.*‹
Bei Schneewittchen hätte ich allerdings nichts gegen einen Schnellimbiss gehabt.
Sie war ECHT heiß!)
Ich blickte erneut auf die Uhr und sah aus den Augenwinkeln, dass sich Linda und ihre Tochter ihre Jacken schnappten. Eilig erhob ich mich und flitzte auf den Flur hinaus. Zum Glück war dort das Buffet platziert, so dass ich mich unauffällig in der Ausgangsnähe aufhalten konnte, ohne zu aufdringlich zu wirken.
»Ihr müsst nun wohl schon gehen?«, wagte ich mich vor.
»Leider«, sagte das Schneewittchen seufzend.

Ihre Augen bohrten sich regelrecht in meine.
(Und plötzlich fühlte ich mich wie im Märchen: Die Prinzessin musste kurz vor Mitternacht fliehen und ließ den Prinzen mit gebrochenem Herzen zurück. Welches Märchen war das noch gleich? Aschenputtel?)
»Ich wünschte, ich könnte meinen Termin verschieben. Ich hätte dich zu gerne singen gehört. Aber leider müssen wir jetzt los.«
Ich reichte ihr die Hand und genoss den Händedruck. »Ich bin übrigens Benjamin. Benjamin Müller.«
Du bist VERHEIRATET, Benjamin, mahnte mein Gewissen.
Schneewittchen lächelte und ich hatte das Gefühl, ihr auserwählter Prinz zu sein, der sie nur noch auf dem weißen Pferd auf sein Schloss entführen musste.
(Mann, tat das gut!
Endlich mal wieder eine Frau, die einem schöne Augen machte.
Gott, wie hatte ich das vermisst!
Man wurde ja schließlich auch nicht jünger.
Und auch wenn der Großteil der Menschheit davon überzeugt war, dass Männer mit zunehmendem Alter immer attraktiver wurden, so musste ich doch trotzdem bei jeder Falte schlucken, die sich morgens im Spiegel vorwitzig zeigte.)
»Ich bin Melina. Melina Klein.«
»Freut mich sehr.« Ich lächelte sie an und erntete ein umwerfendes Lächeln.
»Vielleicht sehen wir uns ja mal wieder«, sagte Melina und verschlang mich förmlich mit ihren Blicken.
»Das wäre toll«, erwiderte ich mit einem Dauerlächeln.
(Ich hatte das Gefühl, unter ihren bewundernden Blicken regelrecht aufzublühen!

Ich fühlte mich glatt um zwanzig Jahre jünger.
Ich hätte Bäume ausreißen können!)
Sie schloss den Reißverschluss ihrer Jacke und winkte mir noch einmal zu, bevor sie in der Dunkelheit verschwand.
»Die hatte doch glatt einen Narren an dir gefressen, Benjamin«, sagte Jochen leise und klopfte mir auf die Schulter. »Tut gut, was?« Er grinste.
»Was meinst du?«, stellte ich mich dumm.
»Naja, es ist doch ein tolles Gefühl, wenn man feststellt, dass man auf dem Markt noch Chancen hätte, auch wenn man in festen Händen ist«, erklärte Jochen.
Ich nickte.
Es tat verdammt gut.
Wir gingen wieder in den Musiksaal und warteten brav, bis die Band fertig war mit ihrem Auftritt. Dann setzte ich mich ans Klavier und spielte ein Stück von Robby Williams. Begleitet wurde ich von Heinrich und Jochen.
Ich sang wie ein junger Knabe vor dem ersten Frühling - aber genau so fühlte ich mich nach der Begegnung mit Melina auch.
Das Treffen war wie ein Jungbrunnen für mich gewesen.
Ich genoss das Feuer, das in mir loderte und hatte so viel Spaß beim Musizieren wie schon lange nicht mehr.

***

»Na, Bruderherz! Du strahlst ja so«, begrüßte mich Henri mit einem fetten Grinsen.
Ich wackelte mit den Augenbrauen. »Ich hatte ein richtig geiles Wochenende.«
»Hat Marie dich etwa mit einem Konzert der Extraklasse überrascht? Oder hattet ihr herausragenden Sex?«
»Meine Ehefrau hat ausnahmsweise mal nichts damit zu tun.«

»Sag bloß, du hast eine andere Frau kennengelernt und hattest Sex mit ihr?«, hakte Henri erstaunt nach. Er stellte sein Tablett auf den Tisch und setzte sich. Seinen Arztkittel zog er aus und legte ihn auf den Nachbarstuhl.
Ich pflanzte mich mit dem Kantinenessen auf die gegenüberliegende Seite und zog ebenfalls meinen Arztkittel aus. Es gab heute Spaghetti mit Tomatensoße. Da konnte man sich so viel Mühe geben, wie man wollte, es ging immer was daneben.
»Hab ich.« Ich fing an zu essen, wohlwissend, dass mein Zwillingsbruder vor Neugier platzte.
»Was? Du hattest Sex?« Mein Bruder fiel fast vom Stuhl. »Außerehelich?«
»Quatsch! Nein, ich habe nur eine Frau kennengelernt.«
»Nun erzähl schon! Es kommt ja nicht so oft vor, dass du eine Frau kennenlernst, die dich interessiert. Eigentlich nie. Zumindest nicht, seitdem du im Hafen der Ehe vor Anker gegangen bist. Und das ist schon ein gefühltes Jahrhundert her. Wenn ich dich so betrachte, könnte man fast meinen, sie ist eine, die sogar dein Herz berührt hat«, drängte Henri weiter. »Amor, ick hör dir trapsen!«
Ich musterte ihn.
Wenn ich ihn ansah, war es fast, als würde ich in mein Spiegelbild schauen. Wir glichen einander wie ein Ei dem anderen. Selbst die Falten stellten sich an denselben Stellen ein.
(Diese Ähnlichkeit war auch keine Kunst, schließlich waren wir eineiige Zwillinge. Es gab nur zwei klitzekleine Unterschiede zwischen uns, und die fielen im Sitzen am Tisch nicht auf: ein Leberfleck hinter dem rechten Ohr und mein ETWAS aus der Form geratener Bauch.)
»Sie heißt Melina, sieht aus wie Schneewittchen und ist Schriftstellerin.«

Henris Augenbrauen wanderten interessiert in die Höhe.
»Mmh, Schneewittchen klingt verlockend. Auf die stehe ich total! Aber du hast doch eigentlich nichts mit Märchen am Hut.«
Ich lachte leise. »Habe ich auch nicht. Wobei ich mir bei dir nicht so sicher bin, ob du nicht eigentlich auf jeden Typ Frau stehst. Cinderella, die Eiskönigin, Schneewittchen, die böse Stieftocher...«
»Nicht ganz. ›*Jede*‹ ist dann doch zu weit gefächert. ›*Viele*‹ würde es eher treffen. Es gibt so viele Frauen, dass es doch jammerschade wäre, sich auf eine festzulegen.«
Henri fing an zu essen. »Das Essen schmeckt hervorragend, seitdem wir den neuen Koch haben.«
»Finde ich auch. Marie wundert sich schon, dass ich gar kein Essen mehr von Zuhause mitnehmen will.« Seufzend schob ich mir die Gabel mit den umdrehten Spaghetti in den Mund. »Das ist meiner Figur natürlich wenig förderlich. Ich müsste dringend mal abspecken.«
»Du seufzt? Na, dann muss es dich ja richtig erwischt haben«, feixte Henri. »Zu dumm, dass du verheiratet bist.«
»Ja, zu dumm.«
Henri legte den Kopf schief. »Aber da ich ein netter Bruder bin, biete ich dir an, mich an sie ranzuschmeißen und sie dir gelegentlich auszuleihen.«
»Das alte Spiel? Sind wir nicht mittlerweile ETWAS zu alt dafür?«
Das letzte Mal als wir heimlich eine Freundin untereinander ausgetauscht hatten - ohne aufzufliegen! - war ungefähr fünfundzwanzig Jahre her.
»Zeit, das Spiel zu wiederholen, findest du nicht? Sonst rosten wir noch ein«, witzelte Henri und lachte.
»Es ist zumindest sehr verlockend.«
»Aber?« Aufmerksam betrachtete Henri mich.

»Aber...«, betonte ich, »ich bin verheiratet. Und Marie ist wirklich nett.«
»Boah, Benjamin! NETT?« Henris Stimme dröhnte durch die ganze Kantine. Einige sahen sich neugierig nach uns um.
(Wir waren auch wirklich ein sehr auffälliges ›*Paar*‹. Groß, dunkelhaarig - na gut, mittlerweile überwog der Grauanteil - bärtig, Brille. Wobei Henri seit neuestem auf dem Fitnesstrip war und daher seinen Bauchansatz längst verloren hatte.
Im Gegensatz zu mir.)
Apropos...
»Wir können gar nicht tauschen«, sagte ich mit einem Fingerzeig auf seinen beneidenswert schlanken Bauch.
»Du hast deinen Bauch wegtrainiert. Ich habe meinen noch.«
Henri blickte an sich herunter und schlug sich mit der Hand gegen die Stirn. »Oh nee, wie dumm von mir! Wie konnte ich so unachtsam sein? Da bleibt uns ja nur eine Möglichkeit...«
»Ach ja? Welche denn?« Fragend blickte ich meinen fünf Minuten jüngeren Bruder an. »Nimmst du wieder zu?«
Henri grinste. »Nee, nee, mein Lieber. Ich stopfe mir ein Kissen unter den Pulli, bis wir so weit sind, dass wir intim werden und DU nutzt die Zeit, um abzuspecken. Ist ohnehin gesünder. Das ist gefährliches Bauchfett. Du weißt schon. Muss ich dir als Arzt ja nicht sagen, oder?«
»Nee, ich weiß Bescheid.« Ich stöhnte.
Ich hatte überhaupt keine Zeit zum Abnehmen.
Und Lust sowieso nicht.
Ich war kein Freund von Diäten.
Eher vom guten Essen.

»Mach es wie ich: Invervallfasten und Sport. Dann kannst du trotzdem noch Berge an Essen verschlingen, auch wenn du bestimmte Zeiten einhalten musst«, schlug Henri vor.
»Intervallfasten? Oje, da müsste ich ja dann aufs Abendessen verzichten, oder? Ich bin echt ein absoluter Abendesser!«
Henri schüttelte den Kopf. »Quatsch! Sieh mal, ich esse zwischen zehn und achtzehn Uhr. Dazwischen ist Pause angesagt. Gut für die Organe. Gut für deinen Körper.«
»Ich denke darüber nach.«
»Solltest du tun, Bruderherz«, sagte Henri mit vollem Mund. »Zumindest, wenn du Melina mal ausleihen willst.«
»Man sieht, du warst noch nie verliebt, Henri«, bemerkte ich spöttisch. »Sonst würdest du mir nicht anbieten, deine Freundin gelegentlich abzugeben.«
Henri zuckte mit den Schultern. »Stimmt. Andererseits bist du mein Bruder. Quasi meine zweite Hälfte. Es bleibt somit in der Familie.«
»Solange du dir Marie nicht ausborgst, ist alles gut.«
»Marie war noch nie mein Typ. Sorry.« Henri lächelte bedauernd.
»Kein Problem.«
»Dann fädelst du ein Treffen mit Melina ein?«, fragte Henri fast ein wenig hoffnungsvoll.
Ich lächelte. »Ich werde mich bemühen. Die nächste Musiksession kommt bestimmt.«
»Hast du ihr etwa NICHT die Telefonnummer abgeknöpft?«, fragte Henri pikiert.
Ich schüttelte den Kopf. »Nee, sorry. Das habe ich in der Aufregung total vergessen. Außerdem bin ich…«

»Verheiratet, ich weiß.« Henri verdrehte die Augen. »Na, gut. Dann warte ich eben!«
»Es wird dir nix anderes übrig bleiben.« Lächelnd widmete ich mich wieder meinen Spaghetti.

Vertrauen ist gut

Seufzend schnappte ich mir eine graue Hose, einen grauen Pullover und einen grauen Mantel. Heute hatte ich tatsächlich unterrichtsfrei. Ich ärgerte mich bereits, dass ich mich zu Emmas Vorhaben hatte überreden lassen, aber nun saß ich in der Falle. Um meine Mission so unauffällig wie möglich zu meistern, hatte ich meine ältesten Klamotten herausgesucht.
Heute musste ich der Sekretärin von Emmas Ehemann auflauern. Das tat ich auch wirklich nur für Emma, meiner längsten und besten Freundin.
(Und abgesehen davon wollte SIE mir im Gegenzug helfen, Benjamin zu angeln. Dafür würde ich mittlerweile sogar über (verstaubte) Ehehäfen gehen!)
Verträumt saß ich in der Bahn und wünschte mir, ich würde Benjamin begegnen, aber das war natürlich in einer Millionenstadt absolut utopisch.
Hier gab es SO viele Menschen, dass man NIEMALS demjenigen begegnete, den man gerade treffen wollte.
Neben mir saß so ein schmieriger Typ, der sein Frühstück wie ein Schwein verschlang und dabei ordentlich Dreck verursachte. Typen gab's!
In der Innenstadt stieg ich aus und wanderte ein paar Blocks weiter, bis ich das riesige Bürogebäude erreichte. Ich betrat die Eingangshalle und lief schnurstracks zum Fahrstuhl. Der Portier musterte mich kurz, doch da ich mit

dem Selbstbewusstsein einer Bärin auftrat, hielt er mich nicht auf. Der Fahrstuhl kam und ich fuhr in den achten Stock.
Bing.
Die Fahrstuhltür öffnete sich und ich blickte auf einen langen Flur.
Wo, hatte Emma gesagt, lag das Büro ihres Mannes noch gleich? Links? Rechts? Geradeaus?
Ich bog nach links ab und wanderte zum Ende des Ganges, nur um festzustellen, dass ich die falsche Richtung eingeschlagen hatte.
Ein helles Lachen weckte meine Neugierde.
Ich blickte in den Raum.
Eine junge, schlanke Frau mit neumodisch weißgrau gefärbten Haaren lümmelte auf einem Schreibtisch herum und kokettierte mit dem jungen Mann, der sich grinsend am sexy geschnittenen Vollbart zupfte.
Als die beiden mich bemerkten, fuhren sie auseinander, als hätte ich sie bei sonst was erwischt. Die Frau verabschiedete sich schnell und eilte auf den Flur. »Kann ich Ihnen helfen?«
»Ja, gerne. Ich suche das Büro von Till Eisenhauer«, erwiderte ich so herablassend wie möglich, obwohl das sonst so gar nicht meine Art war.
Eine dunkel bemalte Augenbraue der jungen Frau wanderte in die Höhe. »Sie wollen zu Till?« Sie musterte mich auffällig. »Na, da kommen sie mal mit!« Mit einem leicht spöttischen Grinsen ging sie mir forschen Schrittes voraus.
(Hätte sie nicht ihre Unterschriftenmappe vor die Brust geschnallt, wären ihre unechten Möpse sicherlich aus dem viel zu tiefen Ausschnitt geflogen.

Ihre Hose war drei Nummern zu klein und ihre Schuhe hätte ich eher auf St. Pauli angesiedelt bei den Damen des horizontalen Gewerbes.)

So unauffällig wie möglich zückte ich mein Handy und machte ein paar Fotos von ihr. Ich hatte mir vorher noch extra von einem meiner versierten Studenten zeigen lassen, wie ich das dämliche Klickgeräusch meiner Handykamera ausschalten konnte und stellte nun mit großer Erleichterung fest, dass ich das Tatobjekt (oder -subjekt?) vor mir heimlich fotografieren konnte.

(Das Recht am eigenen Bild ignorierte ich einfach mal.

Auch diesen dämlichen Hype um das noch dämlichere Datenschutzgesetz. Schließlich hatte ich ja nicht vor, sie bei der Miss-Universum-Wahl anzumelden oder ihre Bilder öffentlich zu posten.)

Wir betraten am anderen Ende des endlosen Ganges ein Büro. Erhobenen grauhaarigen Hauptes nickte sie mir zu und deutete mir an, vor ihrem Schreibtisch stehen zu bleiben. Sie ging unterdessen zu einer weiteren Tür, klopfte an und öffnete sie.

Ich ging schnell aus der Schusslinie, bevor ich aufflog, sah aber noch, dass Till am Telefonieren war.

Die junge Dame mit dem neckischen Namensschild ›*Schmidt-Westernhausen*‹ schloss die Tür wieder und pflanzte sich auf ihren Schreibtischstuhl. Mit dem Kopf deutete sie auf eine Reihe Stühle, die ihr gegenüber an der Wand für Wartende aufgestellt waren.

(Oder für die, die zur Hölle geschickt werden sollten!

Die Dinger sahen mega UNBEQUEM aus.

Das war diese Art von Stühlen, auf denen man beim bloßem Warten bereits gefoltert wurde, weil einem schon nach drei Sekunden der Rücken schmerzte, die Beine einschliefen und irgendwann der Kopf schwer wurde.)

Ich zückte mein Handy und tat so, als würde ich die neuesten Nachrichten lesen wollen. Dabei visierte ich mein Opfer an und drückte ab.
Zack, zack, zack.
Und ich hatte ungefähr zehn Fotos von Emmas potentieller Konkurrenz in der Tasche - dieses Mal frontal geschossen. Emma würde sicherlich zufrieden sein mit meiner Spionagearbeit.
(Nun ja, zumindest mit der Qualität meiner Bilder.
Mit der Tatsache, dass das junge Ding unabhängig von ihren graugefärbten Haaren eine ECHTE Granate war, würde sie vermutlich weniger begeistert umgehen.
Wieso waren Sekretärinnen eigentlich alle so hübsch?
War das ein Einstellungskriterium?)
»Sie dürfen sich ruhig setzen! Ich denke, Herr Eisenhauer wird noch einen Augenblick telefonieren.«
Widerwillig setzte ich mich auf einen der neumodischen Plastikstühle und brach mir dabei fast das Genick.
(Herr im Himmel, wer konnte nur solche Stühle formen? Hatte sich da jemand mit seinem neuen 3D-Drucker ausgetobt und das verunglückte Produkt als Kunst verkauft? Wer, zum Henker, sollte auf DEN Dingern lange sitzen?)
»Tolle Stühle, oder? Sind ganz neu«, platzte Frau Schmidt-Westernhausen heraus. Sie lächelte breit.
»Supertoll. Ich habe mich gerade gefragt, ob ich mir für zuhause nicht auch solche Stühle anschaffe«, frotzelte ich breit grinsend zurück.
(Allerdings war mein Lächeln so künstlich und hässlich wie diese Stühle hier.)
»Die sind echt teuer.« Sie beäugte mich unverhohlen.
Okay, sie musterte mich derart auffällig, dass ich selbst meinen Kopf neigte und mich betrachtete.

Hatte ich übertrieben mit meinem unauffällig-auffälligen Look? Sah ich aus wie eine schicke Detektivlady in Grau? Oh Gott, nein, ich sah aus wie ein Straßenkind, das dem Staat auf der Tasche lag!
Ich bemerkte das Loch am Knie meiner Hose.
Heiliger Bimbam!
War das heute morgen schon da gewesen?
(Welcher Zwerg hatte mir auf dem Weg von meiner Haustür zu diesem Büro ein Loch in den Stoff gebohrt?)
Mein Blick wanderte höher und ich bemerkte nicht nur den weißen Waschpulverfleck auf meinem grauen Pullover, sondern auch noch den fetten Schokoladenfleck auf meinem hellgrauen Mantel.
Ich schluckte.
War ich in der Bahn angerempelt worden?
Gott, das war bestimmt dieser schmierige Typ gewesen, der sein Frühstück in der Bahn neben mir verschlungen und dabei ausgesehen hatte wie ein Schwein nach einem Fastenmonat.
Gute Güte!
Der Mistkerl hatte meinen Mantel mit einer Serviette verwechselt!
Ich brauchte GANZ dringend eine Ausrede für mein desaströses Aussehen!
Ich blickte auf und lächelte. »Kinder! Guckt man mal eine Minute nicht hin, knuddeln die einen mitsamt Frühstücksmäulern ab und man sieht aus wie ein Penner.«
Frau Schmidt-Westerhausen lachte leise - und hämisch. »Sie haben Kinder?«
»Sie etwa nicht?«, log ich ihr glattweg ins Gesicht.
Tills Sekretärin errötete. Dann schüttelte sie den Kopf. »Nein, ich nicht. Ich habe den Richtigen noch nicht getroffen. Aber ich habe ja noch Zeit…«

»Sie haben ja noch…«, zehn oder zwanzig Jahre?, »fast zwei halbe Jahrhunderte Zeit, nicht wahr?«, witzelte ich und winkte ab.
Frau Schmidt-Westernhausen lachte laut auf. »Zwei halbe JAHRHUNDERTE? Sehe ich aus wie eine Schildkröte?«
Ich brauchte schätzungsweise eine Millisekunde zu lang um zu antworten, denn mein Gegenüber schnaufte entrüstet.
»Nein, natürlich nicht«, sagte ich etwas zu spät. Ich lächelte entwaffnend. »Ich kann ihr Alter schlecht schätzen. Die grauen Haare irritieren mich etwas«, log ich uncharmant.
»Wirklich? Das ist doch total in Mode. Sehe ich damit so alt aus?« Sie lächelte, doch mein Zögern ließ ihr Lächeln verschwinden.
Zaghaft zuckte ich mit den Schultern. »Ich würde sagen, Sie sind so um die fünfunddreißig«, log ich ihr frech ins Gesicht.
(Klar, ich hätte mich auch standesgemäß benehmen können, aber irgendwie hatte ich das Gefühl, ich müsste die Ehre meiner Freundin retten und die Sekretärin etwas necken.)
»FÜNFUNDDREISSIG?«, kreischte sie entsetzt auf. Sie tätschelte ihre Wangen. »Aber ich habe nicht eine einzige Falte!«
Ich beugte mich vor und musterte demonstrativ ihr zartes, faltenloses Gesicht. Langsam rümpfte ich die Nase und verengte meine Augen zu Schlitzen.
Die junge Sekretärin wurde immer unsicherer.
»Wie gesagt, das Grau irritiert mich ein wenig. Bei dem Licht kann ich schlecht sagen, wie alt Sie sind. Lag ich so daneben? Sind Sie jünger?«

»Sie können mal eben zwölf Jahre abziehen«, bemerkte Frau Schmidt-Westernhausen verärgert.
»ZWÖLF Jahre? SO weit habe ich mich verschätzt? Schande über mein Haupt! Ich bitte um Verzeihung! Vermutlich sind meine Augen nicht mehr so gut. In meinem Alter.«
»Wieso? Wie alt sind Sie denn?« Nun musterte sie mich. »Sie sind doch auch noch nicht so alt, oder?«
Das ging mir runter wie Öl und ich beschloss, ETWAS netter zu sein. »Ein bisschen älter als Sie bin ich schon. Aber noch nicht so alt, dass meine Augen schlappmachen könnten.« Ich lächelte. »Ich weiß, die Haarfarbe ist Mode, aber finden Sie nicht, das können Sie tragen, wenn es Zeit ist, den Friedhof aufzusuchen?«
Schockiert fuhr sich das junge Ding durch die Haare. »Finden Sie?«
Ich zuckte mit einer Schulter. »Nun, jede Frau versucht, ihre grauen Haare zu überdecken und Sie färben Sie sich IN IHREM ALTER in diesem eiskalten Grau, als würden sie mit der Eiskönigin konkurrieren wollen. Sehr mutig. Aber Sie sind ja schon verheiratet.«
»Bin ich das?«
»Sind Sie das nicht?« Ich blickte auf ihr Namensschild. Die Frau folgte meinem Blick. »Der Doppelname stammt noch aus einer Zeit, wo Eltern und Kinder einen Doppelnamen tragen durften«, erklärte sie. »Ich bin Single.«
»Verstehe. Nun«, ich blickte auf meine Uhr, »meine Zeit ist leider um. Ich muss gehen. Termine.« Ich blickte an mir herunter. »Außerdem muss ich mich umziehen. Dringend.«
Ich machte den Versuch, das Büro zu verlassen, als plötzlich Tills Bürotür aufgerissen wurde.

»Frau Schmidt-Westerhausen, ich brauche sofort eine Verbindung zu...« Till stutzte. »Melina, was machst du denn hier?«
Ich winkte ab. »Habe mich im Stockwerk geirrt, Till. Mach's gut!« Ich machte Anstalten zu gehen, doch Till sprintete mir hinterher. »Nichts da! Hier geblieben, Melina!« Er zerrte mich fast in sein Büro und schlug die Tür krachend ins Schloss. »WAS machst du hier?« Schwer atmend drückte er mich gegen die Wand.
»Spionage«, sagte ich verlegen grinsend.
Mein Grinsen schien ihn aber kalt zu lassen.
Er verschränkte die Arme vor der Brust. »Spionage?« Er deutete auf meine Tasche. »Zeig mir mal dein Handy!«
»Ich habe leider keins dabei. Sorry.«
»Du lügst!«, stellte Till fest.
»Natürlich lüge ich. Aber ich kann dir ja schlecht sagen, dass ich deine Sekretärin für deine Ehefrau fotografiert habe. Also werde ich jetzt gehen, nach Hause fahren und mich umziehen. Und deiner Frau die Bilder schicken. Du fährst nach der Arbeit also lieber ganz schnell zum Buchladen und kaufst deiner Frau einen Gutschein und schenkst ihr einen Einkaufsbummel.«
»Keine Blumen?«
»Nein. Die sind out.«
Till musterte mich. »Wie siehst du überhaupt aus? Sonst bist du doch immer so herausgeputzt.«
»Es war dunkel heute Morgen«, redete ich mich heraus. Ich beugte mich vor und gab Till eine kurze Umarmung. »Liebe Grüße an Emma!«
»Ich glaube, die siehst du vor mir!«
Ich machte auf dem Absatz kehrt und floh regelrecht aus dem Büro.

Erst auf dem Bahnsteig machte ich Halt und schickte Emma die Fotos.

***

»Du hast echt einen Vogel, Emma!«, schimpfte Till außer sich vor Wut.
Emma stemmte die Hände in die Hüften. »Mein lieber Göttergatte! Ich habe nichts verbrochen oder ist es neuerdings eine Straftat, die neue Sekretärin seines Gatten abzuklopfen?«
Till verdrehte theatralisch die Augen und stöhnte laut. »Emma! Hast du denn gar kein Vertrauen?«
»Nö. Vertrauen ist gut, Kontrolle ist besser.« Meine Freundin grinste ihren Gatten keck an, der seufzend aufs Sofa plumpste. »Meine Güte, wenn du das bei jeder Frau machst, die bei uns arbeitet, hat Melina viel zu tun.«
»Ich habe es gerne gemacht«, mischte ich mich leise ein. Das war natürlich voll gelogen.
Ich habe es gehasst, als Spionin einem jungen Ding auf die Pelle rücken zu müssen, nur um mich wie ein verlottertes Würstchen zu fühlen und auch noch dabei erwischt zu werden.
Zweifelnd blickte Till mich an. Dann schnitt er eine Grimasse. »GERNE? Das ist so was von gelogen, Melina! Du bist die schlechteste Lügnerin, die ich kenne. Du hast ausgesehen, als kämest du von der Straße. Ich habe dich noch nie so zerlumpt gesehen. War das irgendwie ein Teil des Plans? Du hättest dich doch auch genau so gut in deinen schicken Businessklamotten nähern können, ohne aufzufliegen.«
Ich öffnete meinen Mund, um zu protestierten, doch Till kam mir zuvor. »Sag jetzt nix! Zumindest nicht ohne deinen Anwalt. Und versuche nicht, mir weiszumachen, dass

es dunkel war, als du dich für eure geheime Observation in Schale geworfen hast.«
Ich grinste. »So war es aber.«
»Gut, dann hat Melina eben mit ihrem Outfit übertrieben. Ist doch Wurscht. Fakt ist, du hast eine bildschöne Sekretärin, die auch noch mit ihren Reizen spielt«, schimpfte Emma.
»Tut sie nicht«, widersprach Till genervt.
»Tut sie wohl. Ich habe die Bilder gesehen, die Melina gemacht hat«, konterte Emma verärgert.
»Und wenn schon. Macht das nicht jede Frau?«, fragte Till fast ein wenig zu gelangweilt.
»Ich mache das nicht«, gab Emma zu.
»Du gehst auch nicht arbeiten, mein Schatz!«, platzte Till heraus. »Du bist Hausfrau.«
Emma blieb vor Schreck der Mund offen stehen. »Wie bitte?«
»Ich rede von der arbeitenden Bevölkerung. Dazu zählst du nicht. Also spielst du auch nicht mit deinen Reizen. Würde ja auch niemand sehen, während du die Küche putzt, oder?«, grinste Till.
Emma war so entrüstet, dass ihr fast der Rauch aus dem Schädel dampfte. »Wer wollte denn, dass ich zuhause bleibe, die Kinder hüte und dein Essen koche, damit du es schön hast, wenn du nach einem langen Tag von der Arbeit ins gemachte Nest kommst?«
»Ich.« Wieder grinste Till. »Und nun reg dich ab! Das gibt nur Falten.«
Emma stieß ein schauriges Gebrüll aus. »Na, warte, mein Lieber! Du wirst mich noch kennenlernen.«
»Was willst du denn jetzt tun, Süße? Deinen Hausfrauenclub um Hilfe bitten? Oder gibt es wieder Sexentzug?«, witzelte Till.

Emma funkelte ihren Mann zornig an und schwieg.
»Redest du jetzt wieder drei Tage lang nicht mehr mit mir?« Till erhob sich vom Sofa. »Oder bekomme ich wirklich Sexentzug?«
»Schlimmer«, knurrte Emma.
»Schlimmer?« Till lachte höhnisch auf. »Na, da bin ich ja mal gespannt.«
»Das darfst du sein.«
Till winkte kurz und verließ lachend das Wohnzimmer.
»Das Lachen wird ihm noch im Halse stecken bleiben. Wer zuletzt lacht, lacht am besten«, knurrte Emma.
»Was hast du vor?«, fragte ich neugierig.
Emma beugte sich vor. »Du musst mir helfen!«
»Okay. Und wobei?«
»Ich werde streiken.«
»Aha. Und wo ist da meine Rolle?«, fragte ich perplex.
»Ich habe keine Zeit, mit dir hier zu sitzen. Wie du weißt, habe ich einen Job. Vollzeit.«
Emma lächelte triumphierend. »Eben. Darum brauche ich auch deine Hilfe! Ich werde mir auch einen Job besorgen und wenn Till abends von der Arbeit kommt, kann er sich sein beschissenes Essen selbst zubereiten.«
»EMMA! DU willst arbeiten gehen? Nach…«, eilig überschlug ich die Jahre, »…zehn Jahren Pause? Wenn das überhaupt reicht.« Ungläubig musterte ich sie.
»Wenn ich es nicht tue, wird er irgendwann etwas mit seiner Sekretärin anfangen, weil er mich für ein langweiliges, verstaubtes Hausmütterchen hält. Und wenn wir beide ehrlich sind, hätte er damit auch Recht. Ich glaube, ich bin längst verstaubt und langweilig.«
»Wie kommst du denn darauf?«, hakte ich leicht verunsichert nach.

»Ich bin langweilig für ihn geworden. Ich bin ja immer verfügbar. Und es gibt keine anderen Männer, die mich hier als Hausmütterchen überhaupt wahrnehmen können. Es gibt keine Bedrohungen für ihn, weil ich gar keine Gelegenheit habe, Männer kennenzulernen. Ich bin quasi erfolglos und uninteressant.« Emma beugte sich kampfbereit vor. »Also, Melina, WO gibt es die hübschesten, heißesten Männer?«

Ich lachte leise auf. »Du willst deinen Job danach aussuchen, wo es die schärfsten Typen gibt?«

Emma nickte, zu allem entschlossen.

Ich lehnte mich nonchalant zurück. »Bei der Polizei. Ganz eindeutig. Manchmal glaube ich, das ist ein Einstellungskriterium. Eigentlich fehlt bei der Stellenausschreibung nur noch der Zusatz ›Suchen Mitarbeiter, Schönlinge bevorzugt‹.«

»Perfekt! Dann kannst du mir einen Job bei der Polizei besorgen? Du sitzt doch quasi an der Quelle.« Emma lächelte mich leicht naiv an.

»Süße, dafür brauchst du eine Ausbildung! Oder ein Studium! Und du musst einen sehr schweren Einstellungstest bestehen.«

Ich musste das ja wissen, schließlich unterrichtete ich die angehenden ›scharfen‹ Polizisten im Fach Strafrecht.

»Aber es gibt doch sicherlich noch Positionen, wo ich nicht studiert haben muss, oder?« Emma blickte mich so flehend und hoffnungsvoll an, dass ich schließlich aufgab.

»In Ordnung. Ich frage morgen im Schreibpool nach, ob sie noch Schreibkräfte benötigen. Schreiben am PC kannst du doch, oder?«

»Logo! Habe ich schließlich gelernt.«

»Bingo. Dann strecke ich meine Fühler für dich aus.«

»Danke, du bist ein Engel!«

Ich lächelte. »Süße, du bist meine beste Freundin! Ich muss deine Ehe und damit dein Liebesglück retten. Natürlich helfe ich dir.«

***

Einen Tag später zückte ich auf dem Weg zum Klassenzimmer mein Handy und rief in der Personalabteilung an.
»Moin, Moin, Anna! Hier ist Melina Klein. Ich möchte mich für eine Freundin erkundigen, ob ihr noch Jobs im Schreibpool zu vergeben habt.«
»Dich schickt der Himmel!«, ertönte Annas weibliche Stimme am anderen Ende der Leitung. »Oder vielmehr deine Freundin. Wir haben momentan drei schwangere Kolleginnen. Sie soll mir einfach so schnell wie möglich ihre Bewerbung schicken, ja? Im gebärfähigen Alter ist sie aber nicht, oder?«
Ich schmunzelte. »Nicht wirklich. Sie ist durch mit der Familienplanung. Sie hat zwei entzückende Kinder, die bereits voll in der Pubertät stecken.«
»Klingt super! Vielen Dank für deinen Anruf, Melina.«
»Gerne. Ich danke für die positive Nachricht.« Ich atmete noch einmal tief durch und schickte Emma eine Nachricht. Dann betrat ich das Klassenzimmer. Ich musste heute für einen Kollegen übernehmen, der sich beim Dienstsport das Bein gebrochen hatte.
Obwohl ich meinen Job liebte und schon seit Jahren unterrichtete, fühlte ich mich doch immer ein wenig, als würde ich auf Glatteis - oder auf rohen Eiern - laufen, wenn ich in einer fremden Klasse unterrichten musste.
Und heute sollte ich ausgerechnet den Abschlussjahrgang übernehmen.
Ich streckte noch einmal meine Schultern, dann stellte ich meine Tasche auf das Pult. »Guten Morgen!«

»Guten Morgen«, kam im Chor zurück.
Ich blickte mich im Klassenzimmer um und spürte den leichten Schweißfilm auf meiner Stirn.
Die Mädels musterten mich eher neugierig, während einige der jungen Herren meine Figur scannten. Natürlich hatte ich mich extra in Schale geschmissen (ohne Löcher und Schokoladenflecken), denn wenn man die Höhle der Löwen betrat, musste man wenigstens top aussehen.
»Wie Sie wissen, liegt Herr Meyer mit einem gebrochenen Bein im Krankenhaus. Bis er wieder fit ist, werde ich ihn vertreten. Sie sind ja bereits im Abschlussjahr, das heißt, die Prüfungen rücken in greifbare Nähe…«
Ich sah, wie einige die Köpfe einzogen, andere stöhnten und wiederum andere siegessicher auf ihren Plätzen den Rücken durchstreckten.
»Sie sind also alle schon fit in Sachen Strafrecht und eigentlich kann ich Ihnen gar nichts mehr Neues beibringen, oder?« Ich öffnete meine Tasche und holte vier Bälle heraus.
Ich hörte das Raunen, das durch die Klasse ging.
»Soll das etwa Sportunterricht werden?«, fragte einer der Studenten.
Lächelnd drehte ich mich um und warf den ersten Ball in die Richtung, aus der die Stimme gekommen war.
»Was steht auf dem Ball?«, fragte ich.
Der Student drehte die Kugel. »›Obj.TB‹«, las er vor.
»Was könnte das heißen?«
»Objektiver Tatbestand?«, warf der Student fragend in den Raum.
»Warum so unsicher? Richtig. Objektiver Tatbestand. Wir haben einen Mann, der in den Supermarkt geht und von einer teuren Weinflasche das Etikett abpult, um es durch ein Etikett mit billigerem Preis zu ersetzen. Welches De-

likt liegt vor? Sie dürfen mir die objektiven Tatbestandsmerkmale nennen!«

Das Grinsen im Gesicht des Studenten war einem nachdenklichen Gesicht gewichen.

Eine junge Studentin meldete sich. »Diebstahl.«

»Noch nicht«, warf ein anderer ein. »Oder hat er den Supermarkt mit der nicht bezahlten Ware verlassen?«

»Guter Einwand«, lobte ich. Ich deutete auf den Studenten mit dem Ball. »Werfen Sie den Ball doch bitte zu Ihrem Kollegen!« Ich drehte mich zur Tafel um und schrieb den Paragraphen 242 Strafgesetzbuch mit Fragezeichen auf. »Gehen wir davon aus, dass der Mann mit dem teuren Wein durch die Kasse geht und ihn bezahlt. Zu dem billigeren Preis, der jetzt auf der Ware steht.«

Der Ball flog quer durchs Klassenzimmer.

Der junge Mann räusperte sich. »Ich denke, das ist kein Diebstahl.«

»Sondern?«, wollte ich wissen.

»Betrug.«

Einige der Studenten erhoben ihre Stimmen. Ich hob eine Hand und brachte die Klasse zum Schweigen.

»Einer hat den Ball, derjenige redet«, wies ich an. »Warum haben wir einen Betrug und keinen Diebstahl?«

Der junge Mann schluckte und deutete auf den Ball. »Mit dem falschen Etikett gibt der Täter vor, eine billige Ware zu haben, obwohl er in Wirklichkeit eine viel teurere Ware hat.«

»Und die objektiven Tatbestandsmerkmale lauten?«, hakte ich nach.

»Täuschung durch den Täter, ein Irrtum beim Opfer, das Opfer verfügt über sein eigenes oder fremdes Vermögen und dadurch entsteht ein Schaden«, leierte der Student fast gelangweilt herunter. »Hier denkt die Kassiererin, dass der Wein billig ist und kassiert den falschen Preis. Dadurch verfügt er über das Eigentum des Marktinhabers, der dann den Schaden hat.«

»Prima! Wie ich sehe, sind Sie fit! Und? Sind alle objektiven Tatbestandsmerkmale erfüllt?«

Der Student nickte. »Ja. Schließlich kommt er bei der Kassiererin damit durch.«

Ich schrieb den Paragraphen 263 Strafgesetzbuch an die Tafel. »Gibt es noch irgendwelche Delikte, die infrage kämen?«

Eine Studentin meldete sich und bekam den Ball zugeworfen. Sie fing ihn und sagte: »Urkundenfälschung. Paragraph 267.«

»Tatbestandsmerkmale?«, fragte ich nickend.

»Urkunde, Unecht, Handlung ist Herstellen, Verfälschen oder Gebrauchen«, antwortete die junge Studentin stockend.

»Und woran machen Sie jetzt die Urkundenfälschung fest?«

»Der Täter klebt das falsche Etikett auf die Flasche, so dass hier eine Einheit entsteht. Er verfälscht also den Inhalt der ursprünglich echten Urkunde. Außerdem stellt er eine unechte Urkunde her, die er dann auch noch gebraucht.«

»Sehr gut«, lobte ich und erntete ein schüchternes Lächeln der Studentin.

»Wir haben allerdings noch ein Delikt. Hat jemand eine Idee?«

Es herrschte das große Schweigen im Walde. Schließlich meldete sich ein junger Mann, der mich mit seinem Bart entfernt an Benjamin erinnerte. Er bekam den Ball und sagte unsicher: »Urkundenunterdrückung?«

»Sehr gut. Tatbestandsmerkmale?«

»Die Urkunde, die dem Täter nicht gehört und die wird vom Täter vernichtet, beschädigt oder unterdrückt«, erklärte der bärtige Student.
»Genau. Und wie wenden wir den Fall auf unser Prüfungsschema an?«
»Durch das Entfernen des richtigen Preisaufklebers vernichtet er die Urkunde vom Verkäufer.«
Noch ein Student meldete sich. Sein Studienkollege warf ihm den Ball zu. »Haben wir dann nicht auch noch eine Sachbeschädigung?«
Ich notiere eilig alle Paragraphen an der Tafel. »Ja, haben wir. Sehr gut!«
»Wir haben eine fremde Sache, die beschädigt oder zerstört wird. Denn durch das Entfernen des Preisschildes von der Flasche ist die Verpackung eine beschädigte Sache«, erklärte der Student ohne weitere Aufforderung.
»Exakt! Sie sehen, einen Fall zu lösen, ist gar nicht so schwer, wenn man die richtigen Tatbestandsmerkmale aufschlüsselt.«
Einige Studenten stöhnten leise.
»Wie prägen wir uns die Masse an Paragraphen ein?«, fragte eine junge Studentin.
»Das ist wie das Einmaleins. Haben Sie denn kein bestimmtes Lernsystem?«, fragte ich interessiert.
(In meinen Klassen war das grundsätzlich ein Punkt, der gleich zu Beginn des Schuljahres abgekaspert wurde, denn wenn die Studenten kein wirksames Lernsystem hatten, hatte ich die Erfahrung gemacht, dass sie irgendwann im Wust der Paragraphenberge erstickten.)
»Wiederholen bis es sitzt?«, meldete sich eine Studentin.
»Haben Sie mit Herrn Meyer kein Lernsystem besprochen? Hat er Ihnen keine Tipps gegeben?«, fragte ich verwundert nach.

Die Studenten blickten mich ein wenig ausdruckslos an.
Ich seufzte leise. »Sie sind im Abschlussjahr. Merkwürdig, dass Sie das Thema ›*Lernen lernen*‹ noch nicht dran hatten. Aber gut…« Ich nahm ein Stück Kreide und kritzelte eine Zeichnung an die Tafel. »Sie lernen die objektiven Tatbestandsmerkmale am besten mithilfe von sogenannten ›*Mind Maps*‹. Diese Übersichten sehen ein bisschen aus wie Stammbäume. Außerdem prägen Sie sich die subjektiven Tatbestandsmerkmale gleich mit ein, schließlich schadet es auch als Polizist nicht, wenn man sich überlegt, ob Fahrlässigkeit oder Absicht hinter der Tat stecken. Und dann wendet man sich der Rechtswidrigkeit zu. Ist der Täter vielleicht gerechtfertigt, weil er in Notwehr gehandelt hat? Sobald das sitzt, wird das exakt EIN TAG SPÄTER wiederholt. Sitzt die Information auch am nächsten Tag, wird das Erlernte exakt EINE WOCHE SPÄTER wiederholt und schließlich noch einmal EINEN MONAT SPÄTER.«
»Und was soll das bringen?«, fragte einer der Studenten und erntete leises Gemurmel.
»So prägen Sie sich Ihren Lernstoff im Langzeitgedächtnis ein. Schließlich sitzen Sie ja nicht hier, weil sie Ihren Schulabschluss machen wollen, bei dem man mehr als die Hälfte des Lernstoffes wieder vergessen kann, ohne dass das Folgen hat. Sie sitzen hier, um als Polizist auch ordentlich und ordnungsgemäß arbeiten zu können.« Ich atmete tief durch. »Demnach wird von Ihnen erwartet, dass Sie das Erlernte auch in der Praxis anwenden können. Schließlich wollen Sie ja niemanden festnehmen, der gar keine Straftat begangen hat. Oder vielleicht noch in einer straflosen Vorbereitungshandlung steckt.«
Es klingelte zur Pause.
Die Doppelstunde war um.

Ich blickte mich im Klassenzimmer um.

Obwohl ich anfangs noch Skepsis bei einigen Studenten gespürt hatte, wusste ich, dass ich meine Feuerprobe bestanden hatte.

»Prima, dann sehen wir uns übermorgen wieder. Ich möchte, dass Sie von allen heute besprochenen Paragraphen die objektiven Tatbestandsmerkmale beherrschen.«

***

Mir knurrte der Magen als wollte er den Preis des lautesten Organes gewinnen.

Ich hatte den Tag über kaum etwas gegessen und nun war ich so hungrig, dass ich den gesamten Supermarkt hätte ausräubern können.

Ich blieb kurz stehen und schloss die Augen.

Worauf hatte ich Appetit?

Gemüse? Nein.

Obst? Nein.

Brot? Auch nicht.

Fleisch? Ja, unbedingt.

Ich öffnete die Augen und steuerte die Fleischtheke an.

Seitdem ich mich von Nils getrennt hatte, hatte ich mir kaum noch selbst ein Steak gebraten, aber heute war einer der Tage, an denen ich dringend Eiweiß und Vitamin B12 brauchte.

Als ich mich der Theke näherte, sah ich nicht nur Steaks, die mich regelrecht in ihren Bann zu ziehen schienen, sondern auch einen Mann, dessen Lächeln ich so schnell nicht wieder vergessen würde.

»Benjamin?«

Der Mann an der Theke wandte sich um und musterte mich. Seine Augen scannten mich, doch er ließ sich nicht anmerken, ob er sich an mich erinnerte.

Mitten in einer Großstadt begegnete ich Benjamin?
Ich konnte mein Glück kaum fassen.
Aber unsere Begegnung schien ihn irgendwie kalt zu lassen.
(Gute Güte, hatte ich denn überhaupt keinen Eindruck bei ihm hinterlassen?)
»Ich bin es, Melina. Melina Klein. Wir haben uns bei der Musiksession von Heinrichs 81. Geburtstag kennengelernt.«
Ich sah, wie es regelrecht in seinem Kopf ratterte, dann machte sich langsam ein Lächeln auf seinem Gesicht breit. »Melina? Die Schriftstellerin?« Er fasste mir an den Oberarm.
Puh, erleichtert atmete ich auf.
Gott sei Dank, er konnte sich an mich erinnern!
»Genau die.« Ich erwiderte das Lächeln.
Benjamin reichte mir die Hand.
Wieder war sie warm und trocken.
»Freut mich, dich kennen…hier zu treffen«, verbesserte sich Benjamin eilig.
Ich stutzte kurz, dann nickte ich. »Mich auch. Leider habe ich ja deinen legendären Auftritt am Piano verpasst.«
»Ach so? Wer hat dir denn davon erzählt? Du warst doch bei deiner Lesung.« Wieder zeigte mein Gegenüber seine perfekten Zahnreihen.
Mein Blick blieb daran hängen.
Ich musterte seine Lippen. Sie hatten eine schöne Form. Eine, die zum Küssen einlud.
Ich blickte ihm wieder in die tollen blauen Augen, die es nur einmal auf der Welt gab. »Meine Mutter hat im Nachhinein mit Heinrich telefoniert. Ich habe ja versucht, dich über sämtliche Social Media Plattformen ausfindig zu

machen. Aber hast du schon mal einen Benjamin Müller versucht zu finden?« Ich lachte stöhnend auf.
Benjamin lachte aus vollem Halse mit.
Bewundernd blickte ich zu ihm auf.
(Gott, er hatte nicht nur ein umwerfendes Lächeln, sondern vor allem ein mitreißendes Lachen.
Ach, was sagte ich, er hatte das tollste Lachen der Welt!
Ich hätte in ihn hineinkriechen können, so sehr fühlte ich mich von ihm angezogen.
Er war einfach einzigartig!)
»Ich suche mich äußerst selten selbst im Netz«, witzelte er.
»DAS glaube ich dir. Ich glaube, die Nadel im Heuhaufen zu finden, wäre auch wahrscheinlicher. Oder im Lotto zu gewinnen.«
»DAS mag daran liegen, dass mein Bru…dass ich in den sozialen Netzwerken gar nicht vertreten bin.«
»Bist du nicht?«, fragte ich erstaunt.
»Nein.«
Gab es wirklich noch Menschen, die keine sozialen Netzwerke wie *Facebook*, *LinkedIn*, *Xing* oder *Instagram* nutzten?
Plötzlich tauchte Heinrich auf. Er schlug Benjamin auf die Schulter. »Hallo Benjamin! Morgen ist Bandprobe. Du kommst doch, oder?«
Benjamin reichte Heinrich die Hand. »Natürlich komme ich.«
Heinrich wandte sich an mich. »Bist du nicht die Schriftstellerin, die bei meiner Geburtstagssession da war?«
»Genau die bin ich. Und die versucht hat, über meine Mutter Benjamins Nummer aus dir herauszuholen,« gab ich zähneknirschend zu.

In Heinrichs Kopf schienen sich die Gedanken zu überschlagen. »DU warst das? DU bist die Tochter von Linda?« Er schlug sich gegen die Stirn. »Wenn ich geahnt hätte, dass DU die Nummer von unserem Sänger hier haben wolltest, hätte ich sie natürlich herausgerückt«, log er charmant.
»Ach, wirklich?«
»Ja.« Heinrich wandte sich an Benjamin und klopfte ihm auf die Schulter. »In deiner Haut möchte ich nicht stecken, mein Junge.«
Benjamin schluckte. »Ehrlich gesagt, möchte ich auch gerade nicht in meiner Haut stecken. Benjamin Müller ist nicht zu beneiden.«
»Oh Gott, bin ich so eine schlechte Partie?«, platzte ich heraus. Erschrocken biss ich mir auf die Zunge.
Benjamin lachte leise, dann wurde er wieder ernst. Liebevoll blickte er mich an, als er meine Hand nahm. »Nein, ganz im Gegenteil. Genau das ist ja das Problem.«
Heinrich hob eine Hand zum Gruß. »Und genau an der Stelle wird es Zeit für mich zu gehen. Macht's gut, ihr zwei. Und Benjamin?«
Benjamin blickte ihn fragend an.
»Tue nichts, was ich nicht auch tun würde.« Grinsend ging Heinrich davon und wackelte dabei auffällig mit dem Hintern.
Benjamin schmunzelte. Er hielt noch immer meine Hand. »Ich...bin eigentlich verheiratet und habe Kinder. Ich habe eine Familie. Darum meinte Heinrich, er würde nicht in meiner Haut stecken wollen. Du stellst mich vor eine sehr große Herausforderung.«
»Normalerweise wäre jetzt der Zeitpunkt, an dem ich mich umdrehen und gehen müsste. Ich müsste so viel Charakter zeigen, dass ich dich und deine Familie in Ruhe

lasse. Aber ich kann einfach nicht«, fügte ich verzweifelt hinzu. »Amors Pfeil hat mich vergiftet.«
»Vergiftet?« Benjamin grinste.
»Ja. Vergiftet. Darum würde ich jede noch so winzig kleine Chance nutzen, um dich kennenzulernen, mit dir auszugehen und mit dir zusammen zu sein. Ich finde dich einfach…umwerfend.«
Benjamin blickte mir tiefer als tief in die Augen. »Ich liege dir zu Füßen, Melina Klein. Wenn das mit einem vergifteten Liebespfeil zu tun hat, dann bin ich ja fein raus.«
Mein Herz schlug mir mittlerweile bis zum Hals. Bedeutete das etwa, dass ich auch nur den Hauch einer Chance bei ihm hatte? Oder bedeutete es sogar, dass er auch von Amor getroffen worden war?
»Wenn du in keinem sozialen Netzwerk vertreten bist, hast du dann auch kein Handy?«, fragte ich fast ein wenig spöttisch.
Benjamin lächelte und ließ meine Hand los. »Natürlich habe ich ein Handy. Ich habe sogar eine Telefonnummer.«
»Wirklich? Die habe ich ja versucht, ausfindig zu machen. Aber Heinrich hat jegliche Aussage verweigert, weil er meinte, du seist vergeben.« Bedauernd schaute ich ihn an.
Er war wirklich ein Prachtexemplar von Mann!
Sein Bart war absolut sexy und sein Lächeln haute mich jedes Mal um.
Zu dumm, dass er Familie hatte!
»So, hat er das?« Benjamin musterte mich, dann zückte er sein Handy. »Vielleicht darf ICH dir meine Nummer geben? Heinrich hat ja schon ganz richtig erwähnt, er will nicht in meiner Haut stecken. Ich gerade auch nicht. Andererseits will ich aber auch gerade überhaupt nicht vernünftig sein.«
Ich warf alle Vorsicht über Bord und nickte. »Sehr gerne.«

Benjamin diktierte mir seine Nummer, die ich sofort wählte. Das Mobiltelefon in seiner Hand fing sofort an zu klingeln.
»Bingo! Jetzt habe ich auch deine Nummer. Dann könnten wir doch eigentlich mal gemeinsam ausgehen, oder? Was meinst du?« Fragend blickte Benjamin mich an.
Gott, Melina, warum zögerst du noch?
Weil er verheiratet ist?
Schlag zu!
Gefühle sind stärker als irgendwelche Eheverträge.
Also, ran an den Speck!
»Es wäre mir eine große Ehre«, antwortete ich gestelzt. »Wir könnten ins Kino gehen und uns vorher vielleicht eine Rinderhälfte teilen.«
Benjamin lachte sein betörendes Lachen. »Das klingt zauberhaft. Willst du dich melden? Oder warte! Ich melde mich. Ich checke gleich morgen meinen Dienstplan und dann melde ich mich bei dir.«
»Dienstplan? Wo arbeitest du denn?«, fragte ich neugierig.
»In der Klinik am Walde.«
»Ah. Als was? Oder ist das ein Geheimnis?«
»Ich bin Arzt.«
Oh mein Gott, er ist ein Held!
»Falscher Beruf?«, deutete Benjamin mein Schweigen falsch.
Ich lächelte. »Nein, ich habe nur eben überlegt, ob ich dich einen Helden nenne oder ob ich mich damit lächerlich mache.«
Benjamin grinste breit. »Niemals! Ich glaube, du kannst dich gar nicht lächerlich machen.«
»Was wünschen die Herrschaften?«, unterbrach der Fleischer unseren Flirt.

Verwirrt wendete ich mich ab. »Ich hätte gerne Steak.«
»Wie viel darf es sein, junge Dame?«
»Zwei, bitte.«
Der Fleischer musterte uns kurz, dann ließ er ganz die Etikette walten. »Sehr wohl. Zwei Steaks. Groß, klein, mittel?«
»Die mittleren sehen gut aus.«
»Du isst Fleisch?«, fragte Benjamin.
»Du etwa nicht?«, platzte ich fast entsetzt heraus.
Er war doch wohl nicht einer dieser neumodischen Vegetarier, oder?
Oh Gott, vielleicht war er Veganer!
Oder noch schlimmer: Frutarier!
Benjamin schien meine Gedanken zu erraten. Lachend streichelte er sich über den Bart. »Keine Sorge, ich liebe Fleisch. Ich bin quasi eine fleischfressende Pflanze.«
Erleichtert wischte ich mir den imaginären Schweiß von der Stirn. »Gott sei Dank! Ich wäre ungerne auf Tofu und Co. umgestiegen. Emma, meine Freundin, ist seit neuestem Vegetarierin. Weil ihr Mann abnehmen wollte, hat er plötzlich auf Fleisch verzichtet und bevor sie sich versah, war ER sogar Veganer.« Ich spuckte das letzte Wort fast verächtlich aus.
Das bemerkte auch Benjamin. Er schmunzelte. »Wie schrecklich!«
»Das ist es wirklich«, verteidigte ich mich. »Ich bekomme dort nur noch gefakete Schokolade! Und auf der Pizza ist nicht einmal mehr echter Käse!«
»Was für ein Frevel. Aber es geht noch schlimmer. Eine Mitarbeiterin von mir ist Frutarierin. Sie ernährt sich ausschließlich von Früchten, die vom Baum gefallen sind. Die isst gar keinen Kuchen mehr.« Benjamin wackelte grinsend mit den Augenbrauen.

»Dürfte im Winter schwierig werden, sich von Fallobst zu ernähren, oder?« Ich dachte darüber nach.
Benjamin zuckte mit den Schultern. »Bleiben wir also lieber beim Fleisch.«
»Genau.« Ich nahm mein abgepacktes Steak entgegen. »Dann meldest du dich?«
Benjamin blickte mir tief in die Augen und nickte. »Auf jeden Fall.«

Zu alt

»Machst du Feierabend?«
»Ja, Dienstschluss, Bruderherz. Ich habe einen Bärenhunger und muss noch eben in den Supermarkt springen, bevor die schließen.«
»Dann wünsche ich dir einen schönen Abend!« Benjamin winkte mir zu.
Ich hob eine Hand zum Gruß und war auch schon auf dem Weg zum Parkplatz. Im Eiltempo fuhr ich zum Supermarkt und ging zielstrebig zur Fleischtheke.
»Benjamin?«
Im Zeitlupentempo drehte ich mich um.
Ich war es gewohnt, mit Benjamin angesprochen zu werden. Die wenigsten außerhalb der Klinik wussten, dass mein Bruder einen eineiigen Zwilling hatte, denn unsere Privatleben waren so unterschiedlich wie Tag und Nacht. Während mein braver, gut situierter Bruder Ehefrau und zwei Kinder hatte, seine vorbildliche Vorstadtehe führte und eine Million Familien, Schulkinder und Co. kannte, war ich ein freiheitsliebender Singlemann, der Sex zum Spaß hatte und die Ehe als lästigen Vertrag empfand. Die Ehe war für mich etwas, was sich wie Eisenketten um die Herzen der Liebenden legte und über die Jahre jegliche Emotionen eiskalt killte. Kinder waren für mich bisher nie ein Thema gewesen. Ich fand meine Existenz als Onkel

vollkommen ausreichend. Ich hielt mich also in meiner Freizeit eher auf dem Tennis- oder Golfplatz auf und kannte nur einige wenige Singlemenschen, die NICHT in den Hafen der Ehe eingefahren waren. Ich hatte tatsächlich nur drei Freunde mit Frau und Kindern. Der Rest war so frei und ungebunden wie ich.
Ich versuchte, die Frau vor mir einzuordnen.
Sie sah süß aus mit ihren langen, fast schwarzen Haaren und den großen blauen Augen, fast wie Schneewittchen.
Ich musterte sie anzüglich.
Im Eiltempo scannte ich ihren Body.
Mmh, sie hatte ansprechend große Brüste, schlanke Beine und ein relativ breites Becken.
Gut für Sex.
Bevor ich auch nur irgendetwas dagegen tun konnte, war mein Kopfkino angesprungen und ich sah sie bereits vor mir durch mein übergroßes Bett turnen.
Ich sah ihre Umrisse in meinem viel zu großen Deckenspiegel, den ich immer dann aktivierte, wenn ich den Sternenhimmel gerade mal nicht gebrauchen konnte.
(Ja, ich hatte mir den Luxus gegönnt und ein riesiges Dachfenster mit regulierbarer Spiegelfunktion im Schlafzimmer einbauen lassen.)
»Ich bin es, Melina. Melina Klein.«
Melina?
Gott, wer war das noch gleich?
War DAS etwa die Schriftstellerin, von der Benjamin erzählt hatte?
Sein SCHNEEWITTCHEN?
Es klingelte langsam bei mir.
DAS war also die Melina, die meinen Bruder auf außereheliche Pfade lockte?

Das knackige Ding, welches meinem Bruder - bekannt auch als Mr Obertreu - schöne Augen gemacht und ihn dadurch ganz schön verwirrt hatte?
»Melina? Die Schriftstellerin?«
Schneewittchen vor mir atmete erleichtert auf.
(Hatte sie etwa geglaubt, Benjamin hätte sie vergessen?
ER hat sie ganz bestimmt NICHT vergessen!
ICH sah sie ja heute zum ersten Mal.)
Ich lächelte.
Sie war süß.
Extrem süß.
Und sexy.
Oder eher noch heiß.
Mein Bruder hatte keineswegs übertrieben.
»Genau die.« Sie erwiderte mein Lächeln.
Ich reichte ihr die Hand.
»Freut mich, dich kennen…hier zu treffen«, verbesserte ich mich eilig. Sie brachte mich mit ihren leuchtenden Augen so aus der Fassung, dass ich mich konzentrieren musste, um nicht aufzufliegen.
»Mich auch. Leider habe ich ja deinen legendären Auftritt am Piano verpasst.«
»Ach so? Wer hat dir denn davon erzählt? Du warst doch bei deiner Lesung.« Ich lächelte.
Zum Glück hatte ich der Erzählung meines Bruders in der Kantine ausnahmsweise mal gelauscht und war nicht, wie sonst üblich, meinen Gedanken nachgehangen.
Sie blickte mir auf den Mund.
(Sag bloß, Madam hatte ebenfalls Kopfkino?)
Ich lächelte noch ein wenig mehr.
(Wusste ich doch, dass die Damenwelt auf mein Lächeln flog.)
Plötzlich tauchte Heinrich auf.

(War denn dieser Supermarkt vor niemandem mehr sicher? Sonst traf ich doch auch kaum bekannte Gesichter!)
Er schlug mir auf die Schulter. »Hallo Benjamin! Morgen ist Bandprobe. Du kommst doch, oder?«
Ich verdrehte innerlich die Augen. Manchmal nervte es gewaltig, wenn mich andere für Benjamin hielten. Oftmals teilten sie mir dann irgendetwas mit, was ICH dann wiederum an meinen Bruder weitergeben musste.
Ich reichte Heinrich die Hand. »Natürlich komme ich.«
JETZT wäre natürlich ein perfekter Moment gewesen, um mich als Henri zu outen. Aber dann wäre ich Benjamin in den Rücken gefallen, dem ich ja angeboten hatte, Melina mal ›*auszuleihen*‹.
Ich schwieg also und ließ Heinrich in dem Glauben, dass ich Benjamin sei.
Heinrich wandte sich an Melina. »Bist du nicht die Schriftstellerin, die bei meiner Geburtstagssession da war?«
»Genau die bin ich. Und die versucht hat, Benjamins Nummer aus dir herauszuholen.«
»DU warst das?«, platzte Heinrich heraus. »DU bist die Tochter von Linda?« Er schlug sich gegen die Stirn. »Wenn ich geahnt hätte, dass DU die Nummer von unserem Sänger hier haben wolltest, hätte ich sie natürlich herausgerückt«, log er grinsend.
»Ach, wirklich?«
»Ja.« Heinrich wandte sich an mich und klopfte mir auf die Schulter. »In deiner Haut möchte ich nicht stecken, mein Junge. Was für eine Verlockung!«
Ich schluckte. »Ehrlich gesagt, möchte ich auch gerade nicht in meiner Haut stecken. Benjamin Müller ist nicht zu beneiden.«

Aber glücklicherweise war ich Henri und musste nur die Tatsache, dass sie mich für Benjamin hielt - und damit für einen verheirateten Mann - so hinbiegen, dass sie nicht abhaute.
»Oh Gott, bin ich so eine schlechte Partie?«, platzte Melina erschrocken heraus.
Ich lachte leise, dann wurde ich wieder ernst. »Nein, ganz im Gegenteil. Genau das ist ja das Problem.«
Heinrich hob eine Hand zum Gruß. »Und genau an der Stelle wird es Zeit für mich zu gehen. Macht's gut, ihr zwei. Und Benjamin?«
Fragend blickte ich ihn an.
»Tue nichts, was ich nicht auch tun würde.« Grinsend ging Heinrich davon und wackelte dabei auffällig mit dem Hintern.
»Meine Mutter hat nach der Session mit Heinrich telefoniert. Ich habe ja versucht, dich über sämtliche Social Media Plattformen ausfindig zu machen. Aber hast du schon mal einen Benjamin Müller gesucht?« Melina lachte stöhnend auf.
Ich lachte aus vollem Halse mit.
Das war typisch für Benjamin!
Bloß nicht im Internet herumgurken und zu viel von sich preisgeben. Als wenn es ein Drama wäre, sich bei *Facebook* oder *Instagram* anzumelden und gelegentlich mal Fotos zu posten.
(Was dabei herauskam, dass er NICHT dort angemeldet war, zeigte sich ja nun - er war UNAUFFINDBAR.
Im Zeitalter des Internets wohlgemerkt!
Wenn ich ihm davon erzähle, wird er sich in den Hintern beißen. Es war ein wahres Wunder, dass Benjamin überhaupt *WhatsApp* hatte.)

Fast hatte ich den Eindruck, dass sie bewundernd zu mir aufblickte.
(Mann, die war aber auch süß!)
»Ich suche mich äußerst selten selbst im Netz«, witzelte ich.
»DAS glaube ich dir. Die Nadel im Heuhaufen zu finden, ist wahrscheinlicher. Selbst im Lotto zu gewinnen ist wahrscheinlicher, als Benjamin Müller zu finden.«
»DAS mag daran liegen, dass mein Bru...dass ich in den Sozialen Netzwerken gar nicht vertreten bin.«
Mensch, Henri, noch so ein Ding und du fliegst auf!
Nun konzentriere dich endlich!
»Bist du nicht?«, fragte sie erstaunt.
»Nein.«
Ich sah ihr regelrecht an, dass sie darüber nachdachte, ob es wirklich noch Menschen gab, die keine sozialen Netzwerke wie *Facebook, LinkedIn, Xing* oder *Instagram* nutzten.
Hielt sie mich jetzt für einen Nerd?
»Aber ein Handy hast du schon, oder?«, fragte sie fast ein wenig spöttisch.
Ich lächelte und ließ ihre Hand los. »Natürlich. Ich habe sogar eine Telefonnummer.«
»Wirklich? Die habe ich ja auch versucht, ausfindig zu machen..« Bedauernd schaute sie mich an.
Gott, Benjamin wird platzen vor Frust, wenn ich ihm das erzähle!
»So, hast du das?« Ich musterte sie, dann zückte ich mein Handy. »Darf ich dir vielleicht meine Nummer geben?«
Sie zögerte nicht lange. »Sehr gerne.«
Ich diktierte ihr meine Nummer, die sie sofort wählte. Das Mobiltelefon in meiner Hand fing augenblicklich an zu

klingeln. Eilig speicherte ich sie ab und warf sogleich einen Blick auf ihr Kontaktbild bei *WhatsApp*.
(Nett!
Ach, was sagte ich, es war UMWERFEND!)
»Bingo! Jetzt habe ich auch deine Nummer. Dann könnten wir doch eigentlich mal gemeinsam ausgehen, oder? Was meinst du?« Fragend blickte ich sie an.
Warum sollte ich darauf warten, dass Benjamin ein Treffen einfädelte, wenn ich mich gleich mit ihr verabreden konnte? Benjamin hatte sie schließlich freigegeben. Und sie war wirklich unwiderstehlich.
»Es wäre mir eine große Ehre«, antwortete sie gestelzt.
Eine große Ehre?
Gute Güte, woher stammte sie?
Aus dem Neunzehnten Jahrhundert?
War sie so verstaubt wie ihr Ebenbild Schneewittchen?
Ich lachte leise.
»Wir könnten ins Kino gehen und uns vorher vielleicht eine Rinderhälfte teilen«, fügte sie hinzu.
(Na gut, vielleicht war sie doch nicht ganz so verstaubt.)
»Das klingt zauberhaft. Willst du dich melden? Oder warte!« Ich ergriff ihren Arm. »ICH melde mich. Ich checke gleich morgen meinen Dienstplan und dann melde ich mich bei dir.«
»Dienstplan? Wo arbeitest du denn?«, fragte sie neugierig.
»In der Uniklinik.«
Würde sie gleich fragen, als was ich arbeite?
Meistens waren die Damen der Schöpfung ja besonders neugierig. Und oft antwortete ich, dass ich Pfleger sei. Dann kostete es die Damen eine Sekunde, um über die Enttäuschung hinwegzukommen, dass ich kein Arzt war, und entweder sie fanden sich mit der niedrigeren Stellung

ab oder sie suchten mithilfe irgendeiner Ausrede das Weite.
»Ah. Als was? Oder ist das ein Geheimnis?«
Ich war versucht, sie anzuschwindeln.
Aber sie blickte mich so unschuldig ehrlich aus ihren kugelrunden blauen Augen an, dass ich es nicht übers Herz brachte, sie anzulügen.
Außerdem machte sich etwas anderes in meiner Brust breit: Stolz und Ehrgefühl.
Ich wollte vor ihr glänzen, ich wollte sie beeindrucken.
»Ich bin Arzt.«
Ihr klappte der Unterkiefer auf, doch schnell hatte sie sich wieder im Griff. Fast erschien es mir, als sei sie enttäuscht.
»Falscher Beruf?« Nun war ich leicht verunsichert.
Melina lächelte. »Nein, nein, ich habe nur eben überlegt, ob ich dich einen Helden nenne oder ob ich mich damit lächerlich mache.«
Ich grinste breit. »Niemals! Ich glaube, du kannst dich gar nicht lächerlich machen. Aber ein Held bin ich ganz gewiss nicht. Wäre ich gerne.«
Ich - ein Held?
›Robin Henri Wood‹, der Held der Verletzten?
Sei es drum, ich aalte mich in ihrer Bewunderung.
Ich schätzte, das war das, wovon mein Bruder gesprochen hatte. Sie hatte ihn angehimmelt (das tat sie auch jetzt, denn schließlich wusste sie nicht, dass ich Benjamins eineiiger Zwillingsbruder war) und so badete ich regelrecht in ihrer ungeteilten Aufmerksamkeit.
»Was wünschen die Herrschaften?«, unterbrach der Fleischer unseren Flirt.
Verwirrt wandte ich mich ab.
Ich versuchte, meine Gedanken zu sortieren.

Melina lächelte den Fleischer an. »Ich hätte gerne Steak.«
»Eins oder mehr?«
»Zwei, bitte.«
»Sehr wohl. Zwei Steaks. Groß, klein, mittel?«
»Die mittleren sehen gut aus.«
»Du isst Fleisch?«, fragte ich erleichtert.
»Du etwa nicht?«, platzte sie fast entsetzt heraus.
Lachend ergriff ich ihren Ellenbogen. Es entbrannte eine kleine Diskussion zum Thema ›*Fleischfresser und Vegetarier*‹.
Melina nahm ihr abgepacktes Steak entgegen.
Ob sie es wohl alleine genießen würde?
Oder ob sie einen Freund hatte, den sie heute noch bekochen wollte?
»Dann meldest du dich?«, fragte sie und hielt gespannt den Atem an.
Ich erwiderte ihren Blick und nickte. »Auf jeden Fall.«
Keine Sorge, kleine, süße Melina, so schnell lasse ich dich nicht mehr vom Haken!

***

Fast zitternd ließ ich mein Tablett auf den Tisch sinken.
»Bist du nervös?« Staunend betrachtete mein Bruder mich.
Ich seufzte. »Nee, ich habe einen Virus.«
»Oh Gott! Echt? Was für einen? Hoffentlich nicht Ebola!«
»Ben, wo denkst du hin? Glaubst du, dann würde ich mit dir seelenruhig in der Kantine Mittagessen gehen?«
»Nein, du hast Recht. Ich glaube, ich bin urlaubsreif.« Stöhnend ließ sich Benjamin auf den Stuhl fallen und machte sich über die Pommes her. »Seitdem ich Melina getroffen habe, bin ich leicht durch den Wind.«

»DEN Eindruck habe ich auch.« Grinsend ließ ich mich ihm gegenüber am Tisch nieder. Dann beugte ich mich verschwörerisch vor. »Ich habe sie übrigens getroffen.« Benjamin, der soeben einen großen Schluck Cola getrunken hatte, prustete vor Schreck die Hälfte seines Zuckergesöffs quer über den Tisch und besudelte meinen Kittel, bevor ich ihn hatte schützend beiseite legen können.
»Na, toll! Danke, Ben! Jetzt sehe ich aus wie ein gesprenkeltes Schwein.« Ich verdrehte die Augen beim Anblick meines besudelten Arbeitskittels.
»Sorry, Mann! Du hast WAS? Du hast Melina getroffen? Wo? Ich meine, woher weißt du überhaupt, wie sie aussieht?« Benjamin schaute mich an wie ein Auto.
Ich grinste geheimnisvoll und steckte mir genüsslich gleich mehrere Pommes in den Mund, damit ich nicht sofort antworten musste.
Voller Empörung zog mein Bruder mir den Teller weg. »Lass das! Erzähl schon!«
Ich lächelte kauend. Schließlich schluckte ich meine Pommes hinunter. »Du hast doch selbst gesagt, sie sieht aus wie Schneewittchen. Haare so dunkel wie Ebenholz, Haut so weiß wie Schnee, Lippen so rot wie Blut…«
Benjamin verdrehte die Augen. »Trifft diese Beschreibung nicht auf eine Million Frauen zu?«
Ich grinste. Dann beugte ich mich vor. »Gestern im Supermarkt stand sie plötzlich an der Fleischtheke neben mir.«
»Und?«
»Und was?«
»Na, woher weißt du, dass SIE es war?« Benjamin rutschte unruhig auf seinem Stuhl herum.
Ich lächelte breit. »Im Gegensatz zu dir mochte ich es, wenn Mama uns Märchen vorgelesen hat. Und Schnee-

wittchen war immer meine Lieblingsbraut. Sie hatte Haare so schwarz wie Ebenholz, Augen so blau wie das Meer, ihre Haut war so blass wie Schnee und ihr Mund so rot wie Blut«, wiederholte ich.
»Sehr witzig.«
»Finde ich auch«, gluckste ich. »Sie fragte: ›*Benjamin?*‹ und stellte sich selbst nochmal als Melina Klein vor, weil sie davon ausging, dass du sie bereits vergessen hast«, klärte ich meinen neugierigen Bruder auf.
»Und du? Du hast natürlich ›ja‹ gesagt, oder?« Benjamin war etwas blass um die Nase geworden. Neckend nahm ich sein Handgelenk und tat so, als würde ich seinen Puls messen. »Bruderherz! Was ist los mit dir? Herzklopfen? Puls? Du solltest dringend etwas Sport treiben, sonst haut es dich bald um!«
Benjamin wischte sich den Schweiß von der Stirn. »Du hast gut reden! Du hast jede Woche irgendwelche Abenteuer mit Schwester XY laufen. Ich bin seit fast zwanzig Jahren verheiratet. Es ist ein gefühltes Jahrhundert her, dass sich eine Frau für mich interessiert hat.«
»DAS stimmt so nicht! Es laufen dem Chefarzt öfters mal süße, knackige Schwestern hinterher. Aber das lässt den Boss namens Benjamin meistens kalt«, widersprach ich.
Benjamin lachte leise. »Stimmt. Die zählen irgendwie nicht.«
»Warum nicht?«
»Die wollen nur an mich ran, weil sie wissen, dass ich der Klinikchef UND der Chefarzt bin. Die wollen nicht an mich ran, weil sie mich sexy finden«, erklärte mein Bruder fast ein wenig angefressen.
Beruhigend streichelte ich seinen Arm. »Ach Brüderchen! Sie finden dich sexy, WEIL du der Oberboss bist.«

Benjamin schnalzte mit der Zunge. »Ich kann darauf verzichten. Also, erzähle weiter!«
»Ich hätte sie natürlich über ihren Irrtum aufklären können, aber hätten wir dann wirklich noch tauschen können? Du wolltest doch ein Date mit ihr haben, oder nicht?«
»Ja, unbedingt.«
»Siehst du! Also habe ich mich auch als Benjamin ausgegeben. Wer weiß, wie sie reagiert hätte, wenn ich mich als Henri geoutet hätte.« Ich nahm noch einen weiteren Pommes.
»Worüber habt ihr euch unterhalten? Habt ihr doch, oder?«, wollte mein Bruder wissen.
»Sie erzählte, dass sie mich - also, ich meine DICH - in sämtlichen sozialen Netzwerken gesucht hat. Aber finde mal einen Benjamin Müller«, ich lachte, »das ist so gut wie unmöglich.«
»Ach Mensch, diese blöden sozialen Netzwerke. Die braucht kein Mensch.«
»JETZT hättest du sie gut gebrauchen können«, widersprach ich.
Benjamin stöhnte. »Ja, stimmt. Vielleicht sollte ich mich doch mal dort anmelden.«
»Und DANN…«, ich machte eine kurze Pause und nahm mir erneut einen Pommes, »sagte sie, sie hätte Heinrich nach deiner Telefonnummer gefragt.«
»Was? Im Ernst?« Benjamin verschluckte sich an seinem Pommes. »Er hat kein Sterbenswörtchen gesagt! So ein Schuft!«
Ich lächelte. »Ich vermute, er wollte deine Ehe nicht gefährden.«
»Gott, hätte er mich nicht fragen können?« Enttäuscht ließ mein Bruder den Kopf hängen.

»Ich habe ihr allerdings verraten, dass du verheiratet bist.«

Benjamin blickte wieder auf. »Und wir haben trotzdem eine Chance?«

»WIR?« Ich spielte den Unschuldigen.

Benjamin nickte eifrig, dann grinste er bis über beide Ohren.

»Du willst also wirklich tauschen…?«

Wieder nickte Benjamin mit leuchtenden Augen.

»…und Marie betrügen?«

»Wie du das sagst! Ich bin dann ja eigentlich DU und das zählt dann nicht. Wenn ich also als Henri mit ihr Sex habe, dann bin ich ja quasi Henri und nicht Benjamin, auch wenn sie glaubt, dass ich Benjamin bin. Ich gehe also gar nicht fremd.«

»Das hast du dir ja fein zurechtgelegt!« Ich stippte meinen Pommes in die Mayo. »Dann hätte ich mich auch outen können und du wärest als Henri mit ihr ausgegangen. Na, hoffentlich hält das nur einige, wenige Dates, sonst gibt es bestimmt mächtig Ärger, wenn wir auffliegen.«

»Das wird schon schiefgehen. Ich finde meinen Plan super. Und die Erklärung auch.« Benjamin grinste mich breit an.

»Du meinst, es ist wichtiger, mit Melina in die Kiste zu springen und was unterm Strich dabei herauskommt, ist unwichtig?«

Benjamin lächelte. »So ähnlich.«

Ich schnalzte mit der Zunge. »Ben, Ben, Ben. Ich erkenne dich ja gar nicht wieder! Wo ist denn mein gewissenhafter Bruder hin? Haben dich Außerirdische ausgetauscht?«

»Ich erkenne mich auch nicht wieder. Schätze, Amor hat mich versehentlich getroffen mit einem seiner Pfeile.« Benjamin steckte sich frustriert einen weiteren Pommes in

den Mund. Dann lächelte er wieder. »Aber ist sie nicht zuckersüß?«
»Ist sie.«
»Und? Wie seid ihr verblieben?«
»Wir haben Nummern ausgetauscht und ich habe ihr versprochen, dass ich mich alsbald bei ihr melde und wir ins Kino gehen.«
Staunend betrachtete Benjamin mich. »Das klingt doch gut. Und harmlos. Kann ich das Date übernehmen?«
Ich musterte meinen Bruder.
Ich liebte ihn wirklich.
Fast schon mehr als mein Leben.
Aber wollte ich mir wirklich die Chance entgehen lassen, und dieses zauberhafte Wesen gleich beim ersten Treffen ihm überlassen?
»Vielleicht könnten wir beim zweiten oder dritten Date tauschen?«, schlug ich versöhnlich vor.
Benjamin schmunzelte. »Du hast ernsthaftes Interesse an ihr?«
»Du doch auch.«
Beide lächelten wir uns an.
Dann reichten wir uns die Hände.
»In Ordnung«, sagte Benjamin. »Wir tauschen beim zweiten oder dritten Date.«
»Geht klar. Und bis dahin speckst du etwas ab!«
»Mach ich! Boah, ich kann es kaum erwarten!«
Ich lachte. »Echt? Und ich dachte immer, du hasst Diäten!«
»Darauf freue ich mich auch nicht, du Blödmann! Ich meinte, ich freue mich auf Melina.«
»Ich weiß schon.« Ich zwinkerte ihm zu und widmete mich meinem Apfel.

Verheiratet

Neugierig linste ich in den großen Musiksaal, aber Benjamin war nirgends zu sehen. Enttäuscht legte ich meine Jacke über einen der freien Stühle und folgte meiner Mom in die Küche. Sie schien meine Gedanken zu erraten. »Er kommt bestimmt noch.«
Aber er kam nicht.
Drei Stunden lang hielt ich es auf meinem Stuhl aus und hing meinen Gedanken nach, während die Enttäuschung mein Herz immer mehr beschwerte.
(Hätte ich ihm doch eine Nachricht per *WhatsApp* schicken sollen?
Wäre das zu aufdringlich gewesen?
Schließlich hatte ER sich zuerst melden wollen, was bisher leider nicht der Fall gewesen war.
Und es war schon eine ganze Woche verstrichen, seitdem ich ihm im Supermarkt begegnet war. Vielleicht hatte ihn doch das schlechte Gewissen gepackt und er machte nun einen Rückzieher.)
Als die Musiker einpackten und anfingen aufzuräumen, klopfte meine Mom mir auf den Oberschenkel. »Ich frage mal Heinrich, ob er was von Benjamin gehört hat, okay?«
»Das würdest du für mich tun?«
»Natürlich. Ich kann dich nicht so unglücklich sehen.« Sie stand auf und ging zu Heinrich. Bereits nach wenigen Minuten kam sie zurück. »Benjamin ist heute zuhause bei

seiner Ehefrau, die Geburtstag hat. Dort feiert er mit ihr und seinen Kindern.«
»Verstehe.« Eine Woge der Jahrhundertenttäuschung überschwappte mich wie ein Tsunami.
Im selben Augenblick piepte mein Handy.
Es war eine Nachricht über *WhatsApp*.
Von Benjamin!

> *Musste heute leider kurzfristig für einen anderen Kollegen einspringen 🤪. Wäre gerne zur Session gekommen 🎼🎶 🎤 🎹. Nächste Woche Freitag Kino? LG, Benjamin 🧔.*

Fassungslos starrte ich mein Handy an.
Spinnt der?
Der log mir einfach frech ins Gesicht! Erzählte mir was vom Pferd und dachte, ich glaubte ihm seine Märchen noch!

> *Hallo Benjamin! Hast du nicht eine Kleinigkeit unterschlagen?* 😏 *VG, Melina.*

»Alles okay?« Fragend blickte meine Mom mich an. Ich hielt ihr mein Handy unter die Nase und ließ sie die Nachricht lesen. Langsam wanderten ihre Augenbrauen höher. »Tja, da gibt es nur zwei Möglichkeiten: Entweder lügt er und findet dich so toll, dass er dich trotz Ehefrau und Familie kennenlernen will, bis er sicher ist, was er will, oder er sagt die Wahrheit und Heinrich hat mir eine falsche Information gegeben.«

»Glaubst du noch an den Weihnachtsmann? Ich denke, ersteres trifft zu. Er will mich erstmal abchecken.« Verärgert drückte ich auf *Senden*.
»Das ist sein gutes Recht, findest du nicht?«, überraschte mich meine Mom mit ihrer Frage.
»Wie meinst du das denn?«
»Nun«, meine Mom lächelte, »im Gegensatz zu dir hat er einiges zu verlieren. Wenn er sich gleich bei seiner Frau outet und DU UND ER dann aber gar nicht zusammenpassen, dann hat er sein Familienleben für Nichts aufs Spiel gesetzt. So kann er erstmal in Ruhe abchecken, ob es für euch über die erste Verliebtheit hinweg eine Chance für eine gemeinsame Zukunft gibt. Sei fair zu ihm!«
»So habe ich das Ganze noch nicht betrachtet. Du meinst also, ich soll das Spiel mitspielen?«
»Wenn du WIRKLICH Interesse an ihm hast, dann gibst du ihm die Möglichkeit, dich unter die Lupe zu nehmen, obwohl er noch Frau und Kinder zuhause hat.« Meine Mom zuckte lächelnd mit den Schultern. »So läuft das Spiel der Liebe in deinem Alter!«
Wie das klang!
Am liebsten hätte ich die Nase gerümpft, aber ich wusste, dass meine Mom leider Recht hatte.
»Du hast Recht. Ich werde etwas nachsichtiger mit ihm sein. Ich gebe ihm eine Chance. Er ist so ein toller Mann! Ich will ihn wirklich ganz unbedingt kennenlernen.«
»Na, dann hast du doch deine Antwort.« Lächelnd streichelte sie mir über die Schulter, bevor sie ihre Gitarre einpackte.
Mein Handy piepte erneut.
Eifrig öffnete ich die Nachricht.

›Habe wirklich 24-Stunden-Dienst. Du kannst mich gerne besuchen kommen, wenn du mir nicht glaubst😬.‹

›Ich möchte dich nicht kontrollieren. Bin kein Kontrollfreak👀. Aber danke für das Angebot.‹

›Ich fühle mich auch nicht kontrolliert. Komm doch vorbei! Klinik am Walde. Chirurgie. Erster Stock. Zimmer 1. Und bring was zu Beißen mit🍚! Ich habe einen Bärenhunger. 🤪‹

Ich lachte leise auf und dachte darüber nach, ob ich ihn tatsächlich in der Klinik besuchen sollte.
Meine Mom kam wieder und blickte mich fragend an.
»Noch mehr Probleme?«
»Nein, er fragt, ob ich ihn JETZT in der Klinik besuchen komme.«
»Na, dann fahre hin! Es ist Samstag. Achtzehn Uhr. Keine Zeit, zu der man alleine auf sein Sofa fallen muss. Schon gar nicht in deinem Alter!«
»Du hast Recht. Mal wieder! Kannst du mich zum nächsten Bahnhof mitnehmen?«
»Klar.«

›Bin in einer halben Stunde da. Bringe was vom China-Imbiss🍚 mit, wenn es Recht ist😄.
Melina‹

›Klingt phantastisch. Freue mich!🙂‹

***

Bewaffnet mit Essen vom China-Imbiss betrat ich die Klinik. Ich lief am Empfang vorbei und betrat den Fahrstuhl.
Niemand hielt mich auf.
Offenbar war es gestattet, zur Abendbrotzeit die heiligen Hallen der Chirurgie zu betreten, ohne sich anzumelden.
Mit wild klopfendem Herzen betrat ich schließlich die Abteilung und fand das Zimmer des Chefarztes auf Anhieb.
Ich atmete noch einmal tief durch, dann klopfte ich an.
Am Türschild stand ›*Chefarzt Dr. Benjamin Müller*‹.
»Herein!«
Ich schloss beim Klang seiner Stimme kurz die Augen, dann drückte ich die Türklinke herunter.
Zaghaft betrat ich sein Büro und sah ihn am Schreibtisch sitzen. Er trug einen blauen Arztkittel und sah selbst darin einfach nur umwerfend sexy aus.
Lächelnd breitete er die Arme aus. »Melina! Schön, dass es so spontan geklappt hat. Ich hatte heute Abend irgendwie keine Lust auf Kantinenessen.«
Ich blickte mich um.
Das Zimmer war sehr großzügig geschnitten.
Außer einer Untersuchungsliege hinter einem Vorhang und ein paar Schränken für Aktenordner beherbergte der Raum noch eine Ledersitzgruppe.
Dorthin zeigte Benjamin. »Wollen wir uns gemütlich auf die Sessel setzen? Was hast du denn Feines aufgegabelt?«
Ich hielt die Tüte hoch.
»Allerlei leckeres Zeug.«
»Liebst du Chinesisch etwa auch so sehr wie ich?«, feixte Benjamin.
Ich lächelte. »Ich bin ganz verrückt nach dem Zeug.«

Ich stellte die Tüte auf den Glastisch.
»Was kann ich dir zum Trinken anbieten?« Benjamin ging zum Schrank und öffnete ihn. Darin hatte er eine ganze Bar versteckt.
»Alkohol im Dienst?«, witzelte ich.
Benjamin hob eine Augenbraue. »Ach, du bist im Dienst?«
Ich musste gegen meinen Willen lachen. »Nein, natürlich nicht. Ich würde ein Mineralwasser nehmen.«
»So spartanisch? Ich habe auch Limo, Cola und Saft da. Oder lieber Wein? Ich werde mir eine Schorle gönnen.«
»Nein, nein. Schorle klingt super. Ich habe gerne einen klaren Kopf.«
Wir setzten uns nebeneinander jeweils auf einen Sessel.
Während wir die Boxen auspackten, angelte Benjamin nach dem Besteck. »Messer, Skalpell, den Tupfer bitte, Schwester Melina…«
Ich grinste ihn an. »Also, wenn du so einfach dein Geld verdienst, dann werde ich auch Arzt. Und dabei wirst du noch mit gutem Essen verwöhnt und darfst mit den Schwestern flirten.«
»Ach, flirte ich?« Benjamin zwinkerte mir zu. »Aber heißt es nicht ÄrztIN? So viel Zeit muss sein.«
»Ach, bist du emanzipiert?«
»Aber so was von.« Er zwinkerte mir erneut zu. »Du etwa nicht?«
Ich zuckte mit den Schultern. »Hm. Ich nehme das nicht ganz so ernst. Meine Studenten darf ich ja auch nicht mehr so nennen. Sie heißen jetzt ›*Studierende*‹. Damit niemand diskriminiert wird.« Ich verdrehte die Augen.
»Studenten? Ich dachte, du bist Schriftstellerin!«

Ich öffnete den Bratreis und schnupperte daran. »Ja, bin ich auch. Mmh, wie gut das riecht!« Genießerisch schloss ich die Augen.
Benjamin lächelte mich an. »Gott, bist du süß!«
»Findest du?« Ich streckte die Zunge raus. »Naja, ich weiß nicht.«
»Ja. Ein sehr schönes Exemplar der weiblichen Märchenwelt.« Benjamin grinste.
»Märchenwelt? Wer bin ich denn?«
»Schneewittchen! Das ist doch wohl logisch!« Benjamin schüttelte den Kopf. »Kennst du das Märchen etwa nicht? Schneewittchen war immer meine Lieblingsprinzessin.«
»Echt? Meine auch.«
Benjamin schnappte sich den Reis mit Chop Suey.
»Gute Wahl! Darauf bin ich auch immer ganz scharf«, sagte ich lächelnd.
Benjamin nahm die Stäbchen und holte einen Happen aus der Box. Dann hielt er ihn mir unter die Nase. »Der erste Bissen soll dann für dich sein, holde Prinzessin.«
Ich wackelte theatralisch mit den Augenbrauen und lächelte. »Wie aufmerksam, mein Prinz der Chirurgie!«
Ich ließ mir den Happen schmecken und beobachte ihn dabei, wie er sich bediente. Selbst beim Essen machte er eine perfekte Figur!
(Nur der Bauch kam mir heute irgendwie anders vor.
Weniger prall.
Irgendwie unförmig.)
»Also«, blickte er mich fragend an, »was machst du beruflich? Außer als Schriftstellerin zu arbeiten.«
»Ich bin Dozentin an der Polizeiakademie.«
»Fachrichtung?«
»Strafrecht.«

»Interessant.« Bewundern hob er beide Augenbrauen. Dann deutete er auf meinen Mund. »Du hast da was!«
Erschrocken hielt ich inne. Eilig tastete ich meinen Mund ab, fand aber nichts.
Benjamin beugte sich vor und blickte mir tief in die Augen. »Brauchst du Hilfe?«
»Ich befürchte ja, Herr Doktor.« Ich hielt seinem Blick stand.
Benjamin rutschte auf dem Sessel vor und strich mir mit den Fingerkuppen sanft über die Wange, bis er an meinem Mundwinkel einen Reiskorn erwischte.
»Gott, und ich dachte, ich könnte essen!«, platzte ich heraus. »Aber das Ding habe ich nicht einmal bemerkt. Muss ich mir Sorgen machen oder hast du das dahin gezaubert?«
Benjamins Lächeln verschwand. »Das war ich nicht. Aber ich werde dich gleich mal untersuchen. Darf ich?«
»Bitte!« Ich schnappte mir eine Pappbox, riss den Deckel ab und hielt ihn ihm hin. »Meine Versichertenkarte.«
»Die brauche ich nicht«, konterte Benjamin und legte den Pappdeckel beiseite. »Geht auf's Haus!«
»Okay.« Abwartend hielt ich ihm mein Gesicht entgegen.
Benjamin näherte sich mir, bis seine Lippen fast meine berührten. »Das wird jetzt vielleicht unangenehm, Melina. Aber ich muss testen, ob deine Nerven am Mundwinkel noch einwandfrei funktionieren.«
Ich versuchte, das freche Grinsen zu unterdrücken. Dabei stiegen mir die Tränen in die Augen. Übertrieben fächerte ich mir Luft zu. »Bitte, wenn es nicht anders geht. Ich hoffe, es wird nicht allzu schmerzhaft.«
Benjamins Lippen gingen auf Wanderschaft. Zuerst streiften sie meine Wange, dann berührten sie abwechselnd meine Mundwinkel. Schließlich legten sie sich auf mei-

nen Mund. Mir rutschte das Herz dabei fast in die Hose. Wild hämmerte es gegen meine Brust. Ich fühlte mich wie ein Teenager, der seinen ersten Kuss bekam.

Gegen einen Riesenschwarm Schmetterlinge ankämpfend rutschte ich Benjamin entgegen und küsste ihn mit aller mir zur Verfügung stehenden Leidenschaft.

Nach einer gefühlten Ewigkeit lösten wir uns atemlos voneinander.

»Wahnsinn!«

»Ist alles okay, Doc?«, witzelte ich mit brüchiger Stimme.

Benjamin wischte sich den Schweiß von der Stirn. »Ja. Ich kann Entwarnung geben. Es scheint alles zu funktionieren. Oder haben Sie vielleicht irgendwelche Funktionsstörungen wahrgenommen?«

»Wie würden solche Störungen denn aussehen, Doc?«, spielte ich das Spiel mit.

»Taubheitsgefühle, Kribbeln...«

»Oh, Kribbeln hatte ich! Allerdings drei Etagen tiefer«, gab ich zu.

»DREI Etagen?« Benjamin musterte mich auffällig. Dann hielt er seine Hände vor meine Brust und zählte. »Eins, zwei, drei. DA unten?«

»Na gut«, sagte ich lachend, »zwei Etagen. Das Kribbeln war eher im Magen, als im Schoss.«

»Da bin ich aber beruhigt, Frau Patientin...ähm, Frau Klein.« Benjamin flatterte mit seinen dunklen Wimpern. »Also keine Taubheitsgefühle?«

»Könnte ich das vielleicht noch einmal testen, Doc?«, forderte ich ihn grinsend heraus.

»Natürlich.« Er räusperte sich und breitete die Arme aus. Ich ließ mich in seine Arme gleiten und rutschte auf seinen Schoß. Dann nahm ich sein Gesicht in beide Hände und küsste ihn inbrünstig.

Nach wenigen Minuten lösten wir uns voneinander.
Ich schüttelte den Kopf.
»Was bedeutet das jetzt?«, fragte Benjamin verwirrt.
»Das bedeutet, es ist nix taub.«
»Super. Sie sind gesund, Frau Klein. Schade allerdings, dass die Testphase bereits vorbei ist.«
Ich zeigte grinsend aufs Essen. »Wir könnten die Tests vielleicht noch etwas ausdehnen, allerdings wird dann das Essen kalt.«
»Warmes Essen wird auch überbewertet«, sagte Benjamin und zog mich wieder in seine Arme.

***

»Und, wie war deine erste Arbeitswoche?« Ich platzte fast vor Neugier.
Emma lächelte glücklich. Dann verdrehte sie schwärmerisch die Augen. »Du hattest Recht! Bei der Polizei arbeiten tatsächlich die heißesten Typen. So was von süß! Und MANIEREN haben die! Alles Gentlemen. Durch die Bank weg. Die halten einem sogar die Tür auf!«
»Macht Till das etwa nicht?«, fragte ich verwundert.
Emma schüttelte den Kopf. »Nee. Schon lange nicht mehr. Bin wohl nicht mehr so interessant. ABER die süßen Polizisten sind interessant!«
»Mein Reden! Ach, das freut mich wirklich, dass dir die Arbeit Spaß macht…« Ich stutzte. »Macht sie doch, oder?« Ich blickte meine langjährige, beste Freundin an. Heiße Typen waren eine Sache, aber die Arbeit an sich musste ja schließlich auch Spaß machen.
Emma lächelte noch immer. »Die Arbeit ist super. Und weißt du, was richtig toll ist?«

»Du wirst es mir sicherlich gleich verraten.« Ich hängte meine Jacke an die Garderobe und schlüpfte in die Filzpuschen, die Emma mir reichte.

»Am Ende des Monats bekomme ich meinen ersten Lohn. Und zwar direkt auf mein Taschengeldkonto.« Emmas Augen leuchteten. »Mein eigenes Geld«, kreischte sie auf.

»Du hast ein TASCHENGELDKONTO?«, fragte ich erstaunt.

Emma zuckte mit den Schultern. »Naja, jahrelang hatte ich gar keins, aber irgendwann meinte Till großzügig, ich bräuchte ein eigenes Konto. Vermutlich wollte er nur verhindern, dass ich sein hart verdientes Geld herausschleudere.«

»Vermutlich.«

Ich folgte Emma nach oben ins Wohnzimmer, als die Haustür aufging. »Hallo! Jemand zuhause?«, ertönte es hinter uns.

»Wir sind gerade auf dem Weg nach oben, Schatz«, rief Emma die Treppe hinunter.

»Ah, super! Ich bin gleich da. Mann, habe ich einen Hunger!«

Emma winkte mich ins Wohnzimmer. »Ich bin erst vor fünf Minuten rein. Natürlich habe ich KEIN Abendessen vorbereitet.« Sie eilte voraus. »Komm, gehen wir in die Küche! Ich mache uns erst einmal einen Tee.«

Während der Teekocher brodelte, tauchte ihr Göttergatte auf. Freudestrahlend umarmte er Emma und gab ihr einen Kuss. »Endlich Wochenende! Was gibt es zu Essen?«

Emma zuckte mit den Schultern. »Keine Ahnung. Worauf hast du Appetit?«

»Wie Appetit? Hast du etwa schon wieder nichts vorbereitet? Das geht jetzt schon die ganze Woche so!« Stirnrunzelnd hob Till einen Topfdeckel von einem der Töpfe auf dem Herd hoch.

Der Topf war leer.

Schließlich hob er einen Deckel nach dem nächsten an. »Die sind ja allesamt LEER! Und DRECKIG! WAS MACHST DU DEN GANZEN TAG? DÄUMCHENDREHEN? Wo ist meine fleißige Hausfrau hin?« Till stemmte die Hände in die Hüften. »STREIKST du etwa immer noch?«

Emma verschränkte die Arme vor der Brust. »Bitte doch deine Sekretärin, hier abzuwaschen und dir Essen zu kochen! Ich habe dafür leider keine Zeit.«

»Wie bitte? Du bist HAUSFRAU! Das ist dein JOB!«, spuckte Till seiner Frau vor die Füße. »Wieso hast du neuerdings keine Zeit mehr zum Putzen, Aufräumen und Kochen? Dafür kriegst du immerhin einhundert Euro Taschengeld pro Monat!« Er blickte sich in der Küche um. »Wie sieht es hier überhaupt aus? Als hätte eine Bombe eingeschlagen!« Er fuhr mit einem Finger über ein Regal. »Ist das etwa Staub?«

»Du zahlst deiner Frau NUR einhundert Euro Taschengeld für DEN Batzen Hausarbeit? Hast du eine Ahnung, was eine richtige Putzfrau und eine Köchin kosten?«, platzte ich heraus. Fassungslos starrte ich zu Till, der unwirsch abwinkte.

»Die Küche habt ihr, also du und die Kinder, gestern Abend so verlassen, mein Lieber! Die Teller räumen sich nicht von alleine in den Geschirrspüler. Also, zack-zack, pack mit an!«, rief Emma wie ein Feldwebel.

»Nee, dafür bist du ja da«, widersprach Till.

»Gewesen, mein Schatz.« Herausfordernd betrachtete Emma ihren Mann.

Ich hatte Mühe, mir ein Grinsen zu verkneifen.

Auf Tills Stirn braute sich ein ganzes Gewitter zusammen. Ach, was sagte ich, der größte Hurricane der Geschichte! »Kannst du jetzt mal deinen DÄMLICHEN HAUSFRAUENSTREIK lassen? ICH ARBEITE den ganzen, beschissenen, langen Tag und abends WILL ICH ein leckeres Essen auf dem Tisch haben und in ein aufgeräumtes, sauberes Haus kommen. Was willst du denn noch von mir? Mehr Taschengeld? Oder geht es dir etwa immer noch um meine Sekretärin? Dann tausche ich sie eben aus.«

»Nein. Ich will Lohn.«

»Lohn? Spinnst du? Geht es dir immer noch um meine Sekretärin? Dann frage ich Ralf, ob er mir seine alte Schachtel abgibt, was ich nicht glaube, denn Annegret ist eine echte Koryphäe und unschlagbar als Sekretärin, auch wenn sie kurz vor der Rente steht. Gott, meine Frau will LOHN!«

»Deine Sekretärin ist mir egal«, schnappte Emma ein.

»Okay. Was ist es dann?«

»Denk nach!«

»Was willst du? Etwa eine Putzfrau?« Till war kurz vorm Platzen. »Oder eine Köchin?«

»Gute Idee«, mischte ich mich ein. »Denn zum Putzen wird deine Frau ab jetzt leider keine Zeit mehr haben.«

»Und zum Kochen auch nicht«, warf Emma ein.

»Du bist ruhig auf den billigen Plätzen!«, knurrte Till mich an.

Emma stieß ihm gegen die Brust. »Und du redest nicht so mit meiner zukünftigen Ehefrau, ja!«

»WAS? Was ist hier eigentlich los?«, schrie Till fast schon verzweifelt. »EHEFRAU? MELINA? Willst du mich auf den Arm nehmen?«

»Nö, du bist mir zu schwer.« Emma goss das heiße Wasser in zwei Teebecher und reichte mir einen davon.
»Nun kläre deinen Mann endlich auf, Süße!«, sagte ich mit ruhiger Stimme.
»Aufklären? Mich? Bist du jetzt etwa lesbisch, Emma? Oder bi? Oder trans? Oder wie das auch immer heißt?«, grunzte Till und fuhr sich durch die Haare. Stressfalten bildeten sich auf seiner Stirn.
Ich musste trotz des Ernstes der Lage schmunzeln.
Wie konnte sich ein Mann aus der Neuzeit derart über einen nicht gemachten Haushalt aufregen?
»Nein, weder noch. Ich arbeite.«
»Ja, und zwar IN DIESEM HAUSHALT«, bestätigte Till. »Dafür bekommst du jeden Monat EINHUNDERT Euro Taschengeld! Aber ich erhöhe gerne auf einhundertfünfzig, wenn dir das so wichtig ist.«
»SO viel? Ist das nicht ETWAS zu großzügig?«, fragte ich voller Ironie.
Stirnrunzelnd musterte mich Till. »Aha! Da ist der Hase begraben! Weil Melina ihr eigenes Geld verdient und als Single fast dreitausend Euro zur Verfügung hat, willst du eine Taschengelderhöhung. Warum sagst du das nicht gleich?«
Emma hob den Zeigefinger und winkte damit. »Nein, will ich nicht. Irrtum. ICH habe jetzt einen JOB. Hat Melina mir besorgt. Bei der Polizei. Seit Montag, um genau zu sein. Aber ihr seid in diesem Hause ja alle so mit euch selbst beschäftigt, dass ihr gar nicht mitgekriegt habt, dass ich bereits seit einer Woche einen VOLLZEITJOB im Schreibpool der Polizei habe.«
Sprachlos starrte Till seine Frau an.
Er öffnete den Mund, um etwas zu sagen, aber es kam kein Ton heraus. Kopfschüttelnd stand er in der Küche

und konnte sein Unglück nicht fassen. »Darum sieht das Haus aus wie Sau. Du hast nicht einmal mehr staubgewischt!«

Emma kramte wütend eine Abwaschbürste hervor und hielt sie ihrem Mann hin. »Hier, bitte! Du kannst die Töpfe selbst abwaschen. Und das Staubtuch ist hier!«

»Ich? Nee. Das ist dein Job.« Störrisch blickte Till seine Frau an. »Ist mir egal, ob du nebenbei noch woanders arbeitest, womit ich NICHT einverstanden bin.«

»Der Ehemann hat kein Vetorecht mehr«, mischte ich mich ein, »DER Paragraph, der dem Ehemann das Recht einräumte, der Frau eine Arbeitsstelle zu verbieten, wurde zum Glück längst abgeschafft. Du kannst also rein GAR NIX dagegen tun, dass Emma nun arbeiten geht.«

»DAS hast DU eingefädelt, du hinterhältige Schlange, du!« Till hob drohend einen Finger in meine Richtung.

Emma lächelte - fast ein wenig boshaft und zwang Till, den Arm zu senken. »Irrtum, mein Lieber. Ich bin nicht länger eure Putzfrau. Damit ist jetzt Schluss. Du findest mich langweilig? Kein Problem. Du findest deine arbeitende Bevölkerung toll? Bitte. Du findest deine junge Sekretärin sexy? Auch kein Problem. Seit einer Woche arbeite ich nun schon und du glaubst gar nicht, wie toll meine Arbeit ist. Und wie heiß und sexy die Polizisten sind, mit denen ich zusammenarbeite! Mmmh, die sehen so was von SCHARF aus in ihrer Uniform! Richtig LECKER!« Wütend funkelte Emma ihren Mann an. »Apropos, lecker. Ich gehe mit Melina jetzt etwas essen. In einem Restaurant. Ich habe Hunger. Du kannst ja in der Zwischenzeit euren Dreck von gestern wegmachen. Wir arbeiten ja jetzt beide in Vollzeit. Da teilen wir dann natürlich auch die Hausarbeit.« Damit machte Emma auf

dem Absatz kehrt und zog mich mit allen Kräften aus der Küche.
»Warte, Emma…!« Till blickte uns verzweifelt hinterher.
»Willst du ihn wirklich so stehen lassen?«, fragte ich leise. Ungläubig schaute ich ihr in die blauen Augen. Keck wackelten ihre roten Locken umher.
Emma lächelte. »Und ob ich das will, Süße! Und wir zwei gehen jetzt ins nächstbeste Restaurant.«
Eine Tür wurde aufgerissen. »MAMA! Da bist du ja! Wo treibst du dich nur die ganze Woche über schon herum? Wir haben Hunger!«
»Genau«, ertönte eine zweite Jungsstimme.
Emma verschränkte die Arme vor der Brust. »Ich arbeite, Kinder. Ich habe einen Job. Und ihr könnt eurem Vater in der Küche helfen. Es muss aufgeräumt und abgewaschen werden. Euer Essen könnt ihr euch danach selbst machen.«
Elias, Emmas 15-jähriger Spross, verdrehte die Augen. »Ach nö, streikst du etwa schon wieder?«
»Nö. Das ist ein ausgewachsener Aufstand. Einer, der noch dreißig Jahre lang anhalten wird. Also gewöhnt euch besser gleich daran, dass ich nicht länger euer Hausmütterchen spielen werde.« Emma lächelte und zog mich aus dem Wohnzimmer.
Schimpfend stürmten die Jungs in die Küche, wo sich Till gleich noch wütender über Emmas neueste Macke beschwerte. Es flogen bereits die ersten Teller und Töpfe durch die Gegend. Dabei schepperte es ohrenbetäubend laut.
»Der wird sich noch umgucken«, prophezeite Emma. »Das ist keine ›vorübergehende Macke‹. Ich habe Erfolgsluft geschnuppert. Und soziale Kontakte. Ab heute weht ein anderer Wind im Hause Eisenhauer. Und wenn mein

Göttergatte nicht aufpasst, angele ich mir einen heißen Schutzmann!«
Ich blickte meine langjährige Freundin an und wusste, dieses Mal machte sie ernst.

Doch kein Tausch?

»Ist das dein Ernst, Benjamin?« Genervt blickte ich auf den Kalender. »Ich hatte eigentlich überlegt, Melina heute ins Kino einzuladen.«
»Bitte übernimm den 24-Stunden-Dienst für mich! Bitte, bitte, bitte! Marie war irgendwie reichlich verstimmt heute, weil ich ihr gebeichtet habe, dass ich arbeiten muss. Und das an ihrem Geburtstag. Ich kann nicht einmal zur Session heute Nachmittag gehen, weil sie nicht mitkommen will.«
»Sei froh! Sonst würdest du noch Melina begegnen und die würde dann deine Frau treffen. Keine gute Idee!«
»Oh Gott! Stimmt, du hast Recht. Also übernimmst du für mich?«
Ich verdrehte die Augen. »Also gut. Ich übernehme. Dafür habe ich bei dir etwas gut.«
»Geht klar. Was immer du willst«, versprach Benjamin und atmete erleichtert auf.
Der Tag verlief recht ruhig.
Bereits am Nachmittag war ich so gelangweilt, dass ich anfing, an meinem Handy zu spielen.
Plötzlich schoss es mir durch die Glieder.
Warum schrieb ich Melina nicht eine Nachricht?

Ich hatte mich eh längst bei ihr melden wollen und ich fand, ich hatte sie lange genug zappeln lassen.

>*Musste heute leider kurzfristig für einen anderen Kollegen einspringen 🤪. Wäre gerne zur Session gekommen 🎼🎶🎤🎹. Nächste Woche Freitag Kino? LG, Benjamin 🧔.*<

Während ich auf eine Antwort wartete, spielte ich nervös mit einem Kugelschreiber.

>*Hallo Benjamin! Hast du nicht eine Kleinigkeit unterschlagen? 😏 VG, Melina.*<

DAS war ja mal eine prompte Antwort!
Aber wovon sprach sie?

>*Habe wirklich 24-Stunden-Dienst. Du kannst mich gerne besuchen kommen, wenn du mir nicht glaubst 😬.*<

Was würde sie wohl antworten?
War sie so eine lästige Kontrollfreak-Klette?
Darauf stand ich ja überhaupt nicht!

>*Ich möchte dich nicht kontrollieren. Bin kein Kontrollfreak. Aber danke für das Angebot.*<

Okay, sie war keine Klette!
Gott sei Dank!

Erleichtert atmete ich auf.

> *›Ich fühle mich auch nicht kontrolliert. Komm doch vorbei. Chirurgie. Erster Stock. Zimmer 1. Und bring was zu Beißen mit. Ich habe einen Bärenhunger.* 😊 *‹*

Damit hatte ich mich natürlich weit aus dem Fenster gelehnt. War das zu unhöflich?

> *›Bin in einer halben Stunde da. Bringe was vom China-Imbiss* 🍜 *mit, wenn es Recht ist* 😄 *.‹*

Wahnsinn!
Sie kommt!
UND sie bringt Essen mit!
Chinesisch!
Geil!
Schätze, sie konnte Gedanken lesen.

> *›Klingt phantastisch. Freue mich!* 😊 *‹*

Während ich auf ihre Ankunft wartete, checkte ich noch einmal das Türschild und räumte dann hier und da ein paar Akten beiseite.
Kurz bevor sie kam, stopfte ich mir ein kleines Kissen unter das Shirt und knöpfte meinen Arztkittel zu.
(Ich hoffte, das würde auch halten und verrutschte nicht!)
Dann endlich klopfte es an der Tür.
»Herein!«
Die Tür wurde geöffnet und ein wunderschönes Schneewittchen stand unsicher im Türrahmen.

Lächelnd breitete ich die Arme aus. »MELINA! Schön, dass es so spontan geklappt hat. Ich hatte heute Abend irgendwie keine Lust auf Kantinenessen.«
Melina blickte sich neugierig um.
Ich deutete auf die Sitzecke. »Wollen wir uns gemütlich auf die Sessel setzen? Was hast du denn Feines aufgegabelt?«
Melina hielt die Tüte hoch.
»Allerlei leckeres Zeug.«
Sie hatte chinesisches Essen mitgebracht. Darauf stand ich total. Hungrig machten wir uns über das Essen her und quatschten über dies und das.
Dabei spürte ich die wachsende Spannung in meinem Unterleib. Mein Herz machte Saltos in ihrer Nähe und so langsam brach mir der Schweiß aus. So kannte ich mich überhaupt nicht. Meistens war ich recht cool bei meinen Dates.
Keine Frau hatte mich bisher so gepackt wie Melina.
Mein Kopfkino hatte seine Arbeit aufgenommen.
Diese Frau machte mich wahnsinnig!
Jede meiner Zellen meldete allerhöchste Alarmbereitschaft. Mein Puls schlug Purzelbäume.
Als sie erzählte, dass sie Dozentin an der Polizeiakademie war, war ich schwer beeindruckt. Sie sah eher zart und prinzessinnenhaft aus, aber nicht wie eine taffe Lehrerin.
Wow!
Was für eine Frau!
Eine Dozentin mit Durchsetzungsvermögen!
Wie sexy war das denn!
Ich war vollkommen hingerissen.
Bewundernd hob ich beide Augenbrauen. Dann deutete ich auf ihren Mund. »Du hast da was!«

Erschrocken hielt sie inne. Eilig tastete sie ihren Mund ab, fand aber nichts.
Ich beugte mich vor und blickte ihr tief in die Augen. Dabei schlug mir das Herz bis zum Hals. »Brauchst du Hilfe?«
»Ich befürchte ja, Herr Doktor.«
So, Henri, jetzt oder nie!
Nutze die Gunst der Stunde!
Ran an die Frau!
Ich rutschte auf dem Sessel vor und strich ihr mit den Fingerkuppen sanft über die Wange, bis ich den helferischen Reiskorn erwischte, der diese prickelnde Situation so unschuldig eingeläutet hatte.
»Gott, und ich dachte, ich könnte essen!«, platzte sie verschämt heraus. »Aber das Ding habe ich nicht einmal bemerkt. Muss ich mir Sorgen machen oder hast du den Reiskorn dahin gezaubert?«
Ich fühlte die Spannung zwischen uns.
Es war unglaublich, aber ich war nervös wie ein Teenager.
»Habe ich nicht. Aber ich werde dich gleich mal untersuchen. Darf ich?«
»Bitte!«
Abwartend hielt sie mir ihr Gesicht entgegen.
Ich näherte mich ihr, bis meine Lippen fast die ihren berührten. »Das wird jetzt vielleicht unangenehm, Melina. Aber ich muss testen, ob deine Nerven am Mundwinkel noch einwandfrei funktionieren.«
»Bitte, wenn es nicht anders geht. Ich hoffe, es wird nicht allzu schmerzhaft.«
Ich hätte gerne gelacht, aber die Nervosität schien mich auszubremsen, ja fast zu lähmen. Ich wollte nur noch eins: sie küssen. Ich schaltete mein Denkzentrum aus und ließ

mich zum ersten Mal in meinem Leben ganz von meinen Gefühlen lenken.
Meine Lippen gingen auf Wanderschaft. Zuerst streiften sie ihre Wange, dann berührten sie abwechselnd ihre Mundwinkel. Schließlich legten sie sich auf ihren Mund.
Mir rutschte das Herz dabei fast in die Hose. Wild hämmerte es gegen meine Brust. Die Berührung war einfach nur großartig!
Leicht öffnete sie ihren Mund.
DAS war eine Einladung!
Nach einer gefühlten Ewigkeit lösten wir uns voneinander.
»Wahnsinn!«
»Ist alles okay, Doc?«, witzelte Melina mit brüchiger Stimme.
Ich wischte mir den Schweiß von der Stirn. »Ja. Ich kann Entwarnung geben. Es scheint alles zu funktionieren. Oder haben Sie vielleicht irgendwelche Funktionsstörungen wahrgenommen, Frau Klein?«
»Wie würden solche Störungen denn aussehen, Doc?«, spielte sie mein Spiel mit.
»Taubheitsgefühle, Kribbeln…«
»Oh, Kribbeln hatte ich! Allerdings drei Etagen tiefer.«
Verwundert musterte ich sie.
Das Lachen musste ich mir mühsam verkneifen.
DREI Etagen war wohl ETWAS übertrieben!
»Drei Etagen?« Theatralisch hielt ich meine Hände vor ihre Brust und wanderte nach unten, während ich zählte.
»Eins, zwei, drei. DA UNTEN?«
»Na gut«, sagte sie lachend, »zwei Etagen. Das Kribbeln war eher im Magen, als im Schoss.«

»Da bin ich aber beruhigt, Frau Patientin...ähm, Frau Klein.« Ich klimperte mit meinen Wimpern. »Also keine Taubheitsgefühle?«
»Könnte ich das vielleicht noch einmal testen, Doc?«, forderte sie mich grinsend heraus.
»Natürlich.« Ich räusperte mich und breitete die Arme aus. Bevor ich mich versah, saß sie auf meinem Schoss und hatte mein Gesicht gepackt.
Gott, konnte mal jemand die Zeit anhalten?
Ich genoss ihre Nähe, ihren Duft, ihre Berührung, ach, einfach alles.
(Mit Schrecken dachte ich plötzlich an das saudämliche Kissen unter meiner Arztkluft.
Hoffentlich verrutschte das blöde Ding nicht!)
Nach wenigen Minuten endlosen Küssens lösten wir uns voneinander.
Plötzlich schüttelte Melina den Kopf.
»Was bedeutet das?«, fragte ich verwirrt.
»Das bedeutet, es ist nix taub.«
»Super«, sagte ich erleichtert.
Ich war froh, dass sie nicht plötzlich Einwände gegen meine Art zu küssen hatte.
»Sie sind gesund. Schade allerdings, dass die Testphase bereits vorbei ist.«
Melina zeigte grinsend aufs Essen. »Wir könnten die Tests vielleicht noch etwas ausdehnen, allerdings wird dann das Essen kalt.«
»Warmes Essen wird auch überbewertet«, erwiderte ich und zog sie wieder in meine Arme.
Ich schwebte auf Wolke Sieben und wollte nie wieder dort weg. Dankbar, dass es heute ein sehr, SEHR ruhiger Dienst war, widmete ich mich meinem Besuch.

***

»Na, Bruderherz, wie war der Dienst? Irgendwelche Notfälle?«, fragte Benjamin am Montagmorgen.
Ich blickte von meinem Kaffee auf. »Nee. War alles ruhig. Erstaunlich ruhig.« Dann huschte gegen meinen Willen ein fettes Grinsen über mein Gesicht.
Neugierig näherte sich Benjamin. »So, so, es war alles ruhig? Welche Schwester hast du vernascht? Heraus mit der Sprache! Wen muss ich trösten?«
»Gar keine. Sie ist Strafrechtsdozentin an der Polizeiakademie.«
»Oh, eine dominante Diva! Heiß!« Benjamin grinste frech. »Wo hast du die denn aufgegabelt?«
Ich wackelte mit dem Zeigefinger. »Ich bin mir nicht sicher, ob Melina eine Diva ist. Ich schätze sie eher als ruhige, aber doch selbstbewusste Lehrerin ein, unser süßes Schneewittchen.«
»Melina? MELINA Klein, UNSERE Schriftstellerin?«
Ich nickte und trank etwas Kaffee.
Benjamin ließ sich neben mir in den Sessel fallen. »Erzähl schon!«
»Mir war langweilig am Samstag. Und ich musste ununterbrochen an sie denken. Also habe ich sie angeschrieben. Das hatte ich eh längst tun wollen.«
»Sie war bestimmt bei der Musiksession, oder?« Benjamin vergrub sein Gesicht in beiden Händen. »Und ich konnte nicht hingehen. Marie hatte megaschlechte Laune am Samstag. Es war ein richtig beschissener Geburtstag.«
»Du Ärmster! Dann hattest du wohl keine nette Geburtstagsfeier?«, fragte ich mitleidsvoll.
»Nicht wirklich. Ich schätze, dein Samstagabend war aufregender.«

»Oh jaaaa!«, sagte ich voller Inbrunst. »Mann, kann sie küssen! Ich bin immer noch total hin und weg.«
Benjamin blickte mich fragend an. »Ihr habt euch geküsst?«
Grinsend nickte ich. »Ich habe sie gefragt, ob sie mich hier in der Klinik besuchen kommt und Essen mitbringt. Sie kam also eine halbe Stunde nach der Session und brachte was vom Chinesen mit. Es war wirklich lecker, aber bereits nach wenigen Minuten lagen wir uns in den Armen und haben uns geküsst.«
»Gott, wie beneide ich dich! Wie machst du das bloß immer? Innerhalb kürzester Zeit liegen dir alle Frauen zu Füßen.«
»Du musst mich nicht beneiden.«
»Nun, ich gebe es nur ungerne zu, aber ich hätte gerne in deiner Haut gesteckt! Was für eine glanzvolle Vorstellung, in den Armen Schneewittchens zu liegen und sie zu küssen.« Benjamin blickte verträumt zur Zimmerdecke. »Und das, wo ich doch Märchen eigentlich hasse.«
Ich klopfte ihm auf die Schulter. »Du hast wirklich den Sex des Jahrhunderts verpasst.«
Benjamin riss die Augen auf. »WAS? Ihr habt es HIER… in meinem Büro?«
Nun musste ich doch lachen. »Nein, haben wir nicht. Sie ist eine Dame und ich ein Gentleman! Wir haben uns nur leidenschaftlich geküsst.«
»Gott, ich muss gleich Heinrich anrufen. Er soll nächste Woche unbedingt eine Session einberufen. Ich kann unmöglich noch vier Wochen warten, bis ich sie wieder sehe.« Benjamin sprang nervös auf.
Ich hielt ihn am Handgelenk fest. »Warte, Bruderherz! Du weißt doch gar nicht, ob sie dann kommen würde. Und selbst das ist noch keine Garantie, dass sie dir dort um den

Hals fällt. UND du hast dort unter den Augen von Heinrich und Co. gar nicht die Möglichkeit, dich näher mit ihr zu beschäftigen.«

»Stimmt. Vielleicht sollte ich im gleichen Supermarkt einkaufen wie du. Dann begegne ich ihr vielleicht auch.«

Ich betrachtete meinen Bruder. »Wenn es nicht zu auffällig wäre, würde ich sie nächstes Wochenende zu mir einladen und mit dir im Laufe des Abends tauschen. Aber ich glaube, sie ist so schlau, dass sie uns ganz schnell durchschauen würde.«

»Das befürchte ich auch. Außerdem habe ich bei weitem noch nicht so abgespeckt, dass ich mit dir mithalten könnte. Sie würde also aus allen Wolken fallen, wenn der Bauch plötzlich weg wäre, sobald ihr nackt seid. Wolltest du nicht mit ihr ins Kino gehen?«, fragte Benjamin hoffnungsvoll.

»Ja. Am Freitag.«

Fast flehend blickte Benjamin mich an.

Alles in mir sträubte sich gegen seine unausgesprochene Bitte. Etwas zu lange dachte ich darüber nach.

»Es ist NUR ein Kinobesuch. Was kann da schon groß passieren?«, bettelte Benjamin.

Ich verdrehte die Augen. »Ich hatte eigentlich vor, sie danach zu einem Schäferstündchen mit nach Hause zu nehmen.«

Benjamin grinste. »Kann das nicht noch warten, bis ich etwas Gewicht verloren habe? Oder ich spiele den Gentleman und lade sie für den nächsten Tag in deine Wohnung ein? Was meinst du?«

Schweren Herzens gab ich nach.

Ich konnte meinem Bruder einfach nichts abschlagen.

»Also gut, so machen wir es. Du gehst am Freitag mit ihr ins Kino und ich treffe mich am Samstag mit ihr bei mir. Sofern sie Zeit hat.«

Ungezügelt

Mit aufkommender Nervosität schlüpfte ich in meine Jacke und verließ die Wohnung meiner Mutter. Eilig lief ich zur Bahn und fuhr zum Kino, wo ich mich mit Benjamin treffen wollte.
Wir hatten uns noch nicht auf einen Film geeinigt, aber der Film war mir so herzlich egal, dass ich schon fast darüber lachen musste.
Im Grunde genommen hätten wir uns auch gleich bei ihm Zuhause treffen können, um hemmungslos wie die Teenager herumzuknutschen. Andererseits musste ich an Emmas Worte denken. *»Gehe ruhig mit ihm ins Kino, statt in die Kiste zu springen! Es wird euch beiden guttun, wenn ihr es nicht ganz so schnell angeht. Glaube mir! Zu schnell kann auch ein fataler Fehler sein«*, hatte sie mich gewarnt. *»Dann verliert er das Interesse, weil er sich nicht als Jäger beweisen kann. Männer sind so! Das war schon zu Urzeiten so und es hat sich nichts geändert.«*
»Sprichst du etwa aus Erfahrung?«, hatte ich gewitzelt.
Emma hatte mit den Schultern gezuckt. *»Schätze, ja.«*
Ich nahm mir ihre Warnung also zu Herzen und schwebte nun leichtfüßig auf das Kino zu.
Ich betrat das große Gebäude mit der riesigen Fensterfront und blickte mich suchend um.
Das Foyer war übervoll.

Offenbar hatte die halbe Stadt dieselbe Idee gehabt und sich auf den Weg ins Kino gemacht.
Wie, zum Henker, sollte ich ihn hier entdecken?
Nach ein paar Minuten, die mir wie eine Ewigkeit erschienen, entdeckte ich ihn endlich.
Wie ein Fels in der Brandung stand er in der Menschenmenge und blickte mir lächelnd entgegen.
Dann hob er eine Hand zum Gruß.
»Hi!« Ich kam vor ihm zum Stehen und zögerte nur eine Sekunde. Dann tippelte ich vor, stellte mich auf die Zehenspitzen und gab ihm einen sanften Kuss auf die Lippen. Das schien ihm nicht zu reichen, denn er packte mich mit beiden Armen und zog mich an sich. Der Kuss war fast eine Spur zu leidenschaftlich inmitten der vielen Menschen. Dennoch genoss ich jede Sekunde.
»Du bist ja stürmisch«, platzte ich heraus.
Benjamin grinste mich an. »Entschuldige! Ich musste die Gunst der Stunde nutzen. Carpe horas!«
Ich kicherte. »Du meinst, die Gelegenheit, mich zu küssen, kommt so schnell nicht wieder?«
»Wer weiß«, deutete Benjamin an. Dann grinste er. »Man sollte keine Chance verstreichen lassen.«
»Da hast du Recht. Apropos, verstreichen lassen…« Ich blickte mich um. »Wir sollten die Karten kaufen, bevor sie ausverkauft sind. Heute hatte die halbe Stadt dieselbe Idee wie wir.«
»Was gucken wir an?«
»Action oder Komödie wäre mir ganz lieb. Fantasy geht auch noch. Aber bitte keinen Horrorstreifen.«
»Du stehst wohl nicht auf Kuschelfilme, was?«, witzelte Benjamin und legte mir einen Arm um die Schultern. »Keine Sorge, ich bin ja bei dir.«
»Stehst du etwa auf Horror und Co.?«, fragte ich entsetzt.

»Nein. Auch wenn ich zugeben muss, dass man als Chirurg ein klitzekleines bisschen abstumpft. Abgetrennte Gliedmaßen gehören zu meinem täglichen Geschäft.«
Ich verdrehte die Augen. »*Urcks*! Um ehrlich zu sein, stehe ich überhaupt nicht auf ›Kuschelfilme‹ und abgetrennte Gliedmaßen.«
»Dann schlage ich vor, wir gucken Fantasy! ›*Phantastische Tierwesen*‹ ist doch bestimmt ein super Streifen.«
Wir gingen zur Kasse und kauften Karten.
»Möchtest du Popcorn?«, fragte Benjamin höflich.
Ich drückte mich an seinen Bauch, der mir heute wieder ungewöhnlich hart vorkam. »Hm. Es riecht natürlich verdammt lecker! Andererseits sind das immer so große Portionen.«
Benjamin schmunzelte. »Wir könnten eine Kinderportion nehmen.«
»DAS ist eine gute Idee.« Ich zog ihn zur ellenlangen Schlange und stellte mich brav an. Während wir dort standen und warteten, umarmte Benjamin mich und schaute mir so verliebt in die Augen, dass ich am liebsten alles um mich herum vergessen hätte.
Schließlich beugte er sich vor und küsste mich zärtlich auf den Mund. Ich genoss das Kribbeln im Bauch und meine rasenden Herzklopfen. Ich hatte das Gefühl zu schweben und jeden Moment abzuheben.
»Was wünscht ihr? Außer heißen Küssen?«, witzelte der Verkäufer an der Süßwarenkasse. Grinsend wandte ich mich von Benjamin ab. »Eine Kinderportion Popcorn bitte.«
»Ich hätte gerne noch diese Tüte Lakritz hier und zwei Getränke. Was möchtest du trinken?« Fragend blickte Benjamin mich an.
»Wasser, bitte.«

»Zweimal Wasser, bitte.«
»Sehr wohl. Popcorn, Lakritz und Wasser. Explosive Mischung. Was schaut ihr euch an?«
»›Phantastische Tierwesen‹«, antwortete ich.
»Super Wahl! Viel Spaß euch beiden!« Der Verkäufer zwinkerte uns verschmitzt zu.
Beladen mit unseren Schätzen gingen wir in den Kinosaal.
»Der war ja echt gut drauf, was?«, bemerkte ich vergnügt.
»Ja. Ihm macht der Job offensichtlich Spaß«, sagte Benjamin.
»Macht dir dein Job Spaß? Menschen aufschnippeln?«
Benjamin lachte so laut, dass sich einige nach uns umdrehten. »Und wie! Allerdings muss ich zugeben, dass ich nicht nur am Aufschnippeln bin.«
»Bist du nicht?«, fragte ich überrascht.
Benjamin schüttelte den Kopf, während wir unsere Plätze einnahmen. »Nein. Manchmal muss ich auch etwas wieder zusammennähen, was ohne mein Zutun auseinander gerissen ist. Wir flicken nämlich auch Unfallschäden.«
»Wie das klingt!« Ich rümpfte die Nase. »Wobei ich sagen muss, ich war sehr überrascht, weil der Sohn meiner Freundin eine Sportverletzung hatte, und Emma vom Orthopäden zum Chirurgen geschickt wurde. Ich war bisher davon ausgegangen, dass Knochenbrüche und Co. ins Ressort eines Orthopäden fallen.«
»Nein, das ist tatsächlich unser Fachgebiet. Allerdings habe ich einen noch ganz anderen Bereich«, deutete Benjamin an und bediente sich aus der Popcorntüte.
»Ach so? Was für einen?«, fragte ich neugierig nach.
»Ich operiere Trans*Menschen an den Stimmbändern oder verhelfen ihnen zum anderen Geschlecht.«
»Echt?« In meinem Kopf arbeitete es.

Offenbar war Benjamin nicht nur ein Held, sondern vor allem ein Zauberer. Ich grinste. »Dann bist du also ein heldenhafter Zauberkünstler!«
Benjamin lachte vergnügt auf. »Ein was?«
»Zauberkünstler. Du zauberst einen Penis aus einer Vagina und umgekehrt«, erklärte ich schwer beeindruckt.
Benjamin strich sich über den Bart. »So habe ich das noch nie betrachtet.«
»Nur nicht zu bescheiden.« Ich beugte mich vor und war kurz davor, ihn zu küssen, als sich hinter mir jemand an uns vorbeidrängen wollte. Nach der Unterbrechung war der magische Moment vorbei. Trotzdem zog mich Benjamin zu sich und gab mir im Halbdunkeln einen zärtlichen Kuss.
Wir hatten nur noch wenige Minuten die Gelegenheit, uns wie die Teenager zu knutschen, dann ging das Licht aus und die Werbung mitsamt den Filmtrailern begann.
Noch während ich überlegte, ob ich mir seine Hand angele, ergriff er bereits meine. Ich blickte ihn von der Seite an und erntete ein liebevolles Lächeln.
Mein Herz machte einen Satz.
Grinsend machte ich es mir in meinem Sitz gemütlich und genoss den Film in seiner Anwesenheit.
Die zweieinhalb Stunden waren viel zu schnell um.
Als das Licht anging, fühlte ich mich, als wenn ich in eine andere Welt getaucht wäre. Nur mühsam fand ich in die Gegenwart zurück.
»Der Film war ausgesprochen gut«, sagte ich glücklich.
Benjamin nickte. »Er war phantastisch.«
Ich blickte auf die Uhr.
Es war Freitagabend und bereits halb elf.
Sollte ich ihn noch fragen, ob wir zu ihm gehen?
War das zu forsch?

»Es ist schon spät, was?«, schien Benjamin meine Gedanken zu erraten.
»Ja. Wir könnten noch etwas trinken gehen oder...« Ich ließ den Satz offen.
Benjamin beugte sich vor und gab mir einen sanften Kuss. »Wir könnten uns auch morgen Abend bei mir treffen. Wir braten uns Steaks, essen etwas Salat dazu. Was meinst du?«
Ich überschlug meine Termine.
Das Wochenende war frei.
»Das klingt sehr verführerisch.«
»Dann kommst du morgen in meine Junggesellenhöhle?«
Ich lachte leise auf. »Du wohnst in einer HÖHLE?«
»Ja, ich bin Löwe.«
»Na, dann muss ich doch unbedingt in die Höhle des Löwen mit dem schönsten Lächeln.« Ich beugte mich vor und packte alles in den Kuss, was ich an Leidenschaft aufbringen konnte, während sich der Kinosaal um uns herum leerte.
»Habt ihr kein Schlafzimmer?«, witzelte der Typ von der Süßwarenkasse. Er war mit einem Mülleimer und Handschuhen bewaffnet und sammelte die Massen an Müll ein, die offenbar keiner der Besucher zum nächsten Papierkorb hatte tragen können.
Geschockt blickte ich mich um. »Du meine Güte! Hast du immer so viel Müll einzusammeln? Haben die Leute keine Manieren mehr?«
Der junge Mann zuckte mit den Schultern. »Scheint so. Andererseits wäre ich sonst arbeitslos.«
»So kann man das auch betrachten«, grunzte ich noch immer fassungslos. »Ich möchte meinen Becher trotzdem mitnehmen und selbst wegwerfen.«

Wir erhoben uns und nahmen unseren Müll mit. Der junge Verkäufer sprang über zwei Sitzreihen und hielt uns den Eimer unter die Nase. »Lasst mich euer Müllschlucker sein!«
Lachend warfen wir unsere leeren Packungen hinein.
»Gerne doch. Schönen Abend noch!« Ich hob die Hand zum Gruß.
»Dasselbe für euch, danke! Und treibt es nicht zu wild! Denkt an die armen Nachbarn!« Grinsend machte er auf dem Absatz kehrt.
Ich deutete mit dem Daumen auf ihn. »Weißt du, was er meint?«, spielte ich die Unschuldige.
Benjamin schüttelte den Kopf. »Nee. Ich bin total leise.«
»Echt?« Nun überlegte ich, ob er mich auf die Schippe nahm oder tatsächlich ein ›ruhiger‹ Typ im Bett war.
Benjamin schien zu bemerken, dass ich mir Gedanken machte und nahm mich lachend in den Arm. Er gab mir einen leidenschaftlichen Kuss und stöhnte mir danach demonstrativ ins Gesicht. »Nein. Ich bin höchst leidenschaftlich und alles andere als leise.«
Mir fuhr eine hungrige Schlange durch die Eingeweide. »Na, dann hoffe ich auf einen baldigen Naschtag«, erwiderte ich.
»Naschtag?« Fragend hob Benjamin beide Augenbrauen. Noch immer hielt er mich in seinen Armen fest umschlungen.
Ich nickte. »Ja. Meine Freundin meinte neulich zu mir, ich sollte den Naschtag so weit wie möglich nach hinten verlegen, um dir als Jäger eine Chance zu geben. Wenn Männer nämlich ihre Beute zu früh erlegen, dann verlieren sie daran das Interesse.«
»Interessante Theorie. Ich glaube allerdings nicht daran.«
Langsam verließen wir den verwaisten Kinosaal.

»Nicht?«
Er war ein Mann - musste er es da nicht besser wissen?
Mein Begleiter schüttelte den Kopf. »Nein. Ich denke schon, dass im Mann noch immer der Jäger steckt, aber wenn ein Mann von Amors Pfeil getroffen wurde, ist es ziemlich wurscht, ob er seine Angebetete beim ersten, zweiten oder zehnten Date ins Bett kriegt.«
»Ehrlich? Dann stimmt die Theorie meiner Freundin also nicht?«, hakte ich vorsichtshalber noch einmal nach.
Benjamin wog den Kopf hin und her. »Ich glaube, es trifft wirklich nur auf Männer zu, die sich nicht verliebt haben. Manche haben vielleicht auch eine längere Leitung. Aber jemand, der sich auf den ersten oder zweiten Blick in eine Frau verliebt, der pfeift auf irgendwelche Regeln, wann man denn nun Sex miteinander haben darf, ob es sich schickt, gleich das erste Date auszunutzen oder ob man sich erst soundso oft getroffen haben muss.«
Okaaaay, fassen wir also zusammen: Sobald Amor ins Spiel kommt, brauche ich mich nicht mehr an Regeln zu halten wie ›*Warte, bis er anruft!*‹ oder ›*Geh nicht gleich beim ersten Date mit ihm ins Bett!*‹.
Nur, was bedeutete das jetzt für mich?
War Benjamin ebenfalls von Amors Pfeil infiziert worden? Wollte er mich erst morgen treffen, weil er nicht verliebt war und noch darauf wartete, dass sich das Gefühl einstellte? Oder hatte er einfach eine anstrengende Woche gehabt und wollte sich lieber morgen frisch ans Werk machen?
Nun, Geduld war eine meiner Schwächen - ich besaß so gut wie keine!
(Daher würde es mir ganz gelegen kommen, wenn Amor seine Finger auch bei Benjamin im Spiel gehabt hat und ich nicht allzu lange warten musste.)

»Einen Penny für deine Gedanken. Du bist so ungewöhnlich still geworden«, sagte Benjamin und schob mich sanft zur angrenzenden Bar. »Wollen wir noch eine Kleinigkeit trinken?«
Ich blickte ihn an. »Gerne.«
Benjamin hängte seine Jacke an einen Stuhl und nahm darauf Platz. Ich setzte mich ihm gegenüber auf einen anderen Barhocker. »Kannst du dir nicht denken, worüber ich nachgrübele?«
Benjamin blickte mich mit ernster Miene an, dann zuckten seine Mundwinkel, bis schließlich auch seine Augen lächelten. »Doch.«
Na, super!
Und jetzt ließ er mich im Regen stehen?
Ich musste so bescheuert ausgesehen haben, dass Benjamin sich von seinem Platz erhob und den Tisch umrundete, um mich in seine Arme zu reißen und mir einen derart hemmungslosen Kuss zu geben, dass sich sämtliche Gäste sicherlich schon fragten, ob die zwei älteren Schachteln ihr Schlafzimmer meistbietend verkauft hatten.
Dann ging er wieder auf seinen Platz zurück und nahm sich scheinbar vollkommen unbeteiligt die Getränkekarte zu Gemüt.
Staunend blickte ich ihn an, bis er mir direkt ins Gesicht sah. »War das Antwort genug auf deine Frage?«
Ich öffnete den Mund.
Eine Million Gedankengänge machten sich gleichzeitig Platz und drängten um die besten Ränge. »War es das?«
Und wenn ja, war er jetzt auch von Amor getroffen worden oder küsste er nur unheimlich gerne?
Benjamin lächelte.
Die Bedienung kam und wir bestellten zwei alkoholfreie Cocktails.

»Küsst ein Mann derart temperamentvoll, wenn er NICHT von Amors Pfeil getroffen wurde?«, wagte ich mich vor.
Benjamin lächelte. »Heute willst du aber auch in ALLE männlichen Geheimnisse eingeweiht werden, was?«
Ich nickte und lächelte. »Ja.«
Benjamin rieb sich schmunzelnd über den Bart. Dann zwinkerte er mir zu. »Ich kann in diesem Fall nur für mich selbst sprechen…«
Interessiert rutschte ich vor und stützte mein Gesicht auf beide Hände. »Ja? Und?«
Lange blickte er mich an, bevor er antwortete: »Ich würde keine Frau der Welt derart ungezähmt küssen, wenn ich NICHT von Amors Pfeil getroffen worden wäre.«
DAS war eine Antwort ganz nach meinem Geschmack!

Verflixt noch eins!

»Henri, Bruderherz! Kontrollanruf?«
»Ach, wie kommst du denn darauf? Ich wollte dich nur fragen, ob du heute auch ins Kino gehst und unseren Fang nicht eiskalt dort stehen lässt, nur weil Marie irgendwelche Bockigkeiten ausleben muss.«
Ich stöhnte leise. »So schlimm ist meine Frau nun wirklich nicht.«
»Nicht? Hm. Sie erweckt manchmal den Eindruck.«
»Sie ist eben eine Diva«, erwiderte ich feixend.
»Nun gut, das ist dein Bier. Also, was ist? Bist du auf dem Weg zu unserem Date?«
»Henri! Wie das klingt! ›*Unser*‹ Date!«
»Bist du?«
»Ja. Scheint dir ja wichtig zu sein, dass sie einen guten Eindruck von dir hat. Oder von mir. Oder von uns.«
Henri lachte leise. »Genau, du hast es erkannt. Also, benimm dich! Und gehe ihr nicht an die Wäsche, hörst du!«
»Was? Küssen ist NICHT erlaubt?«, forderte ich meinen Zwillingsbruder heraus.
»Doch. Ausnahmsweise. Aber treibe es nicht zu bunt!«
»Keine Sorge. Ich lade sie morgen zu dir in die Wohnung ein, dann darfst du sie selbst vernaschen. Besorgst du das Essen?«
»Mach ich. Bis später dann. Ich erwarte einen ausführlichen Bericht.«

»Was? Warum das denn?«

»Weil ich wissen muss, worüber ihr euch unterhalten habt. Sonst setze ich mich morgen in die Nesseln, wenn sie mich besucht. Dann erzähle ich ihr was vom Pferd, dabei hast du über Nilpferde gesprochen.«

»Verstehe. In Ordnung. Bericht folgt.«

Ich steckte das Handy weg und verließ den Wagen.

Es war kalt und ich beeilte mich, um in die warmen Hallen des Kinos zu kommen.

Als ich dort ankam, war es proppenvoll.

Uff, dachte ich, wo sollte ich sie hier bloß finden?

Ich irrte eine Weile durch die Massen, bis ich sie schließlich entdeckte.

(Nur gut, dass sie eine gelbe Jacke trug!)

Ich hob eine Hand zum Gruß.

»Hi!« Sie kam vor mir zum Stehen und zögerte. Dann tippelte sie vor, stellte sich auf die Zehenspitzen und gab mir einen sanften Kuss auf die Lippen.

(Oh Mann!

Das war Aufregung pur!

WIE LANGE war es her, dass ich ein Date hatte und SO geküsst wurde?)

Ich packte sie kurzentschlossen mit beiden Armen und zog sie ganz fest an mich. Mein Kuss fiel ETWAS zu leidenschaftlich inmitten der vielen Menschen aus, doch ich konnte einfach nicht widerstehen. Ich war wie gefangen im Strudel der Leidenschaft.

»Du bist ja stürmisch!«, lachte sie.

Oh ja!

Aber ich musste zu meiner Verteidigung sagen, dass ich so überwältigt war von meinen Gefühlen, dass ich nicht gewillt war, auch nur einen Gang zurückzuschalten.

Außerdem durfte ich heute Abend Henri sein, auch wenn sie davon ausging, dass sie in Wahrheit mich, Benjamin, datete.
»Entschuldige! Ich musste die Gunst der Stunde nutzen. Carpe horas!«
Melina kicherte. »Du meinst, die Gelegenheit, mich zu küssen, kommt so schnell nicht wieder?«
»Wer weiß«, deutete ich an und dachte an meine Frau, die nicht sonderlich gut gelaunt zuhause saß und mit den Kindern eine DVD anguckte. Sie hatte gefragt, ob ich sie mit ins Kino nehmen würde, aber ich hatte gesagt, ich wollte mir mit Henri mal wieder einen richtigen Männerabend machen.
Darüber war sie natürlich nicht sonderlich begeistert gewesen, aber schließlich hatte sie es geschluckt.
»Man sollte keine Chance verstreichen lassen.«
»Da hast du Recht. Apropos, verstreichen lassen...« Melina blickte sich um. »Wir sollten die Karten kaufen, bevor sie ausverkauft sind.«
Wir kauften Karten, Popcorn, Lakritz und Mineralwasser und gingen in den Kinosaal.
Im romantischen Halbdunkeln gab ich ihr einen Kuss. Mein Verstand setzte aus und so arbeitete ich mich immer tiefer in unseren Kuss hinein und merkte gar nicht, dass ich schon fast dabei war, ihr die Kleider vom Leib zu reißen.
Plötzlich wurde es dunkel um uns herum.
Ich hätte sie noch stundenlang so weiter küssen können, aber Melina löste sich von mir und wandte sich breit lächelnd von mir ab.
Mit einem Puls von Eintausendachtzig lehnte ich mich im Sitz zurück und versuchte, meine Gedanken zu sortieren.
Ich war ein verheirateter Mann.

Ich hatte Familie.
Ich war VERGEBEN.
Okay, HEUTE war ich quasi Henri, der sich als Benjamin ausgab. Aber zählte das?
Gott, wie beneidete ich meinen Bruder mit einem Mal!
Er hatte etwas, was ich just in diesem Moment gerne gehabt hätte: Freiheit UND Melina.
Und da er überhaupt nicht auf Marie stand, würde er sich auch auf keinen Tausch einlassen.
Abgesehen davon, würde es Marie vermutlich ganz schnell auffallen, dass sie den Zwilling erwischt hatte.
(Und damit spielte ich ausnahmsweise mal nicht auf meinen Bauch an.
Henri unterschied sich nämlich in noch einem Punkt von mir: Er war ein quirliger Tausendsassa, der wirklich JEDEM Rock hinterherschaute und nichts anbrennen ließ, dabei war er allerdings nicht wirklich gesprächig.
Im Gegensatz zu mir.
Wenn ich mich für eine Frau entschieden hatte, dann existierten andere Frauen für mich quasi gar nicht mehr. Ich nahm sie nicht mehr wahr.
Eigentlich.
Und ich konnte stundenlang quatschen.)
Die zweieinhalb Stunden waren viel zu schnell um.
Als das Licht anging, wusste ich, dass die Zeit des Abschiedes nähergerückt war. Und ich konnte rein gar nichts dagegen tun, nicht einmal die Zeit anhalten.
Gott, wie gerne hätte ich sie jetzt entführt und in der nächstbesten Höhle auch gleich VERführt!
Sie sah so liebreizend aus mit ihren hochroten Wangen und den glühenden Augen.
»Der Film war ausgesprochen gut«, sagte sie strahlend.

Ich nickte und blickte ihr total verliebt in die blauen Augen. Noch nie hatte ich mich Schneewittchen so nahe gefühlt wie heute!
(Ich fing langsam an, das Märchen zu lieben.)
»Er war phantastisch.«
Melina blickte auf die Uhr.
Es war Freitagabend und bereits halb elf.
Zeit, Henri das Feld wieder zu überlassen und in die Realität zu entschwinden!
Ich schloss für einen kurzen Augenblick die Augen und wünschte, ich könnte eine Zeitreise unternehmen, die mich zwanzig Jahre zurückschleuderte.
Natürlich würde ich Melina festhalten und mitnehmen, damit nichts und niemand uns mehr trennen würde.
Herr im Himmel, ich war verheiratet und es hatte mich megamäßig erwischt!
WIE, zum Henker, sollte ich mit DEN verliebten Schmetterlingen im Bauch zurück zu meiner Ehefrau fahren?
WIE, zum Henker, sollte ich meine Gefühle vor Marie verbergen?
Ich ahnte bereits jetzt, dass ich auffliegen würde.
»Es ist schon spät, was?«, sagte ich bedauernd.
»Ja. Wir könnten noch etwas trinken gehen oder...« Sie ließ den Satz offen.
(Oh ja!
Ich wünschte auch, ich könnte dich jetzt in den Himmel der Lust entführen, schoss es mir durch den Kopf.)
Ich beugte mich vor und gab ihr einen sanften Kuss. Ich musste mich jetzt langsam wieder zusammenreißen.
Wenn Henri erst einmal mit ihr im Bett gelandet war, dann würde er vermutlich nicht mehr freiwillig tauschen und mir das Feld zur Stippvisite überlassen.
Verständlicherweise!

Es war schon HEUTE ein ECHTER Liebesbeweis meines Bruders, dass er mich mit Melina ausgehen ließ.
Das war schon mehr, als ich erwarten durfte.
»Wir könnten uns auch morgen Abend bei mir treffen. Wir braten uns Steaks, essen etwas Salat dazu. Was meinst du?«
»Das klingt sehr verführerisch.«
»Dann kommst du morgen in meine Junggesellenhöhle?«
Melina lachte leise auf. »Du wohnst in einer HÖHLE?«
»Ja, ich bin schließlich ein Löwe.«
»Na, dann muss ich doch unbedingt in die Höhle des Löwen mit dem schönsten Lächeln.«
ICH hatte das SCHÖNSTE LÄCHELN?
Dieser Satz verursachte eine wilde Achterbahn, die durch meine Eingeweide rauschte.
Nun war es Melina, die mehr oder weniger hungrig über mich herfiel. Ich zitterte mittlerweile am ganzen Körper vor Lust und konnte nicht einmal mehr mein Bestes Stück im Zaum halten. Diese Frau machte mich wahnsinnig!
»Habt ihr kein Schlafzimmer?«, witzelte der Typ von der Süßwarenkasse. Er war mit einem Mülleimer und Handschuhen bewaffnet und sammelte die Massen an Müll ein.
»Du meine Güte!«, rief Melina erschrocken aus. »Hast du immer so viel Müll einzusammeln? Haben die Leute keine Manieren mehr?«
Der junge Mann zuckte mit den Schultern. »Scheint so. Andererseits wäre ich sonst arbeitslos.«
»So kann man das auch betrachten«, sagte Melina noch immer fassungslos. »Ich möchte meinen Becher trotzdem mitnehmen und selbst wegwerfen.«
Wir erhoben uns und nahmen unseren Müll mit. Der junge Verkäufer sprang über zwei Sitzreihen und hielt uns den

Eimer unter die Nase. »Lasst mich euer Müllschlucker sein!«

Lachend warfen wir unsere leeren Packungen hinein.

»Gerne doch. Schönen Abend noch!« Melina hob die Hand zum Gruß.

»Dasselbe für euch, danke! Und treibt es nicht zu wild! Denkt an die armen Nachbarn!« Grinsend machte er auf dem Absatz kehrt.

Die Nachbarn waren momentan das Letzte, woran ich dachte. Ich würde nicht einmal ansatzweise in die Nähe eines Bettes kommen, in dem ich Melina verführen könnte. Das bedrückte mich viel mehr als die Befindlichkeiten irgendwelcher Nachbarn.

Melina deutete mit dem Daumen auf ihn. »Weißt du, was er meint?«

Oh ja, und ich wäre der Erste, der sich auf diese einmalige Gelegenheit stürzen würde!

Scheiß auf die Nachbarn!

»Nee. Ich bin total leise«, feixte ich vergnügt.

»Echt?«

Melina sah so geschockt und nachdenklich aus, dass ich sie lachend in meine Arme zog. Ich gab ihr einen weiteren Kuss, der mir selbst die Schuhe auszog und stöhnte ihr danach demonstrativ ins Gesicht. »Nein. Ich bin höchst leidenschaftlich und alles andere als leise.«

Egal, wie Henri das sah - oder sich beim Sex verhielt -, aber ich wollte nicht als still hechelnder Loser dastehen, der beim Sex nicht die Sau rauslassen konnte!

Langsam schlenderten wir zur Bar hinüber und suchten uns Plätze.

Als sie mich indirekt fragte, ob ich ebenfalls von Amors Pfeil getroffen worden war, wand ich mich ein wenig um die Antwort. Auf MICH traf das hundertprozentig zu, aber ob das auch auf Henri zutraf, wusste ich nicht. Natürlich hatte auch ICH die Möglichkeit, mich zu verlieben, mich von meiner Frau zu trennen und mit Melina zusammen zu sein. Es war ja nicht festgeschrieben, dass ausgerechnet Henri mit Melina zusammenkommen musste. Schließlich hatte ich auch ein Anrecht aufs Glücklichsein. Aber natürlich tat ich mich etwas schwerer, meine Familie zu verlassen, während Henri gar keine hatte.

Ja, was war eigentlich, wenn sie doch nur wieder eine von vielen für meinen Bruder war und er sie nach dem zweiten Date abservierte?

Bisher hatte er es nie lange mit einer Frau ausgehalten.

Ich war versucht, für sie alles stehen und liegen zu lassen.

Ich nahm mir allerdings vor, nicht allzu viel über Gefühle zu reden. Als Strafrechtlerin - und noch dazu als Frau! - war sie es sicherlich gewohnt, alles zu analysieren.

Sie würde bestimmt recht schnell zu dem Ergebnis kommen, ob ich mich - beziehungsweise Henri sich - in sie verliebt hatte, oder nicht. Und wenn er sich nicht verliebte, ICH aber gefühlsmäßig außer Kontrolle geriet, beschloss ich, mir die Option ›*Pro Melina*‹ frei zu halten.

Nur weil ich verheiratet war, war ich ja nicht bis ans Ende meiner Tage versklavt. Wir lebten schließlich nicht mehr im Mittelalter.

Unsere Cocktails kamen und schweigend machten wir uns über die viel zu leckeren Getränke her.

Immer wieder blickte Melina mich an, als müsste sie jede Falte abspeichern.

Wir redeten noch über dies und das, bis es schließlich nach Mitternacht war.

»Darf ich dich nach Hause bringen? Wo wohnst du überhaupt?«, fragte ich.

Melina schlüpfte in ihre Jacke. »Ich wohne zur Zeit noch bei meiner Mutter. Aber ich habe eine Wohnung in Aussicht.«
»Bist du nicht etwas zu alt, um noch zuhause bei Mama zu wohnen?«, feixte ich.
Melina knuffte mir mit gespieltem Ärger gegen den Oberarm. »Zu alt? Dafür ist man niemals zu alt.« Kichernd band sie sich einen leichten Seidenschal um den Hals. »Ich habe mich vor zwei Jahren von meinem Ehemann getrennt und musste neu starten. Seitdem spare ich Geld und suche eine bezahlbare Wohnung in einer schönen Wohngegend. Da es bei meiner Mom aber ganz gemütlich war, dauerte die Suche etwas länger. Aber ich habe ab nächsten Monat eine tolle Wohnung in Aussicht.«
»Verstehe. Das ist natürlich etwas anderes.« Ich legte ihr einen Arm um die Schultern. Als wir die Glastür erreichten, löste ich mich von ihr, um ihr die Tür zu öffnen.
Quatschend liefen wir zu meinem Wagen, wo ich ihr die Tür aufhielt und sie schließlich nach Hause brachte.
Kaum war sie im Haus verschwunden, warf ich einen Blick aufs Handy.
Drei Nachrichten von Marie.
(Die ich momentan lieber NICHT lesen wollte.)
Und mindestens ein Million Fragezeichen von Henri.
Seufzend wählte ich seine Nummer.
Bereits beim zweiten Klingeln hob er ab.
»Benjamin! Lebst du noch? Lebt Melina noch? Erzähl schon!«
Ich hörte die Verzweiflung in seiner Stimme.
Und plötzlich überkam mich das schlechte Gewissen.
Ich war ein feiger Hund!
Ich nutzte seine Errungenschaft (die eigentlich ursprünglich meine gewesen war), um aus meinem Ehealltag zu

fliehen und diese wundervolle, märchenhafte Frau zu treffen, obwohl ich eigentlich lieber darüber nachdenken sollte, wie ich mein Leben etwas aufpeppen könnte, ohne jemandem auf die Füße zu treten.
»Benjamin? Bist du noch dran?«
»Ja, Henri. Ich bin noch dran.«
»Und, erzähl schon, wie war der Abend?«
»Der Film war großartig«, sagte ich langsam.
Henri stöhnte. »Benjamin! Das will ich gar nicht hören. Es ist mir total EGAL, was ihr geguckt habt…Erzähle mir lieber, worüber ihr euch unterhalten habt. Habt ihr euch geküsst? Hattest du Sex mit ihr im Kino?«
SEX?
IM vollbesetzten KINO?
»Stopp!«
Ich setzte den Blinker und schüttelte den Kopf.
Nun gingen aber die Pferde mit meinem Zwilling durch.
Sex im vollbesetzten Kino!
Also wirklich!
»Henri! Beruhige dich! Es ist NICHTS passiert. Wir haben ›*Phantastische Tierwesen*‹ angeschaut und sie war total hingerissen von dem Film. Sieh also zu, dass du dir irgendwo einen groben Handlungsabriss bis morgen besorgst. Sie kommt nämlich zum Steakessen zu dir. Und ich verwette meinen Bauch, dass sie von dem Film schwärmen wird.«
»Du klingst so unterkühlt und abgeklärt. War der Abend mit ihr etwa ein Reinfall?«
Ich grinste.
Ich konnte meinen Bruder förmlich vor mir sehen, wie er sich aus lauter Verzweiflung die Haare raufte, in dem Glauben, ich hätte sein Date versaut.

»Nein, nein, es ist alles gut. Alles ist super verlaufen. Mehr als das! Sie hat keinen Verdacht geschöpft, nicht einmal, als wir uns geküsst haben.«

»Ihr habt euch wirklich GEKÜSST?«, schrie Henri fast panisch.

Ich lachte nun laut auf. »Natürlich. Schließlich hattet ihr damit bereits angefangen. Wie hätte es bitte ausgesehen, wenn ich sie von mir weggeschoben hätte? Dann hätte sie doch gedacht, dass ich das Interesse an ihr verloren hätte.«

»Stimmt. Dann wäre es vermutlich das erste und letzte Date gewesen«, mutmaßte Henri. »Gott, ich glaube, ich bin zu alt zum Tauschen.«

»Ich glaube eher, sie ist die Richtige für dich. Darum habe ich mich auch ins Zeug gelegt und sie oft genug geküsst.« Wieder musste ich grinsen.

Henri schnaufte empört. »Na, das wird dir ja bestimmt schwer gefallen sein, oder?«

»Natürlich NICHT. Sie ist großartig!«

Mehr als das!

»Aha!«

»Aha?«

»Ja, du hast dich in sie verliebt!«

Stille.

Ich war bereits vor dem Kino-Date in sie verliebt.

In meinem Kopf überschlugen sich die Gedanken. Schließlich gab ich seufzend nach. »Keine Sorge, Bruderherz! Ich liebe dich mehr. Daher werde ich mich jetzt zurückziehen und dich nie wieder um einen Tausch bitten. Ich gebe mir die allergrößte Mühe, um mich wieder zu ENTlieben. Du musst nur etwas nachsichtig sein, wenn ich dich anflehe, mir ALLES von euch zu erzählen. Und wenn du sie wieder abschießt, was ja bei dir sehr wahr-

scheinlich ist, werde ich darüber nachdenken, ob ich sie entführe und mit ihr ans andere Ende der Welt gehe.«
»Ach du!« Henri schniefte. »So ernst ist es dir?«
»Weinst du etwa?«
»Ich? Niemals! Das war ein Sandkorn. Ist schon spät. Der Sandmann war da.«
Ich lachte leise.
»Tut mir leid, dass es dich auch erwischt hat, Ben! Ehrlich! Damit habe ich nicht gerechnet.«
»Auch? Hat es DICH etwa zum ersten Mal gepackt?«
»Ich befürchte, das hat es«, erwiderte Henri fast ein wenig geknickt.
»Danke für dein Mitgefühl, Henri! Hauptsache, du vermasselst es bei ihr nicht wie bei den vorherigen zehn Millionen anderen Frauen, die du vor ihr hattest.«
»Keine Sorge! Es ist wirklich das allererste Mal, dass ich so für eine Frau empfinde. Melina ist kein Betthäschen für mich. Dieses Mal ist alles anders.«
»Dann mach zukünftig einen Riesenbogen um die Krankenschwestern, damit du nicht in Versuchung gerätst. Melina ist keine Frau, die man betrügen sollte«, empfahl ich meinem Zwilling.
Henri schnaufte. »Glaubst du, das weiß ich nicht selbst? Gleich erzählst du mir noch, ich soll am besten meinen Job hinschmeißen. Ben, die Frauen stehen einfach auf mich. Ich kann da gar nichts machen.«
»Doch, kannst du! Zumindest kannst du sämtlichen Anmachen aus dem Weg gehen.«
»Ach echt? Wie denn?«
»Lass deine Augen UND deine Finger in Zukunft nur noch bei Melina und bei keiner anderen sonst. Nur ein gut gemeinter Rat unter Brüdern.«
»Danke, Bruderherz! Wenn ich dich nicht hätte…«

»Dann hättest DU heute Abend eine Latte gehabt und nicht ich« platzte ich heraus.
»Was? Oh nein, Benjamin...«
Ich drückte auf den roten Knopf und beendete das Telefonat grinsend.
Ich wusste, das war kein sonderlich feiner Schachzug gewesen, aber ich hatte einfach nicht widerstehen können.

Nicht getroffen?

Mit dem größten Schmetterlingsschwarm der Welt im Gepäck klingelte ich und wartete, dass Benjamin mir die Haustür öffnete.
Es summte.
Ich drückte die schwere Eingangstür auf und stieg die Treppe hinauf in den ersten Stock.
Da stand er.
Er trug ein leuchtend blaues Hemd, weiße Jeans und sah einfach nur umwerfend aus.
»Hallo!«
Für den Bruchteil einer Sekunde blieb ich stehen und lächelte meine Errungenschaft an.
Amor hatte mir wirklich den tollsten Typen der Welt ausgesucht.
Super Wahl!
Bravo, ein Hoch auf den Gott der Liebe!
»Hallo!« Sein Grinsen wurde breiter. »Lange nicht gesehen und doch wiedererkannt.« Er zwinkerte mir zu und gab mir einen schnellen, aber doch recht leidenschaftlichen Kuss, bevor er mich hereinließ und mir die Jacke abnahm.
»Stimmt. Der Film war toll gestern.«
»Ja, vor allem die magischen Tierwesen waren toll. Welches Wesen hat dir denn am besten gefallen?«

»Ich finde den Niffler toll, der übrigens aussieht wie ein Baby Schnabeligel aus Australien. Welches Tier hat dir am besten gefallen?«, fragte ich neugierig.
»Mir haben diese geflügelten Schlangen gefallen. Wie hießen die noch gleich?« Benjamin blickte mich fragend an.
»Occamy?«
»Ja, ich glaube, das war ihr Name.«
»Hübsche Höhle«, feixte ich beim Anblick der Kücheninsel.
»Höhle?« Erschrocken blickte Benjamin erst mich, dann seine Küche an.
»Ja. Du meintest doch gestern, dass du in einer Löwenhöhle lebst. Allerdings frage ich mich, wo du deine Familie versteckt hast.« Ich klopfte auf die Arbeitsplatte. »Darf ich mich hier raufsetzen?«
Benjamin musterte mich. »Ich dachte eigentlich, dass wir da den Salat schnippeln und die Steaks fertigmachen. Nicht, dass ich dich mit den süßen Möhren verwechsele und schreddere.«
Ich lachte leise auf. »Du willst mich schreddern?«
Benjamin näherte sich mir und zog mich in seine Arme. Er hob mich an und setzte mich auf die Arbeitsplatte. »Niemals! Eher verführen!«
Er beugte sich vor und entführte mich in den siebten Kusshimmel. Nach einer ganzen Ewigkeit, die mir fast die Sinne raubte, löste er sich von mir. »Das ist meine Arbeitswohnung. Sie ist nahe der Klinik und so kann ich, selbst wenn ich Bereitschaftsdienst habe, hier hausen und auf Abruf warten. Ich habe noch ein Haus in Volksdorf.«
»Verstehe.«
Er musste eine Menge Kohle verdienen, wenn er sich Haus, Familie UND diese Luxuswohnung leisten konnte!

»Gut. Und nachdem wir darüber geredet haben, können wir endlich das Essen machen. Ich habe einen Löwenhunger!« Er grinste.
»Na, dann wollen wir die Großkatze nicht warten lassen. Ungeduldige, hungrige Löwen sollen ja zu allem fähig sein.«
»Wirklich? Sind sie das?« Er wackelte mit den Augenbrauen. »Zu was denn?«
Ich klopfte ihm gegen die Brust und fuhr schließlich mit einem Finger in Richtung Bauch. Benjamin schnappte sich meinen Finger, bevor ich am Hosenbund ankam.
»Erst wird was Ordentliches gegessen, dann wird genascht.«
Ich hob eine Hand an die Stirn. »Jawohl, Sir!«
Er drückte mir einen schnellen Kuss auf und holte den Salat aus dem Kühlschrank.
»Ich habe allerlei Gemüse geholt, weil ich nicht wusste, ob du lieber einen einfachen oder einen amerikanischen Salat isst.«
»Ich esse alles«, erwiderte ich beim Anblick der Köstlichkeiten. »Allerdings bekomme ich Appetit auf etwas anderes, wenn ich dich so sehe«, wagte ich mich vor.
Wie würde er reagieren?
Benjamin blickte mir tief in die Augen.
Dann seufzte er theatralisch.
»Meine kleine, süße Melina…ich finde, wir sollten erst etwas Salat und saftige Steaks essen und uns dann in den Himmel der Lust treiben lassen.«
»Ach, sollten wir das?« Ich näherte mich ihm erneut und fuhr ihm über den Bauch. Plötzlich stutzte ich. »Trägst du etwa ein Kissen unter dem Hemd?«

Erschrocken blickte Benjamin mich an. Schließlich nahm er meine Hände und küsste die Fingerspitzen. »Du schlaues Ding! Dir kann ich auch nichts vorgaukeln!«
»Nenn mich neugierig, aber warum stopfst du dir ein Kissen unters Hemd, als wenn du schwanger wärest?«
Benjamin lachte leise. Dann wirbelte er mich herum und zog sich das Kissen heraus.
Erstaunt blickte ich ihn an. »Du bist gertenschlank!«
»Ähm, ja. Tataaa! Überraschung!« Benjamin grinste wie ein Honigkuchenpferd.
»Warum gibst du vor, dick zu sein?«
DAS war ja ein starkes Stück!
Ich hatte ja schon viele Männer kennengelernt, von denen auch der eine oder andere eine Schraube locker hatte, aber noch NIE hatte einer von ihnen vorgegeben, DICK zu sein. Was war das denn für eine Masche?
»Dumme Angewohnheit von mir. Weißt du, als Chefarzt da schwänzeln einem die ganzen Weiber hinterher. Vor allem die vielen Krankenschwestern…«
»Du gibst vor, dick zu sein, um dir die Schwestern vom Leib zu halten?« Ich überlegte, ob es beleidigend war, wenn ich lauthals losprustete, doch Benjamin guckte mich so unschuldig an, dass ich einfach lachen musste.
Wie ein begossener Pudel stand er vor mir.
Schließlich ging ich zu ihm und streichelte seine Wange.
»Du bist so bezaubernd, egal, ob mit oder ohne Bauch. Als ich dich zum ersten Mal sah, ging ich davon aus, dass du etwa im sechsten Schwangerschaftsmonat warst und es war mir TOTAL EGAL! Ich kann mir also kaum vorstellen, dass DAS die netten Schwestern davon abhält, dich anzubaggern. MICH hätte es zumindest NICHT abgehalten.«

»Ehrlich, es war dir egal? Ich dachte immer, Frauen stehen auf schlanke, durchtrainierte Typen.«
»Das tun wir auch. Aber Charaktereigenschaften, und vor allem Humor sind VIEL wichtiger. Und wenn uns Amors Pfeil trifft, dann nehmen wir auch die nicht so schlanken, nicht so durchtrainierten Exemplare der männlichen Spezies«, erwiderte ich ehrlich.
Lange blickten wir uns an, bevor er sich schließlich räusperte. »Amors Pfeil? War das nicht dieser durchgeknallte Liebesbote?«
Ich kicherte leise. Dann versuchte ich, wieder ernst zu sein. »Nun, soweit ich informiert bin, ist Amor ein ›*Gott*‹. Der Gott der Liebe, um genau zu sein. Die Griechen nannten ihn ›*Eros*‹, die Römer ›*Amor*‹ oder ›*Cupido*‹. Aber du hast schon Recht, er schießt wild um sich mit seinen Liebespfeilen. Dabei vergiftet er sogar einige wenige Menschen und macht sie rasend vor Liebe.«
»Ein Gott? Und er VERGIFTET sogar seine Opfer? So so...«
»Jaaaa. Und je mehr man versucht, ihm zu entkommen, um so entschlossener verfolgt er seine Opfer.«
»Wirklich? Also bisher war ich immer erfolgreich im Ausweichen.«
IMMER?
Auch bei seiner Eheschließung vor wer-weiß-wie-viel Jahren?
Und jetzt?
Ich hatte ihn gestern so verstanden, dass ihn Amors Pfeil mitten in der Brust erwischt hatte! Und so hatte er sich GESTERN auch verhalten. So, als wenn er Kind und Kegel verlassen und mit mir bis ans Ende der Welt fliehen würde. Oder hatte er heute bereits das Interesse an mir verloren? Hatte ihn das schlechte Gewissen gepackt?

Benjamin zog mich in seine Arme. Er blickte mir tief in die Augen und gab mir schließlich einen langen Kuss.
»Immer. Bis auf jetzt, also, bis ich dich traf. Ich habe keine Ahnung, wie Amor das angestellt hat, schließlich bin ich schon fast vierzig. Aber sein Pfeil hat mich mitten in der Brust getroffen.«
»Wirklich?« Lächelnd erwiderte ich seinen Blick. Mir fiel ein Riesengebirge vom Herzen. Für eine Sekunde hatte ich wirklich gedacht, er ruderte zurück.
»Wirklich.« Erneut küsste er mich. »Du bist das wundervollste Geschöpf, das je meinen Weg gekreuzt hat und ich darf mich glücklich schätzen, dass du dich mit mir triffst.«
»Dann bist du jetzt bereit?«, feixte ich.
»Bereit? Wofür?« Leicht verwirrt zog Benjamin die Augenbrauen hoch.
»Für den Salat und die Steaks.« Lachend schob ich ihn beiseite und schnappte mir die Möhren.
Benjamin ergriff den Salat. »Aber so was von bereit!«
Nach einem ausgiebigen Essen saßen wir pappsatt bei Kerzenschein in seinem Wohnzimmer und genossen einen Schluck Rotwein.
»Mann, bin ich satt. Ich glaube, ich habe mich leicht überfressen«, gestand Benjamin schmunzelnd. »Wenn es sich nicht um ein Ammenmärchen handeln würde, müsste ich jetzt einen Schnaps trinken, damit das Essen im Magen verteilt wird.«
»Das ist ein Ammenmärchen?«, fragte ich neugierig.
»Ja. In Wirklichkeit werden die Magenwände nur betäubt. Deshalb wird das Essen nicht schneller verdaut.«
»Bin ich froh, dass ich mich noch rühren kann.« Ich rutschte über das Schaffell und näherte mich ihm unsittlich. »Ich hätte daher nichts gegen einen Nachtisch. Und

du bist doch ohnehin schon mit deinem Abwehrkissen aufgeflogen, oder?«
Benjamins Blick veränderte sich. »Ich dachte, heute ist kein Naschtag.«
»Hast du nicht gestern erst gesagt, dass der Zeitpunkt des Naschtages total unwichtig ist, wenn man von Amors Pfeil getroffen wurde?«
»Habe ich das? Mann, wie war ich doch poetisch gestern, was?«
»Poetisch? Nun, vielleicht eher redselig.« Ich musste schmunzeln. Benjamin war gestern tatsächlich sehr viel unterhaltsamer gewesen als heute.
»Redselig? Ist das die nette Umschreibung für ›Quatschtante‹?«, warf Benjamin ein.
Ich lachte. »›Quatschtante‹ klingt ein wenig hart. Ich würde eher sagen, das Reden fiel dir gestern etwas leichter.«
»Vielleicht liegt das daran, dass ich total vollgefuttert bin und eigentlich kleine Sexpartikel durch die Luft schwirren, die mich verleiten wollen, ein paar Kalorien abzuarbeiten«, erwiderte Benjamin vergnügt.
»Sexpartikel?«, hakte ich ungläubig nach und blickte mich demonstrativ um. »DIE schweben durch DEINE Wohnung?« Ich griff in die Luft und tat so, als würde ich eines davon einfangen. »Was bist du nur für ein putziges, kleines Sexpartikel!«
Benjamin lachte laut auf, dann robbte er vor und schnappte mich. Er warf mich auf den Boden und kitzelte mich durch. Erst als ich um Gnade winselte, ließ er von mir ab.
»Du freches Luder, du!«
»Bin ich das?« Herausfordernd blickte ich ihm GANZ tief in die Augen.

»Ja.« Er beugte sich vor und entführte mich endlich in den Himmel der Lust.
(Ein Dank an all die kleinen Sexpartikel, die für eine heiße Atmosphäre sorgten!)

Blödes Kissen

Nervös blickte ich immer wieder auf die Uhr.
Normalerweise sah meine Wohnung bei weitem nicht so herausgeputzt aus wie heute. Aber ich wollte nicht gleich beim ersten Date in meinen heiligen Hallen einen schlechten Eindruck vermitteln.
Ich duschte gegen fünf, stutzte meinen Bart auf eine gepflegte Sex-Länge und warf mich in mein schönstes, blaues Hemd von Armani. Das Ganze kombinierte ich mit einer weißen Jeans, die recht knackig saß.
Eine halbe Stunde später klingelte es endlich.
Mit wild klopfendem Herzen öffnete ich die Tür.
Und obwohl sie gestern mit meinem Bruder ausgegangen war, empfand ich sie noch schöner als letzte Woche.
Sie trug einen kurzen Rock und einen neckischen Pullover. Gott, sie sah zum Anbeißen aus!
Es würde mir schwerfallen, bei ihrem Anblick noch an Salat und Steaks zu denken.
»Hallo!«, sagte sie fast ein wenig unsicher.
»Hallo! Lange nicht gesehen und doch wiedererkannt.«
Auf mich traf der Satz hundertprozentig zu, aber das konnte sie natürlich nicht wissen. Also lachte sie über meinen vermeintlichen Witz.
Kaum war sie in Reichweite, überfiel ich sie mit einem Kuss. Sie schmeckte noch genauso himmlisch wie letzte

Woche in der Klinik. Ich war froh, dass ich den Tausch mit Benjamin so gut wegsteckte. Auch wenn ich zugeben musste, dass sich ein klitzekleiner Stich namens ›*Eifersucht*‹ in mein Herz geschlichen hatte.

Ich war mir mit jeder Minute, die ich mit ihr verbrachte, sicherer, dass ich sie NIE WIEDER für einen Tausch mit Benjamin hergeben wollte. Auch wenn ich meinen Bruder noch so sehr liebte. Aber glücklicherweise hatte er ja schon selbst gesagt, dass er mich nie wieder zu einem Tausch drängen würde. Ich war also fein raus.

»Stimmt. Der Film war toll gestern.«

»Ja, vor allem die magischen Tierwesen waren toll. Welches Wesen hat dir am besten gefallen?« Die hatte ich natürlich noch eilig gegoogelt. Schließlich durfte ich mir nicht anmerken lassen, dass ich den Film nicht gesehen hatte.

»Ich fand den Niffler supersüß, der im Übrigen aussieht wie ein australischer Baby-Schnabeligel. Und du?«

Ich ging ihr voraus in die Küche und spürte ihren Blick in meinem Rücken. Ich trug schon wieder dieses bescheuerte Kissen unter meinem Hemd. Wenn Benjamin nicht etwas schneller abnahm, dann musste ich mir noch überlegen, ob ich mir nicht einen Requisiten-Schwangerschaftsbauch anfertigen ließ.

»Ich fand diese geflügelte Schlange toll. Wie hieß die noch gleich?«

»Occamy?«

»Ja, ich glaube, das war der Name.«

»Hübsche Höhle!«, sagte Melina.

»Höhle?« Erschrocken blickte ich erst sie, dann meine Küche an.

Wieso nannte sie meine Küche ›*Höhle*‹?

Hatte ich Dreck übersehen?

»Ja. Du meintest doch gestern, dass du in einer Löwenhöhle lebst. Aber wo hast du deine Familie versteckt?«
Sie klopfte auf die Arbeitsplatte. »Darf ich mich hier raufsetzen?«
Gute Güte!
Benjamin neckte mich oft, wenn es um meine Wohnung ging. ›Höhle‹ hätte mir also eigentlich geläufig sein müssen! Aber wie redete ich mich bezüglich meiner vermeintlichen Familie heraus?
»Ich dachte eigentlich, dass wir da den Salat schnippeln und die Steaks fertigmachen. Nicht, dass ich dich mit den süßen Möhren verwechsele und schreddere.«
Melina lachte leise auf. »Du willst mich schreddern?«
Ich näherte mich ihr und zog sie in meine Arme. Ich hob sie auf meine starken, durchtrainierten Arme und setzte sie auf die Arbeitsplatte. »Niemals! Eher verführen!«
Bevor sie sich wehren konnte, beugte ich mich vor und küsste sie mit aller Leidenschaft.
Als müsste ich ihre Erinnerungen an den gestrigen Abend wegküssen, legte ich mich so richtig ins Zeug.
(Dabei war ich der einzige hier im Raum, der wusste, dass sie gestern meinen Bruder und nicht mich geküsst hatte. SIE ging ja davon aus, dass ich ihr gestriges Date war.)
»Das ist meine Zweitwohnung. Ich nutze sie für meine vielen Bereitschaftsdienste. Ich habe noch ein Haus in Volksdorf.«
»Verstehe.«
»Gut. Und nachdem wir darüber geredet haben, können wir endlich das Essen machen. Ich habe einen Löwenhunger!« Ich wusste, sie war ganz benommen und nutzte den Moment, um sie anzusehen und doch nicht wie ein liebeshungriger Trottel dazustehen.

»Na, dann wollen wir die Großkatze nicht warten lassen. Ungeduldige, hungrige Löwen sollen ja zu allem fähig sein.«
»Wirklich? Sind sie das?« Ich wackelte mit den Augenbrauen. »Zu was denn?«
Ich wollte sie herausfordern.
(Na gut, eigentlich wollte ich sie am liebsten flachlegen!)
Sie klopfte mir gegen die Brust und fuhr schließlich mit einem Finger in Richtung Bauch.
Heilige Scheiße!
Mein Kissen!
Oh Gott, ich durfte NICHT auffliegen!
Ich schnappte mir ihren Finger, bevor sie am Hosenbund ankam. »Erst wird was Ordentliches gegessen, dann wird genascht.«
»Jawohl, Sir!« Sie stand stramm.
Ich drückte ihr einen schnellen Kuss auf und holte den Salat aus dem Kühlschrank. »Ich habe allerlei Gemüse geholt, weil ich nicht wusste, ob du lieber einen einfachen oder einen amerikanischen Salat isst.«
»Ich esse alles«, erwiderte Melina beim Anblick meiner Lebensmitteleroberungen. »Allerdings bekomme ich Appetit auf etwas anderes, wenn ich dich so sehe«, überraschte sie mich plötzlich.
Oje!
Ich konnte mich doch unmöglich HEUTE von ihr verführen lassen!
Oder sie selbst verführen!
Ich trug ein dämliches Kissen unter dem Hemd!
Wie peinlich war das denn, wenn sie mir das Hemd aufknöpfte!
›Oh, Süßer, du trägst heute ein modisches Kissen als Bauchattrappe?‹

›Ja, Schatz. Das ist neueste Mode und soll sexy sein!‹
Wie würde sie reagieren?
»Meine kleine, süße Melina...ich finde, wir sollten erst etwas Salat und saftige Steaks essen und uns dann in den Himmel der Lust treiben lassen.«
»Ach, sollten wir das?« Sie kam mir gefährlich nahe.
Mit leicht aufsteigender Panik dachte ich an das Kissen.
Plötzlich hielt sie inne. »Trägst du etwa ein Kissen unter dem Hemd?«
Ooooooh Mist!
Schiet!
Verdammt!
(Gab es eine Möglichkeit, die Situation noch mit ein paar weiteren Schimpfwörtern hinauszuzögern?)
Um sie vom Kissen abzulenken, nahm ich ihre Hände und küsste ihre Fingerspitzen. »Du schlaues Ding! Dir kann man auch gar nichts vorgaukeln!«
Ich brauchte GANZ DRINGEND eine vernünftige Ausrede!
»Nenn mich neugierig, aber warum stopfst du dir ein Kissen unters Hemd, als wenn du schwanger wärest?«
Ich lachte leise, insgeheim tief beschämt. Ich konnte ihr ja schlecht erzählen, dass sie EIGENTLICH meinen Zwilling zuerst getroffen und sich EIGENTLICH in Benjamin verliebt hatte. Und dass Benjamin EIGENTLICH einen Bauch dran hatte, weil er zu faul war zum Fasten.
Ach, was soll's!
Die Katze war nun eh aus dem Sack.
Schwungvoll holte ich das Kissen hervor.
»Du bist ja gertenschlank!« Überrascht schaute Melina mich an.
»Ja. Tataaa! Überraschung!« Ich grinste vollkommen übertrieben.

»Warum gibst du vor, dick zu sein?«
Scheiße, scheiße, SCHEISSE!
Was sagte ich nur?
Ich war nicht wirklich schlagfertig und einfallsreich schon gar nicht!
›*Du bist eigentlich in mein Ebenbild namens Benjamin verliebt und um nicht aufzufliegen, trage ich ein Kissen, damit ich haargenau so aussehe wie er.*‹
(Nein, keine gute Idee!)
›*Ach, Süße, das Kissen wärmt meine Organe. Ich habe zu schnell abgenommen und damit die nicht erfrieren, trage ich ein Wärmekissen.*‹
(Nein, auch Müll.)
»Dumme Angewohnheit von mir. Weißt du, als Chefarzt da schwänzeln einem die ganzen Weiber hinterher. Vor allem die vielen Krankenschwestern…«
»Du gibst vor, dick zu sein, um dir die Schwestern vom Leib zu halten?«
(Oje, war meine Ausrede jetzt gut, oder zu dick aufgetragen?)
»Ich weiß, du bist keine Schwester…ABER ich bin schon so sehr an das Kissen gewöhnt, dass ich manchmal einfach vergesse, es zu entfernen.«
Melina gluckste leise. Dann versuchte sie, eine ernste Miene aufzusetzen. »Du bist SO bezaubernd…«
Sie fand mich BEZAUBERND?
Meine Gedanken schweiften ab, bis das Gespräch auf diesen kleinen verrückten Liebesgott kam, der ständig mit Pfeil und Bogen herumlief.
Lange blickten wir uns an, bevor ich mich schließlich räusperte. »Amors Pfeil? War das nicht dieser durchgeknallte Liebesbote?«

Melina kicherte leise. »Nun, soweit ich informiert bin, ist Amor eher ein Gott. Der Gott der Liebe, um genau zu sein.«

»Dem bin ich bisher IMMER ausgewichen.«

Hatte ich ihr ernsthaft eben gesagt, dass ich immer erfolgreich im Ausweichen war? Klang das nicht, als wäre ich DER Hallodri schlechthin? Vielleicht sollte ich mich nicht ganz so schlecht darstellen!

Nachdenklich ging ich meine Frauenbekanntschaften durch. Soweit ich mich erinnern konnte, war höchstens mal ein normaler Liebespfeil dabei gewesen.

Bis auf jetzt!

JETZT musste mich Amor tatsächlich mit diesem komischen vergifteten Pfeil getroffen haben. Ich spürte ständig diese nagende Sehnsucht nach Melina, die mich dazu veranlasste, sie nie wieder gehen lassen - und schon gar nicht teilen zu wollen.

Ich zog Melina in meine Arme und blickte ihr tief in die Augen. Dann versuchte ich, ihr meine Gefühle mit einem Kuss deutlich zu machen.

»Du warst also IMMER erfolgreich im Ausweichen? Noch NIE verliebt?«, hakte Melina fast ungläubig nach.

»Immer. Bis auf bei dir. Ich habe keine Ahnung, wie er das angestellt hat, schließlich bin ich schon fast vierzig. Aber sein Pfeil hat mich mitten in der Brust getroffen.«

»Wirklich?« Lächelnd erwiderte sie meinen Blick.

»Wirklich. Du bist das wundervollste Geschöpf, das je meinen Weg gekreuzt hat und ich darf mich glücklich schätzen, dass du dich mit mir triffst.«

»Dann bist du jetzt bereit?«, fragte sie wie aus dem Nichts.

BEREIT?

Oh Gott, WOFÜR, um Himmels Willen? Wobei hatte ich jetzt schon wieder nicht aufgepasst?
»Bereit? Wofür?« Leicht verwirrt zog ich die Augenbrauen hoch.
»Für den Salat und die Steaks.« Lachend schob sie mich beiseite und schnappte sich die Möhren.
Mit wilden Herzklopfen im Gepäck schnappte ich mir den Salat und konnte dabei einfach nicht widerstehen, ihr einen schnellen Kuss in den Nacken zu geben.
»Aber so was von bereit! Lass uns das Essen vorbereiten.«
Nach einem viel zu reichlichen Essen saßen wir voll bis zur Oberkante bei Kerzenschein in meinem Wohnzimmer und genossen einen Schluck Rotwein.
»Mann, bin ich satt. Ich glaube, ich habe mich leicht überfressen«, gestand ich fast wehmütig.
»Ich hätte daher nichts gegen einen Nachtisch.«
Ich blickte sie an.
Sie sah so unglaublich verführerisch aus!
Gott, ich wollte sie!
Und WIE ich sie wollte!
Ich schluckte und versuchte, meinen Puls wieder runter zu kriegen. »Ich dachte, heute ist kein Naschtag.«
»Hast du nicht gestern erst gesagt, dass der Zeitpunkt des Naschtages total unwichtig ist, wenn man von Amors Pfeil getroffen wurde?«
Echt?
DAS hatte Benjamin gesagt?
Das wäre dann ja mein Freifahrtschein, oder nicht?
»Habe ich das? Mann, wie war ich doch poetisch gestern, was?« Ich grinste frech.
Das musste echt aufhören mit unseren Zwillingsspielchen. Ich glaube, ich war vielleicht doch schon zu alt dafür.

Oder Melina war wirklich die Richtige!
(Wie ein Hammerschlag traf mich die Erkenntnis.
MELINA war DIE RICHTIGE?
ICH würde mal SESSHAFT werden?
Wenn mir das jemand noch vor ein paar Wochen erzählt hätte, hätte ich ihn oder sie ausgelacht!
Mich hatte noch nie eine Frau länger als drei Tage interessiert und bisher war ich immer davon ausgegangen, dass ich als Hundertjähriger noch Single sein und Frauen anbaggern würde.)
»Poetisch? Nun, vielleicht eher redselig.«
DAS war jawohl typisch für Benjamin, der alte Schnatterschnabel!
Mein Zwilling LIEBTE es zu quatschen.
(Ich war da nicht ganz so redselig wie er.)
»Redselig? Ist das die nette Umschreibung für Quatschtante?«, fragte ich vorsichtig.
Melina lachte. »›Quatschtante‹ klingt ein wenig hart. Ich würde eher sagen, das Reden fiel dir gestern etwas leichter als heute. Aber natürlich kann man nicht jeden Tag gleich gut drauf sein.«
»Oh, ich bin heute nicht schlechter drauf. Aber vielleicht liegt meine Schweigsamkeit daran, dass ich total vollgefuttert bin und gleichzeitig diese kleinen Sexpartikel durch die Luft schwirren wie ein Damoklesschwert«, erwiderte ich.
»Sexpartikel? Damoklesschwert?«, hakte Melina nach. Sie blickte sich demonstrativ um. »DIE schweben durch DEINE Wohnung?« Sie griff in die Luft und tat so, als würde sie eines einfangen. »Was bist du nur für ein putziges, kleines Sexpartikel?«
Ich lachte laut auf, dann robbte ich kurzentschlossen vor und schnappte sie mir. Ich warf sie auf den Boden und

kitzelte sie durch, weil sie versucht war, zu fliehen. Erst als sie um Gnade winselte, hörte ich auf sie zu kitzeln.
»Du freches Luder, du!«
»Bin ich das?« Herausfordernd blickte sie mir SO tief in die Augen, dass ich mich einfach nicht mehr beherrschen konnte.
Scheiß auf den vollen Magen!
Scheiß auf die Verabredung mit Benjamin, dass wir mit dem Sex noch warten würden, bis er abgespeckt hatte!
(Die Bauchattrappe war nun eh aufgeflogen.)
Scheiß auf irgendwelche Zwillingsspielchen!
(Ich musste nur noch dafür sorgen, dass sie ihm nicht mehr begegnete, sonst würde sie dahinterkommen, dass ER einen Bauch hatte, der sogar noch festgewachsen war, und ICH gar nicht Benjamin war.)
Ich wollte Melina für mich haben!
Jetzt!
Und für immer!
Ich beugte mich vor und verführte sie mit allen mir zur Verfügungen stehenden Mitteln der Liebeskunst und wünschte, dieser Abend würde niemals zuende gehen.

Rettung in letzter Sekunde

Benjamin

»Ich komme heute mal mit zur Musiksession«, entschied meine Frau zu meinem Schrecken.

Marie war ein absolut ungeselliger Mensch - zumindest wenn es um MEINEN Bekanntenkreis ging. IHRE Freundinnen traf sie gerne und alle naslang.

Ich musste sie wie ein Auto angesehen haben, denn sie fing plötzlich an zu lachen. »Was ist? Passt es dir nicht, dass ich dich mal begleiten will?«

»Warum willst du plötzlich mitkommen?«, fragte ich vollkommen entgeistert.

»Weil du das letzte Mal so davon geschwärmt hast, dass ich mir dachte, ich verpasse etwas, wenn ich nicht mal mitkomme. Außerdem hast du dann gleich einen Fan im Publikum sitzen. Ich mag es, wenn du singst.« Marie rauschte ins Bad und legte Make-up auf.

Heiliger Bimbam!

Was sollte ich tun?

Einen Krankheitsfall vortäuschen und den Nachmittag abblasen? Oder riskierte ich es einfach, Melina mit Marie zu begegnen?

Es war schon schlimm genug, dass ich meine Klamotten so wählen musste, dass mein Bauch nicht auffiel, nachdem Henri mit dem Kissen aufgeflogen war. Das setzte mich schon genug unter Druck. Nun musste ich auch noch

auf ein Event gehen, wo sich Melina UND Marie begegnen würden.
Mir blieb aber auch nichts erspart.
Am besten informierte ich Henri, dass ich zur Session ging, falls er Melina abfangen musste, nicht dass (mittlerweile) SEINE Auserkorene in MEINE Ehefrau rannte.
Eilig zückte ich mein Handy.

> ›SOS! 😱 *Marie will mit zur Session und ich weiß nicht, ob Melina heute dort sein wird. Hast du noch Kontakt? In der Klinik war so viel los, dass wir uns gar nicht mehr austauschen konnten* 🤪 *! Ist sie noch deine Auserwählte?*
> 🤔 *Bitte melde dich! Wir fahren jetzt los! LG, Ben.* 🧔‹

Henri ging nicht online.
Fieberhaft überschlug ich den Dienstplan.
Hatte er heute Dienst in der Klinik?
Oder war er bereits mit Melina verabredet?
Kurzentschlossen wählte ich seine Nummer, aber er ging nicht ans Telefon.
»Wir können los! Ich bin fertig.« Marie strahlte mich an.
Seufzend steckte ich mein Handy weg und nahm meine Jacke. »Prima. Dann auf, auf! Starten wir in einen tollen Nachmittag.«
Ich versuchte, übergroße Freude zu zeigen, auch wenn es in meinem Innern gerade aussah wie im Auge eines Riesensturms. Es war bedrohlich ruhig und ich wusste, es würde mindestens ein Tornado durch meine Eingeweide fegen. Ich begab mich aufs Glatteis, indem ich Marie mit-

nahm. Vor ein paar Monaten noch hätte ich mich gefreut, wenn sie Interesse daran gezeigt hätte, aber HEUTE war ich mehr als nervös, weil Melina ebenfalls da sein konnte. Und dieses Mal stand nicht nur ein Flirt meinerseits auf dem Spiel, nein, im Grunde genommen standen meine Ehe UND Henris Liebesglück auf dem Spiel.
Mit dem Auto waren wir in Nullkommanix dort. Ich parkte den Wagen mehr als akribisch und erntete von Marie bereits ein stöhnendes Kopfschütteln.
»Willst du einen Preis im Einparken gewinnen, mein Schatz?«, versuchte sie lustig zu sein.
Ich lachte leise.
(Meine Verzweiflung wuchs.)
»Quatsch! Aber ich ärgere mich immer über all die Autofahrer, die auf zwei Parkplätzen stehen oder andere Verkehrsteilnehmer behindern. Also parke ich halt etwas ordentlicher ein.«
Marie zog die Augenbrauen hoch, sagte aber nichts weiter dazu. Kaum hatte ich den Motor abgewürgt, sprang sie auch schon aus dem Wagen.
(Vermutete sie etwa, dass ich ein anderes Eisen im Feuer hatte, das das Weite suchte, sobald mein Wagen auftauchte?
Frauen waren da ja so was von empfänglich!
Die hatten irgendwie extra Sensoren in ihrem Hirn eingebaut, die sie vor Konkurrenz regelrecht warnten.)
Ächzend kletterte ich aus dem Wagen und sprintete meiner etwas zu übereifrigen Frau hinterher, die sonst keine zehn Pferde dazu brachten, eine Party aus meinen Gefilden zu betreten.
(Gute Güte, was hatte sie vor?)
»Hallo Jochen!«, sagte sie freudestrahlend und reichte meinem Bandmitglied die Hand.

»Marie! Was machst du denn hier? So ein seltener Glanz in unserer Hütte!« Jochen ergriff ihre Hand. Dann warf er mir einen Blick zu, bei dem ich mir nicht ganz sicher war, ob er Verzweiflung, Warnung, Freude oder Panik ausdrücken sollte.

Trotzdem durchfuhr mich sein Blick wie ein scharf geschliffenes Schwert. Im selben Augenblick wusste ich, dass Melina da war.

Ich eilte Marie hinterher, reichte Jochen fast im Vorbeilaufen schnell die Hand und umarmte meine Frau schließlich, um sie davon abzuhalten, in die Barracke zu stürmen.

»Was ist denn heute bitte mit dir los? Sonst interessierst du dich NIE für meinen Bekanntenkreis, kommst auf KEINE Party mit und vermeidest JEGLICHEN Kontakt mit meinen Freunden. HEUTE aber bist du fast schon verzweifelt, auf diese Session zu gehen. Und zwar OHNE mich!« Ich drehte sie zu mir um und blickte ihr mit ernster Miene ins Gesicht. »Hallo? Erde an Marie!«

Meine Frau schien erst durch mich hindurch zu sehen. Dann jedoch schärfte sich ihr Blick und sie war wieder ganz bei mir. »Was hast du gesagt?«

»Geht es dir gut?«

»Blendend.«

»Erklärst du mir dann bitte mal, was du heute hier veranstaltest?«

»Wieso? Ich begleite dich zur Session«, erwiderte Marie fast schon störrisch.

»Du stürmst eher voraus. Du bist ja kaum zu halten! Treibt dich irgendetwas, ohne mich in den Musiksaal zu flitzen? Du kennst da drinnen keine Menschenseele und du HASST Menschenaufläufe, die nicht aus deinem Freundeskreis gebildet werden. Du HASST es, mich auf Partys zu begleiten. Wir sind seit fünfzehn Jahren verhei-

ratet und so hast du dich noch NIE benommen. Also, was ist los mit dir?«
»Hast du eine andere Frau kennengelernt?«, kam es wie aus der Pistole geschossen.
Gott, mir brach augenblicklich der Schweiß aus.
Ich glaube, sämtliche Gesichtsmuskeln gaben gleichzeitig ihren Geist auf. »Was? Wie kommst du denn darauf?«
Ich hoffte, meine schauspielerischen Fähigkeiten reichten aus, um sie zu täuschen. Ich hatte bereits befürchtet, dass mich mein Hochgefühl verraten würde.
Marie löste sich von mir und blickte mich prüfend an. »Hast du?«
»Soll das etwa heißen, dass du mich heute ausnahmsweise nach fünfzehn Jahren Ehe mal begleitest, weil du glaubst, ich habe ein Geliebte?« Fassungslos starrte ich meine Frau an, die mir mit einem Mal total fremd vorkam. »Ich erkenne dich nicht wieder! Du interessierst dich NIE für meine Freunde oder Hobbys. JETZT kannst du es kaum abwarten, die Session zu sprengen.«
»Muss ich denn die Session sprengen? Gibt es dafür einen Grund?«
»Nein, gibt es nicht. Ich habe keine Geliebte. Abgesehen davon, gibt es niemals einen Grund, anderen eine Party zu vermiesen. Ich dachte, das wüsstest du!« So langsam war ich verärgert über Maries Verhalten.
(Wenn ich rational gedacht hätte, hätte ich es nachvollziehen können, aber momentan ärgerte ich mich nur über sie. Ich überprüfte sie auch nicht auf ihren vielen Partys, die sie mit ihren Freundinnen besuchte.)
Ich verschränkte die Arme vor der Brust. »Habe ich dir je hinterher geschnüffelt? Seit fünfzehn Jahren gehen wir getrennt auf Partys. Ich weiß auch nicht, ob du bei den vielen Gelegenheiten mit deinen zum Teil unverheirateten

Freundinnen nicht auch den einen oder anderen Typen kennengelernt hast und jetzt willst du mir den Nachmittag mit MEINEN Musikerfreunden versauen, weil du GLAUBST, ich hätte eine andere?« Ich schüttelte den Kopf. »Hättest du das nicht Zuhause ansprechen und ausdiskutieren können?«
Marie knickte ein. »Stimmt, du hast Recht. Es tut mir leid, Benjamin.«
Ich hob beide Augenbrauen. »Ich bin echt verärgert, Marie. Du hättest mich auch einfach mal fragen können, ob ich was anderes am Laufen habe. Stattdessen benimmst du dich äußerst merkwürdig und DAS finde ich wirklich abtörnend.«
Sie verzog das Gesicht. »Du hast Recht! Ich habe mich extrem dämlich verhalten. Wir haben noch nie einander kontrolliert.«
»Nein, haben wir nicht. Und ich habe auch noch nie mit einer anderen Frau als mit dir geschlafen, seitdem ich mit dir zusammen bin«, erklärte ich wahrheitsgemäß.
(Die Küsse, die ich zwar offiziell als Benjamin, aber doch ersatzweise für Henri mit Melina ausgetauscht hatte, die zählte ich nicht. Sie waren mein Geheimnis und das sollte auch so bleiben.)
»Können wir dann gemeinsam in den Musiksaal gehen und uns wie zwei Erwachsene benehmen?«, fragte ich mit klopfendem Herzen.
Insgeheim hoffte ich, sie würde mir die Autoschlüssel abknöpfen und nach Hause fahren. Aber den Gefallen tat sie mir leider nicht.
Marie stand unschlüssig vor mir, während ich unruhig versuchte, aus den Augenwinkeln den Saal durchs Fenster zu scannen.

»Oder willst du nach Hause fahren?«, fragte ich wohl eine Spur zu hoffnungsvoll.
Marie lächelte und schüttelte schließlich den Kopf. »Nein, nein. Jetzt, wo ich schon mal hier bin und mich zurecht gemacht habe, kann ich auch genauso gut bleiben und deiner Performance lauschen.«
»Gut.« Ich lächelte, aber mein Lächeln erreichte meine Augen nicht. Ich stand unter Hochspannung.
Gemeinsam betraten wir die große Hütte und legten unsere Sachen ab. Dann stellte ich sie einigen Leuten vor und atmete erleichtert auf, weil Melina nicht im Musiksaal zu sehen war, dafür aber Jochens Frau meine Frau in ein Gespräch verwickelte.
Dankbar lächelte ich Sandra an.
(Ob Jochen sie wohl eingeweiht hatte?
Egal!
Ich musste Melina finden und versuchen, Henri zu erreichen, bevor es hier das Donnerwetter des Millenniums gab.)
»Ich hole uns mal einen Kaffee. Du trinkst doch auch einen, Marie, oder?«
Marie blickte mich kaum an und nickte nur.
Also eilte ich in die Küche und war froh, als ich Melina dort alleine vor dem Teekocher vorfand.
»Hallo!«, sagte ich fast atemlos.
Milena wirbelte herum und flog mir so unversehens in die Arme, dass es mich fast rückwärts aus der Küche katapultierte. Bevor ich blinzeln konnte, hingen ihre Lippen auch schon an meinen.
Mein verräterischer Hormonhaushalt brachte meinen Puls hoch und ließ mein Herz sonst wie hohe Freudensprünge machen. Ich konnte gar nicht anders, als den Kuss zu er-

widern. Sämtliche Vorsätze waren über Bord geworfen und ich küsste sie, als gäbe es kein Morgen mehr.
»Hi!« Sie löste sich von mir und grinste bis über beide Ohren.
(Gott, sah sie SO verführerisch aus!
Wie sollte ich mich jemals ENTlieben können?)
»Hi!« Ich lächelte, auch wenn ich wahnsinnig angespannt war.
»Es ist SO toll, dass du hier bist«, sagte sie. Schnurrend wie ein Kater kam sie näher und strich mir über die Brust. Dann stellte sie sich auf die Zehenspitzen und gab mir einen Zungenkuss, der mir fast die Schuhe auszog.
Binnen von Sekunden war ich kaum noch Herr meiner Sinne.
»Es war so eine tolle Nacht letztes Wochenende in deiner Höhle«, wisperte sie und verschlang mich dabei mit ihren Blicken.
Mir schwoll alles an, was ich an Schwellkörpern aufzubringen hatte und ich überlegte fieberhaft, wie ich diese sexualisierte Stimmung wieder loswerden sollte, ohne gleich hemmungslos über sie herzufallen oder im Musiksaal bei Marie aufzufliegen.
Ich atmete einmal tief durch. »Ja. Es war unglaublich! Lust auf Wiederholung?«
Melina lächelte nickend. »Und ob ich das habe. Ich kann es kaum erwarten, dich wieder zu spüren!«
Okay, das reichte, um mein Kopfkino in Gang zu setzen.
Was, zum Henker, hatte mein Bruder mit ihr am Samstag angestellt?
Hatte er den Sex des Jahrtausends gehabt?
»Apropos, was für eine Überraschung hast du denn heute für mich geplant? Du hast eben per *WhatsApp* geschrieben, du würdest mich gleich abholen!«

Henri hatte sich gemeldet?

»Wenn du nicht gleich still bist, muss ich dich leider noch hier in der Küche verführen«, drohte ich ihr an. »Die Überraschung folgt gleich. Ich muss erst noch was erledigen!«

Melina schlang ihre Arme um meinen Hals. »Ich hätte überhaupt nichts dagegen, hier von dir verführt zu werden. Wir verriegeln einfach die Tür.« Mit dem Fuß schlug sie die Küchentür zu.

Ich spürte mein Handy in meiner momentan viel zu engen Hose vibrieren.

Einmal.

(Okay, das war eine Nachricht.)

Melina küsste mich erneut.

Mein Handy klingelte noch einmal.

Dieses Mal war es ein Anruf.

Ich musste da rangehen!

Es konnte Henri sein.

Meine Erlösung, meine Rettung.

»Entschuldige, bitte! Das könnte die Klinik sein.« Ich löste mich von ihr und zog mein Handy aus der Hose. Als ich das Gespräch annahm, rutschte es weg.

Henri hatte aufgelegt.

Ich verdrehte die Augen. Dann sah ich, dass er mir eine Nachricht geschickt hatte.

> *›Scheiße😱😱😱! Bin in fünf Minuten da. Verziehe dich auf die Toilette und lass dich nicht mehr blicken, bevor ich Entwarnung gegeben habe! Ich bin so was von verliebt in Melina! Gefährde das ja nicht mit deiner eifersüchtigen Ehefrau! Gruß, Henri.🧔‹*

Erleichtert atmete ich auf.
Dann steckte ich den rettenden Nachrichtenüberbringer in meine Hose zurück und wandte mich an Melina. »Würdest du mir einen Kaffee mitkochen?«
»Natürlich. Aber ich dachte, du trinkst lieber Tee? Und ich dachte, wir wollten gleich wieder weg?«
(Blöde Angewohnheit von Henri!
Seitdem er auf dem Schlankheitstrip war, soff er fast nur noch Tee.
Ekliges Gesöff!)
»Äh, ja. Den würde ich auch trinken. Ich dachte, das würde dir vielleicht zu viele Umstände machen. Und wie du schon ganz richtig erkannt hast, wollte ich gleich mit dir woanders hinfahren. Aber vorher muss ich nochmal auf die Toilette.«
Ich machte auf dem Absatz kehrt, winkte kurz und war auch schon verschwunden.
Die Toilette war glücklicherweise unbesetzt.
Ich knipste das Licht an und verriegelte die Tür.
Die Minuten verstrichen und zwischendurch rüttelte immer mal wieder jemand an der Tür.
Meine Verzweiflung wuchs, mein Puls war bei eintausendachtzig, bis endlich eine Nachricht aufploppte.

> *›Du kannst rauskommen! Sitze mit Melina im Auto. War nicht leicht, aber ich konnte sie überzeugen, jetzt gleich mitzukommen. Fahren in die Stadt und dann zu mir. HDL🖤, Henri🧔.‹*

Ich schloss für den kurzen Moment die Augen und versuchte, mich zu beruhigen.

DAS war ja gerade nochmal gut gegangen.
Liebevoll drückte ich mein Mobilgerät an die Brust. Dann tippte ich eilig eine Nachricht.

> *›Danke, du bist mein Held! Tausend Dank für diese Rettung! Viel Spaß 😊! Ich habe dich auch lieb, Gruß Ben 🧔‹*

Ich verließ die Toilette und ging in die Küche. Dort nahm ich mir ein Glas Wasser und wollte gerade in den Musiksaal gehen, als meine Frau auftauchte.
»Schatz, ich suche dich schon überall! Wo steckst du denn bloß? Henri war da und hat mir das Buch hier für dich gegeben. Er meinte, es sei wichtig.«
»Ich war auf Toilette. Und jetzt gönne ich mir gerade einen Schluck Wasser.« Ich hob demonstrativ mein Glas.
»Keinen Kaffee?«, fragte Marie überrascht. »Bist du krank? Du bist total verschwitzt.«
Ich schüttelte den Kopf. »Ist nur Lampenfieber. Ich verzichte lieber auf den Kaffee.«
Ein Kaffee würde jetzt einen sicheren Infarkt hervorrufen. Ich war dermaßen durch den Wind, dass ich mich kaum beruhigen konnte.
Marie hakte mich unter und zog mich mit dem Wasserglas in den Musiksaal.
»Henri hatte übrigens eine SEHR attraktive Frau aufgegabelt. Sah fast aus wie Schneewittchen«, berichtete Marie.
Mir rutschte das Herz in die Hose.
Ich dachte an Melinas Küsse in der Küche und spürte die liebeshungrige Schlange erneut durch meine Eingeweide jagen. Gott, ich war dermaßen aufgeregt, dass es einige Zeit dauern würde, bis ich auf die Bühne gehen konnte.

»Wirklich? Ich dachte, Schneewittchen gibt es nur im Märchen«, lachte ich leise.

Marie blickte mich an. »Schwitzt du immer noch? Vielleicht bist du doch krank! Ich wusste gar nicht, dass du unter Lampenfieber leidest.«

Ich tätschelte ihre Hand. »Kommt vor. Bin etwas aufgeregt, weil du mich singen hören willst.«

»Echt? Das mache ich doch zuhause auch, wenn du am Klavier übst«, erwiderte Marie überrascht.

Ich verdrehte die Augen. Dann fuhr ich mir durchs Haar. »Ja, aber da sitzt du nicht explizit vor mir und guckst, ob ich etwas falsch mache.«

Marie schnalzte mit der Zunge. »Schatz, ich werde auch jetzt nicht gucken, ob du etwas falsch machst. Also beruhige dich! Sonst kippst du mir gleich noch um!«

»Okay.« Ich versuchte, nicht mehr an Melina zu denken und mich auf den Musiknachmittag zu konzentrieren.

Komische Marie

Mit rasenden Herzklopfen schmiss ich mich in meine flippigen Hippieklamotten und warf einen letzten Blick in den Spiegel.
»Brezelst du dich jetzt für diesen Mann auf? Wie hieß er noch gleich? Meyer, Müller, Schmidt?«, witzelte meine Mom, obwohl sie genau wusste, dass ich mich unsterblich in Benjamin verliebt hatte.
»Danke, Mama«, stöhnte ich. »Und ja, Benjamin ist der Grund, weshalb ich mich in Schale geworfen habe. Ich habe dir doch gesagt, dass wir schon zwei Dates hatten. Und ich gehe davon aus, dass er heute auch bei der Session sein wird.«
Meine Mom hob eine Augenbraue. »Du weißt nicht, ob er kommt? Habt ihr kein Handy? Oder kann er wegen seiner Ehefrau nicht schreiben? Also wenn das deine Schale ist, möchte ich nicht deine Alltagskleidung sehen. Du siehst klasse aus!«
»Danke«, sagte ich. »Doch, wir haben beide ein Handy und ich habe auch seine Telefonnummer. Aber ich habe ihn nicht gefragt, ob er heute kommt. Kann ich ja nachholen.« Ich zückte mein Handy und tippte eilig eine Nachricht an Benjamin.

> *›Hallo Benjamin, die Nacht mit dir war einfach umwerfend! Ich kann mich in der Akademie kaum noch konzentrieren😜. Kommst du auch gleich zur Session? Ich werde da sein und freue mich riesig, wenn du auch kommst - falls du keinen Dienst hast😊. LG, Melina.‹*

»Gut siehst du aus, Melina«, sagte Norman, der Freund meiner Mom.
Dankbar lächelte ich ihn an. »Danke, Norman!«
Norman lächelte. »Können wir dann los, Ladys?«
»ICH bin schon lange fertig«, betonte meine Mom. »Aber meine Tochter braucht heute etwas länger.«
»Ich musste mich halt erst noch schminken«, verteidigte ich mich.
»Das ist auch sehr wichtig, Linda«, pflichtete Norman mir bei, »auch wenn ich finde, dass deine Tochter das nicht nötig hat. Sie ist auch so wunderschön.«
»Danke!«, sagten meine Mom und ich gleichzeitig und lächelten uns an.
»Aber du solltest eines bedenken: Diese Kriegsbemalung kannst du nicht Tag und Nacht auflegen! Und wenn du morgens neben deinem Benjamin aufwachst und er erkennt die Frau neben sich nicht mehr, mit der er ins Bett gegangen ist, weil die Schminke verwischt ist, kann das ein Schock fürs Leben sein.«
»Sprichst du etwa aus Erfahrung?«, wollte Linda wissen.
»Das wollte ich auch gerade fragen. Außerdem habe ich wasserfeste Schminke. Die hält notfalls drei Tage und Nächte. Sogar beim Schwimmen und in der Sauna geht die kaum ab.«

Norman lächelte. »Nun, ich weiß, dass ihr Frauen immer ungeheuren Wert darauf legt, euch so anzumalen, dass man euer wahres Gesicht gar nicht mehr erkennen kann, aber ob das immer so richtig ist, bezweifele ich.«
»Schau dir doch mal die ganzen Schauspielerinnen an«, schimpfte meine Mom voller Empörung. »Von denen erkennt man keine einzige, wenn sie ungeschminkt sind. Viele haben sogar SOMMERSPROSSEN!«
»Von den Hollywood-Stars redet ja auch niemand«, sagte Norman und schlüpfte in seine Jacke.
»Ach, bei denen ist es also in Ordnung, wenn sie sich schminken, aber bei uns Normalsterblichen nicht?«, hakte meine Mom nach.
Norman verdrehte die Augen. »Ich sage nix ohne meinen Anwalt.«
Meine Mom schnalzte verächtlich mit der Zunge. »Das ist ja mal wieder typisch. Wirfst irgendwas in den Raum und dann willst du keine Stellung dazu nehmen.»
»Weil ich genau weiß, dass der Abend scheiße wird, wenn ich es tue. Denn egal, was ich sage, es wird falsch sein. Und warum ist das so? Weil ihr Frauen dazu neigt, aus einer Mücke einen Elefanten zu machen. Ihr verdreht unsere Sätze so lange, bis ihr die Antwort habt, auf die ihr schon gewartet habt, damit ihr darauf anspringen und uns zerfleischen könnt.«
»Wie ich sehe, hast du die Weiblichkeit ja ausreichend studiert. Na gut, dann lasst uns fahren!«, knurrte meine Mom.
Beim Hinausgehen wandte ich mich noch einmal an Norman. »Du findest also, wir Frauen sollten so mutig sein und ungeschminkt aus dem Haus gehen? Und der Mann, dem wir dann gefallen, der wird am nächsten Mor-

gen auch nicht davonlaufen, weil wir nicht 24 Stunden lang geschminkt sein können?«

»So ungefähr«, antwortete Norman wage, immer einen Seitenblick auf meine Mom gerichtet, die schon in Lauerstellung war.

»Ganz ehrlich?« Ich blickte ihn an.

»Na?«

»Ich glaube, kein Mann würde uns Frauen ungeschminkt in sein Bett lassen.«

»DAS stimmt so nicht«, widersprach Norman.

»Okay, dann korrigiere ich mich: Kein ATTRAKTIVER Mann würde uns Frauen ungeschminkt in sein Bett lassen«, verbesserte ich mich grinsend. »Zumindest nicht, bis er nicht GANZ fest an der Angel hängt.«

Norman lachte leise. »Du meinst, Geschmack ist eine Frage der Attraktivität?«

»Nein, ich meine, ein Mann, der so attraktiv ist, dass er jede Frau haben kann, würde niemals eine Frau auswählen, die aussieht wie ein Hase ohne Fell.«

Norman stutzte. »Was ist das denn für ein komischer Vergleich? Du findest also, dass ungeschminkte Frauen aussehen wie Hasen ohne Fell?«

Ich stieg hinten ins Auto meiner Mom ein.

Diese startete den Motor und brauste vom Hof.

Ich zückte mein Handy und googelte ein paar berühmte Damen. Dann hielt ich Norman ein Bild der ungeschminkten Version einer Moderatorin unter die Nase.

»Wer ist das?«, fragte ich gespannt.

»Keine Ahnung. Sagt mir überhaupt nix«, antwortete Norman unwirsch.

»Das ist Michelle Hunziker.«

»Echt? Die Frau, die ›*Wetten das...?*‹ mit moderiert hat? Die hat ja SOMMERSPROSSEN! Ungeschminkt sieht sie viel besser aus«, gestand Norman.

»Echt? Findest du? Finde ich nicht.« Ich googelte das nächste Bild. »Und wer ist das?«

Wieder zuckte Norman mit den Schultern. »Weiß ich nicht. Ich kenne mich mit Schauspielerinnen nicht so gut aus.«

»Das ist Cameron Diaz.«

»Hübsch.«

»Du stehst also mehr auf die Hasen ohne Fell?«, bemerkte ich.

Meine Mom gluckste leise. »Scheint so.«

Norman zuckte mit den Schultern. »Ist das schlimm?«

»Nö. Aber ich bin lieber ein Pfau als ein Hase ohne Fell.«

»Vor allem, wenn die Chance besteht, Benjamin wieder zu sehen«, bemerkte meine Mom lächelnd.

»Genau. Apropos, kannst du nicht schneller fahren, Mama?«, drängte ich nervös.

War meine Mom schon immer so eine langsame Autofahrerin gewesen?

Irgendwie hatte ich sie rasanter in Erinnerung.

Sie schüttelte den Kopf. »Nee, sorry. Hier sind überall Blitzer. Außerdem sind wir gut in der Zeit. Die Session sollte um 15 Uhr anfangen. Es ist jetzt Viertel vor.«

Nervös blickte ich aus dem Fenster. »Was ist, wenn er nicht kommt?«

»Dann soll es eben nicht sein. Das Universum wird schon wissen, wen es dir präsentiert«, konterte meine Mom. »Außerdem dachte ich, dass ihr schon miteinander in die Kiste gesprungen seid. UND du hast seine Telefonnummer. Er wird sich also irgendwann bei dir melden. Er ist doch Arzt, oder nicht?«

»Ja. Warum?«
»Die arbeiten IMMER. Er wird sich also noch bei dir melden.«
Na, hoffentlich!
Vielleicht hatte ihm auch die Nacht in seiner Höhle nicht gefallen und nun wurde ich sang und klanglos aussortiert.
Mit wurde bei dem Gedanken das Herz ganz schwer.
Aber…Moment mal!
WOHER wusste meine Mom, dass ich mit Benjamin Sex gehabt hatte?
»Mama! Woher weißt du, dass wir Sex hatten?«
Meine Mom grinste nach hinten. »DAS, mein Schatz, habe ich dir letzten Sonntag GENAU angesehen. SO strahlt niemand, der nicht frisch Sex gehabt hat.«
»Echt? Oh Gott, wie peinlich!« Ich verdrehte die Augen. »Ich wurde eben von Amors Pfeil vergiftet«, versuchte ich meine Ehre zu verteidigen.
»Ich verurteile dich doch nicht, Schatz! Und Benjamin muss es selbst wissen, ob er trotz Ehefrau mit dir schläft«, wandte meine Mom ein.
»Vergiftet?« Überrascht drehte sich Norman um. »Habe ich was verpasst? Ich dachte, der trifft nur seine Opfer, aber dass Amor seine Opfer neuerdings auch VERGIFTET, ist mir total neu.«
Ich grinste. »Er trifft nicht alle, weißt du! Und die meisten bekommen auch nur einen normalen Liebespfeil. Aber ICH habe einen vergifteten Pfeil abbekommen. Ich bin unsterblich in Benjamin verliebt. Quasi infiziert.«
»INFIZIERT mit dem Liebesvirus, den Amor als Gift einsetzt? Cool, so ein Pfeil hätte ich auch gerne mal«, platzte Norman heraus.

»Wie bitte?« Entsetzt stieg meine Mom auf die Bremse. »Was hast du gesagt? Bist du etwa NICHT in mich verliebt?«
»Schatz, das war nicht so gemeint, wie es vielleicht rübergekommen ist«, versuchte sich Norman zu verteidigen. »Natürlich liebe ich dich.«
»Aber du wurdest nicht mit Amors Pfeil infiziert?« Beleidigt wandte sich meine Mom ab.
»Doch. Natürlich wurde ich das«, rief Norman mit aufsteigender Panik.
Meine Mom schnalzte mit der Zunge.
»Wollen wir das hier oder Zuhause im Schlafzimmer ausdiskutieren und uns versöhnen?«, fragte Norman hoffnungsvoll.
Meine Mom schnitt eine Grimasse und blickte von oben auf ihren Lebensgefährten herab. »Was? Hier? Jetzt?«
Norman nickte.
»Sehe ich aus wie ein Teenager, der sich im Auto oder im nächstliegenden Gebüsch versöhnen möchte?« Meine Mom grunzte und blickte wieder auf die Straße. »Sei froh, dass ich meine Tochter auf einer lebenswichtigen Mission begleiten muss! Sonst würdest du nicht so billig davonkommen, mein Lieber.«
»Beruhigt euch! Nicht jeder hat das unsagbare Glück - oder Pech - von Amors GIFTpfeilen getroffen zu werden. Es ist schon ein glücklicher Schicksalsschlag, wenn man überhaupt einen Liebespfeil abbekommt.«
»Du hast deine Tochter gehört! Ich habe einen normalen Liebespfeil abbekommen und damit trotzdem Glück gehabt«, verteidigte sich Norman und klopfte meiner Mom beruhigend auf den Oberschenkel.

Ich saß derweil auf dem Rücksitz und schickte ein Stoßgebet ins Universum, dass ich Benjamin gleich wiedersehen würde.
Nach unserer wirklich unschlagbar heißen Nacht hatten wir uns nur einmal Nachrichten hin und her geschickt. Seitdem war absolute Funkstille eingetreten.
Ich bangte schon, dass Benjamin das Interesse an mir verloren hatte, als mein Handy piepte.

> *›Süße Melina! Ich bin unterwegs. Ich habe eine tolle Überraschung und würde dich gerne von der Session weglocken! Hoffe, du bist einverstanden und wartest dort auf mich. Heiße Küsse 💋 💋 💋, dein Ben 🧔.‹*

Erleichtert atmete ich auf.
Fünf Minuten später parkte meine Mom.
Während die beiden Streithähne ›Amors Giftpfeil‹ ausdiskutierten, trat ich ungeduldig von einem Bein aufs andere.
»Geh doch ruhig schon mal rein, mein Schatz!«, rief meine Mom mir zu.
»Schafft ihr es denn, euch nicht zu zerfleischen?«, fragte ich voller Sorge.
Meine Mom lächelte und nickte.
Mit wild klopfendem Herzen betrat ich den Vorraum, in dem ein buntes Buffet aufgebaut war. Ich schlüpfte in den Musikraum, blickte mich um und hängte enttäuscht meine Jacke über einen Stuhl. Dann ging ich hinaus in die Küche, um mir einen Kaffee zu kochen. Während die Kaffeemaschine arbeitete, beschloss ich, auf Toilette zu gehen.

Als ich wieder in die Küche kam, hörte ich plötzlich Schritte.
Ich drehte mich um.
Da war er!
In seiner vollen Mannespracht stand er vor mir.
Ich sah nur in seine Augen und schwebte augenblicklich im siebten Liebeshimmel.
Ich flog auf ihn zu und schmiss mich in seine Arme.
Ich wusste, ich war ETWAS zu stürmisch, aber ich konnte nicht anders. Also küsste ich ihn voller Inbrunst.
»Hi!«, sagte ich schließlich leicht außer Atem.
»Hi!«
»Es ist SO toll, dass du hier bist« Ich strich ihm aufreizend über die Brust. Dann stellte ich mich auf die Zehenspitzen und gab ihm einen intensiven Zungenkuss, der mich selbst in höchste Schwingungen versetzte.
»Es war so eine tolle Nacht letztes Wochenende in deiner Höhle«, wisperte ich und verschlang ihn dabei fast mit meinen Blicken.
»Ja. Es war unglaublich! Lust auf Wiederholung?«
Mein Herz machte einen Freudensprung.
Er wollte mich tatsächlich wiedersehen!
UND das Date wiederholen!
Glück rauschte mir durch die Adern wie ein Freudenserum.
»Ich muss mal ganz schnell für kleine Jungs. Bin gleich wieder da!« Benjamin winkte kurz und war auch schon verschwunden.
Ich blickte schnell in meinen Taschenspiegel.
Sah ich irgendwie doof aus?
War meine Schminke verschmiert?
Er war plötzlich so zerstreut gewesen.

Eine Frau betrat die Küche. »Hallo!«, sagte sie freundlich lächelnd. Sie streckte ihre Hand aus. »Ich bin Marie. Marie Müller.«
Innerlich verdrehte ich die Augen.
Hießen denn in diesem Nest alle ›*Müller*‹?
Oder war das etwa Benjamins EHEFRAU und er hatte sich verdrückt, weil sie ihm quasi im Nacken saß?
Oh Gott, er hatte nicht wirklich den Nerv gehabt, sie mitzubringen, obwohl er wusste, dass ich hier war, oder?
Ich streckte meinen Rücken durch und ergriff ihre Hand.
»Hallo! Ich heiße Melina.«
»Singst du auch?«, startete Marie eine merkwürdig angehauchte Konversation. Sie musterte mich und ich fühlte mich dabei sehr unwohl.
»Nein. Nur unter der Dusche«, gestand ich lachend. Ich nahm meinen Kaffeebecher, als müsste ich mich bewaffnen.
»Ist der Kaffeebecher noch zu haben?«, fragte sie und deutete auf den anderen Becher, den ich Benjamin fertig gemacht hatte.
Ich zögerte. Doch dann winkte ich ab.
Wir wollten ohnehin gleich wieder weg.
»Nimm ihn ruhig!«
Sie dankte und verließ damit die Küche.
»Henri!«, hörte ich sie erstaunt ausrufen.
Ich blinzelte um die Ecke, sah aber niemanden.
Plötzlich tauchte Benjamin wieder auf.
Schneller, als ich erwartet hatte.
»Oje, jetzt habe ich den Kaffee meistbietend an eine junge Dame verkauft«, gestand ich zerknirscht. »Aber du hattest ja ohnehin lieber einen Tee trinken wollen, oder?«
Benjamin nahm mir den Kaffeebecher aus den Händen und zwang mich, ihm tief in die Augen zu sehen. Dann

beugte er sich vor und gab mir einen Kuss, der sämtliche Küsse vom letzten Wochenende noch toppte.
»Oh, Melina! Du machst mich so verrückt!«, hauchte er leise.
Herr im Himmel, was war bloß los mit ihm?
Erst war er so zerstreut und rannte aufs Klo, und jetzt benahm er sich, als sei gar nichts gewesen. Wenn ich es nicht besser wüsste, würde ich sagen, irgendjemand hatte ihn ausgetauscht.
Egal, ich himmelte ihn trotzdem an, meinen Pfau!
(Wie hätte ich da als ›Hase ohne Fell‹ losziehen können? Unmöglich!)
»Du weißt noch, wie ich heiße?«, feixte ich grinsend.
»Oh Süße, es tut mir echt leid, dass ich mich nicht gemeldet habe! Es ist kein Tag vergangen, an dem ich nicht an dich gedacht habe. Ich hatte eine extrem stressige Woche. Jeden Tag Operationen von morgens bis abends. Da war ich abends einfach zu platt, um mich zu melden. Sorry!«
»Halb so wild! Jetzt bist du ja da!«
Ich stellte mich auf Zehenspitzen und küsste ihn.
»Um ehrlich zu sein, hatte ich schlaflose Nächte wegen dir. Ich vergehe vor Sehnsucht. Vielleicht darf ich dich zu einer Dampferfahrt einladen und dann mit in meine Höhle entführen? Ich habe irgendwie keine Lust auf die Session heute.« Hoffnungsvoll blinzelte Benjamin mich an.
»Klingt phantastisch! Vor allem die Entführung.«
Benjamin blickte mich lange an. »Ich hätte im Leben nicht damit gerechnet, dass es dir genau so ergeht wie mir. Ich kriege dich einfach nicht mehr aus meinem Kopf!«
Mit ernster Miene schaute er mich an. »Wollen wir los?«
»Ja. Ich sage nur eben meiner Mom Bescheid.«
»Geht klar. Beeile dich!«, lachte Benjamin.

Er beugte sich vor und küsste mich noch einmal leidenschaftlich. Seufzend erwiderte ich seinen Kuss, bis wir beide von einem lauten Räuspern unterbrochen wurden.
»Ist das eine Küche oder ein Schlafzimmer?«
Ich verdrehte die Augen. »Norman!«
Meine Mom schob ihren Freund zur Kaffeemaschine. »Habt ihr noch Kaffee?«
»Wir sind am verdursten«, beschwerte sich Norman.
Ich trat beiseite und deutete auf die Kaffeemaschine. »Da ist noch ein Becher drin. Und du könntest meinen Becher noch nehmen, Mama, dann reicht es für euch beide.«
»Und du? Willst du keinen?«
»Wir haben noch etwas anderes vor. Benjamin hat eine Überraschung für mich geplant«, erklärte ich freudestrahlend.
Meine Mom streichelte mir über den Oberarm. »Na, dann viel Spaß euch zweien!«
»Danke!« Ich ergriff Benjamins Hand und zog ihn aus der Küche. Im Musiksaal schnappte ich mir meine Jacke und nickte Marie kurz zu, die Benjamin und mich mehr als neugierig, ja, fast schon intensiv, musterte.
Dann verließen wir die Hütte und liefen aufgeregt wie die Kleinkinder zu seinem Wagen.
»Eigentlich hatte ich dich heute mal singen hören wollen«, gestand ich beim Einsteigen.
»Ich hoffe, da bleiben uns noch viele Gelegenheiten«, sagte Benjamin und startete den Motor. »Fahren wir erst einmal in die Stadt.«
»Am liebsten würde ich gleich in deine Höhle fahren«, platzte ich heraus.
Benjamin musterte mich.
Für den Bruchteil einer Sekunde zögerte er.

»Ich auch. ABER ich bin tapfer! Wir machen ERST eine Dampferfahrt. DANN besorgen wir uns Kuchen und Steaks und fahren zu mir. Was hältst du davon?«
»Klingt nach einem großartigen Plan«, erwiderte ich lächelnd.

Das Alibi-Buch

Seit einer Woche war ich im Dauerstress. Ich hetzte von einem Termin zum nächsten und hatte dazu noch eine Operation nach der anderen.
Benjamin erging es nicht anders.
Es war, als wenn sich die Welt nur noch um Verletzte und Operationswillige drehte.
Trotzdem zehrte ich noch immer von Samstagnacht mit Melina. Aber ich fand kaum eine ruhige Minute, um an sie zu denken, geschweige denn, ihr zu schreiben oder sie gar anzurufen.
Selbst am Freitagabend musste ich für einen erkrankten Kollegen einspringen und meine Pläne, Melina auszuführen, auf Eis legen.
Am Samstag schlief ich schließlich wie ein Toter und erwachte erst, als mein Handy unaufhaltsam klingelte.
Eine innere Stimme sagte mir, dass es Benjamin war, der in Schwierigkeiten steckte.
Mühsam rappelte ich mich auf und ließ die Jalousie per Knopfdruck hochfahren. Dann angelte ich nach meinem Mobilgerät.

> *›SOS!😱 Marie will mit zur Session und ich weiß nicht, ob Melina heute dort sein wird. Hast du*

> *noch Kontakt?* 😀 *Ist sie noch deine Auserwählte?*
> 🌚 *Bitte melde dich! Wir fahren jetzt los! LG,*
> *Ben.* 🧔 ‹

Ich wusste es!
Ich konnte mich auf mein untrügliches Zwillingsgefühl hundertprozentig verlassen. Wenn ich das Gefühl hatte, Benjamin steckte in Schwierigkeiten, dann war das auch so.
(Nicht, dass das oft vorkam!
Aber ab und zu rief auch mein ach-so-perfekter Zwillingsbruder um Hilfe.
JETZT war so ein Moment.)

> »*Bin schon unterwegs. Ich rette dich! Gruß*
> *zurück, Henri.* 🧔 ‹

Ich warf das Handy aufs Bett und sprang eilig unter die Dusche. Als ich zurückkam, hatte Benjamin noch einmal angerufen.
Ich blickte auf die Uhr.
Es war bereits kurz nach drei.
So schnell es ging warf ich mir eine schwarze Stoffhose und ein schwarzes, kurzärmeliges Hemd über und checkte noch schnell meinen Bart.
Für eine Rasur - oder vielmehr ein Stutzen - war keine Zeit mehr.
Brille auf.
Fertig.
Schnell noch eine Nachricht an meinen aufgelösten Bruder und ab die Post!

Ich schnappte mir den Haustürschlüssel und flitzte in die Tiefgarage. Auf dem Weg dorthin sah ich, dass Melina mir ebenfalls geschrieben hatte.
Armer Benjamin!
Der schwitzte bestimmt Blut und Wasser bei der Session. Saß da zwischen zwei Stühlen: einer hieß Marie, der andere Melina.
Ich musste gegen meinen Willen grinsen.
Die Situation war total aus dem Ruder geraten und doch irgendwie urkomisch.
(Ich hoffte allerdings, dass ich bald dazu kam, diese Verwechslungsarie aufzuklären, BEVOR Melina Wind davon bekam und wütend davonlief!)
Ich beschloss, Melina noch eben eine Nachricht zu schicken, damit sie darauf vorbereitet war, die Session nicht lange zu besuchen, sondern mit mir zu fliehen.
(Was für sie natürlich NICHT wie eine Flucht aussehen durfte!)
So, nun aber hurtig, Henri!
Ich drückte aufs Gaspedal und schoss aus der Tiefgarage.
Es dauerte etwas länger als sonst, bis ich endlich am Ort der Verzweiflung ankam.
Meinen Bruder konnte ich nirgends entdecken - Melina allerdings auch nicht.
(Vielleicht hätte ich VORHER mal mit Benjamin mitgehen sollen, dann hätte ich die Räumlichkeiten gekannt!)
»Benjamin, da bist du ja!«, rief Jochen, ein Freund von Benjamin.
Ich streckte die Hand nach ihm aus. Verwundert ergriff er sie.
»Jochen, ich bin Henri. Weißt du, wo mein Bruder steckt?«

»Ach, du bist das, Henri? Meine Güte, ihr seht euch aber auch echt zum Verwechseln ähnlich.« Jochen lachte. Dann beugte er sich verschwörerisch vor. »Ich suche deinen Bruder auch schon. Wir wollten gleich auf die Bühne. Aber er ist wie vom Erdboden verschluckt.«
»Er taucht bestimmt gleich auf«, versicherte ich ihm. Vermutlich hatte er sich schon aufs stille Örtchen zurückgezogen, um einer Begegnung von Marie und Melina aus dem Weg zu gehen.
Jochen musterte mich. »Was machst du überhaupt hier?«
Ich winkte ab. »Lange Geschichte. Muss Benjamin noch was überreichen.«
»Verstehe! Schick ihn am besten gleich in den Saal, wenn du ihn gefunden hast!«
»Mach ich, Jochen. Bis später!«
Ich hörte nicht mehr hin, was er noch sagte und flitzte in die Küche. Auf dem Weg dorthin kam mir Marie entgegen. Sie stutzte kurz, blickte auf meinen Bauch und lächelte schließlich. »Wie gut, dass mein Mann das Essen so sehr liebt, sonst hätte ich dich jetzt für ihn gehalten. Aber Benjamin ist ja netterweise mit einem dickeren Bauch gesegnet.«
»Hallo Lieblingsschwägerin!«
»Du Charmeur! Du hast ja nur die eine!«, platzte Marie heraus.
»Sag bloß, du kannst uns immer noch nicht auseinanderhalten?«, neckte ich sie.
Marie schüttelte lachend den Kopf. »Nein. Ob du es glaubst oder nicht, aber fünfzehn Ehejahre machen mich leider nicht zum Zwillingsexperten. Aber zum Glück weiß ich, dass du überhaupt nicht auf mich stehst. Daher kann ich mir sicher sein, dass ich immer Benjamin in meinem Bett habe.«

»Bist du dir da hundertprozentig sicher?«, veräppelte ich sie. Ich zwinkerte ihr zu, als sie sprichwörtlich ins Stolpern kam und fing sie auf. »Keine Sorge. War nur ein Witz! Ich stehe wirklich nicht auf dich. Sorry!«
»Das muss dir nicht leid tun. Mir reicht ein Zwilling!« Sie grinste und gab mir einen Klaps auf den Oberarm. »Allerdings wünschte ich, Benjamin würde auch mal trainieren gehen so wie du. Es sieht wirklich gut aus!«
»Danke!« Höflich lächelte ich sie an. »Apropos Benjamin, weißt du, wo mein Bruder steckt?«
»Den suche ich auch schon.«
»Okay, grüße ihn, wenn du ihn siehst und gib ihm das hier bitte von mir! NICHT verbummeln! Ist lebenswichtig!« Ich drückte ihr eine Tüte in die Hand. Darin befand sich ein Notizbuch aus der Klinik. Nichts Wichtiges, aber auch nicht so unwichtig aussehend, dass sie Verdacht schöpfen konnte.
(Dieses kleine Notizbuch wanderte oft zwischen uns hin und her - es war sozusagen unser kleines ›*Alibi-Buch*‹.)
»Okay, mach ich! Danke!« Lächelnd verabschiedete sie sich von mir.
Ich stürmte in die Küche und da stand sie - direkt vor der Kaffeemaschine.
Als sie mich sah, flog ihr fast der Becher aus der Hand. »Oje, jetzt habe ich den Kaffee meistbietend an eine junge Dame verkauft.«
Ich hatte in der harten Arbeitswoche glatt vergessen, wie reizend sie aussah!
Für einen Augenblick genoss ich ihren Anblick. Dann nahm ich ihr den Kaffeebecher aus den Händen und zwang sie, mir in die Augen zu sehen. Ich beugte mich vor und gab ihr einen Kuss, der bei mir gleich schon wieder das Kopfkino anspringen ließ.

»Oh, Melina! Du machst mich so verrückt!«, hauchte ich leise.
»Du weißt noch, wie ich heiße?«, fragte sie zu meiner Überraschung.
Ich stutzte.
Wollte sie mich verarschen?
Dann sah ich den Schalk in ihren blauen Augen auflachen.
»Natürlich. Es ist kein Tag vergangen, an dem ich nicht an dich gedacht habe. Ich hatte nur eine extrem stressige Woche. Jeden Tag Operationen von morgens bis abends. Da war ich abends einfach zu platt, um mich zu melden. Sorry, Süße!«
Würde sie mir mein Schweigen übel nehmen?
Sie wäre nicht die erste Frau, die sich über den Mangel an Kommunikation beschweren würde.
»Halb so wild! Jetzt bist du ja da!«
Erleichtert atmete ich auf.
Sie stellte sich auf die Zehenspitzen und küsste mich.
»Um ehrlich zu sein, hatte ich schlaflose Nächte wegen dir. Ich vergehe vor Sehnsucht. Vielleicht darf ich dich zu einer Dampferfahrt einladen und dann mit in meine Höhle entführen?«, preschte ich vor.
Mir saß die Zeit im Nacken.
Ich konnte Benjamin nicht ewig auf der Toilette schwitzen lassen.
(Auch wenn ich das momentan liebend gerne getan hätte. Warum war er auch so dämlich, und nahm seine EHE-FRAU mit auf die Session, wo er doch GANZ GENAU wusste, dass Melina da sei würde?
So was Bescheuertes!)
»Klingt phantastisch! Vor allem die Entführung.« Sie streichelte mir über die Wange. »Ich habe dein schönes Lächeln vermisst.«

So unauffällig wie möglich blinzelte ich in die Fensterscheibe.
Meinte sie wirklich MICH damit - oder doch eher meinen obercharmanten Bruder?
(Im Gegensatz zu den meisten Leuten fand ICH nämlich, dass wir uns gar nicht so ähnlich sahen, wie alle immer behaupteten. Wenn ich ehrlich war, fand ich sogar, dass ER tatsächlich der hübschere von uns beiden war - und das schönere Lächeln hatte.)
»Wollen wir los?« Drängte ich, als mir Benjamin wieder in den Kopf schoss, der sicherlich hochnervös auf dem Klo hing.
»Ja. Ich sage nur eben meiner Mom Bescheid.«
»Geht klar. Beeile dich!«, lachte ich.
Ich beugte mich vor und küsste sie noch einmal leidenschaftlich. Seufzend erwiderte sie meinen Kuss, bis wir beide von einem lauten Räuspern unterbrochen wurden.
»Ist das eine Küche oder ein Schlafzimmer?«
»Norman!«, empörte sich Melina.
Sie schien den Mann zu kennen.
Hinter dem Mann tauchte eine ältere Frau auf, die den Mann zur Kaffeemaschine schob.
»Habt ihr noch Kaffee?«
»Wir sind am verdursten«, beschwerte sich Norman.
Melina trat beiseite und deutete auf die Kaffeemaschine.
»Da ist noch ein Becher drin. Du könntest auch meinen Becher noch nehmen, Mama, dann reicht es für euch beide.«
DAS war ihre Mutter?
Sie sah ihr überhaupt nicht ähnlich.
(Könnte aber auch an den weißgrauen Haaren liegen.
Oder kam Melina eher nach ihrem Vater?)
»Und du?«

»Wir haben noch etwas anderes vor. Benjamin hat eine Überraschung für mich geplant«, erklärte Melina lächelnd.

Ihre Mutter streichelte ihr über den Oberarm. »Na, dann viel Spaß euch zweien!«

»Danke!« Melina ergriff meine Hand und zog mich aus der Küche. Im Musiksaal schnappte sie sich ihre Jacke und nickte Marie kurz zu, die mir fast schon misstrauisch auf den Bauch starrte.

(DIE wird sich umgucken, wenn Benjamin ebenfalls abgespeckt hatte! DANN würde sie uns garantiert NICHT mehr auseinanderhalten können. Insgeheim freute ich mich schon sehr darauf.)

Wie ich meine Schwägerin kannte, konnte sie den Braten namens ›Melina‹ allerdings bereits riechen!

Ich wusste nicht, wie sie es anstellte, aber Zwillingsspielchen konnten wir uns bei ihr nicht leisten. Sie konnte uns zwar überhaupt nicht auseinanderhalten, aber sie ahnte immer, wenn wir Blödsinn vorhatten.

UND sie bekam es IMMER spitz, wenn irgendwelche Frauen auf Benjamin und mich standen.

(Denn die anderen Frauen konnten uns ja auch alle nicht auseinanderhalten und flogen dann durchaus mal dem falschen Zwilling um den Hals.)

Ich zwinkerte Marie zu und folgte Melina nach draußen.

»Eigentlich hatte ich dich heute mal singen hören wollen«, sagte Melina beim Einsteigen.

Ich hatte zwar dieselbe Stimme wie Benjamin, aber längst nicht so viel Spaß am Singen und schon gar nicht auf einer Bühne.

Klar, ich sang Zuhause, unter der Dusche und auch beim Autofahren, aber ich hasste es, mich von Hunderten von Leuten anstarren zu lassen.

Darum ließ ich auch meistens Benjamin meine medizinischen Fachvorträge halten.
(Fiel ja eh niemandem auf, wenn wir die Rollen tauschten und ER in meinem Namen irgendwelche wissenschaftlichen Erkenntnisse preisgab, die ICH ausgearbeitet hatte.)
»Ich hoffe, da bleiben uns noch viele Gelegenheiten«, sagte ich und startete den Motor. »Fahren wir erst einmal in die Stadt.«
»Am liebsten würde ich gleich in deine Höhle fahren«, sagte sie, während sie sich anschnallte.
Ich musterte sie und dachte kurz darüber nach, ob ich sie gleich oder doch lieber erst später vernaschen sollte.
»Ich auch. ABER ich bin tapfer! Wir machen erst eine Dampferfahrt. Dann besorgen wir uns Kuchen und Steaks und fahren zu mir. Was hältst du davon?«
»Klingt nach einem großartigen Plan«, erwiderte sie lächelnd.
Erleichtert atmete ich auf.
Das versprach ein phantastischer Samstag zu werden.
Ich nahm mir vor, sie mit allen Künsten der Verführung zu überraschen, damit sie gar nicht erst so sauer werden konnte, wenn es in naher Zukunft zu einer Aufklärung meiner Person kommen würde.
(Zumindest hoffte ich, ihren Zorn bändigen zu können, wenn sie SO unsterblich in mich verliebt sein würde, dass sie mir das Zwillingsspielchen verzieh.)
Bei dem Gedanken daran, ihr sagen zu müssen, dass ich eigentlich Henri war und nicht Benjamin, zog ich unwillkürlich den Kopf ein. Mir war gar nicht wohl dabei! Aber ich befürchtete, aus DER Nummer kam ich nicht mehr heraus, zumindest nicht, wenn ich sie behalten wollte.

Ich musste ihr bald beichten, dass ich unsterblich in sie verliebt war, und zwar ich, Henri, und NICHT Benjamin Müller.

***

Erschöpft ließ ich mich in Benjamins Ledersessel plumpsen. Ich lehnte meinen Kopf zurück und schloss die Augen. Ich war mir nicht sicher, ob mich das Verliebtsein, das Versteckspiel oder die Arbeit so fertig machten.
»Alles okay, Bruderherz?«
Ich blinzelte. Dann schloss ich meine Augen wieder, bis Benjamin mir ein Glas Cola reichte. »Hier, trink das!«
»Hast hoffentlich kein Taurin reimgeschummelt«, bemerkte ich.
Benjamin lachte leise. »Nein, keine Sorge. Es ist reines Koffein in dem Zuckergesöff.«
Dankend nahm ich das Glas entgegen und trank. »Es wäre schön,« sagte ich und musste kurz unterbrechen, um der Kohlensäure Platz zu machen, »wenn du mich zukünftig nicht so in Angst und Panik versetzen würdest. Du bist und bleibst zwar mein Lieblingsbruder, aber ich glaube, es ist schlecht für mein Herz, wenn ich dich quasi vor Marie UND Melina retten muss, weil du deine Ehefrau unbedingt zur Session mitschleppen musst, BEVOR wir Melina über unser Zwillingsdasein aufgeklärt haben.«
Benjamin setzte sich zu mir. Er war ungewöhnlich ruhig und ernst. »Apropos, Marie hat Lunte gerochen.«
Ich winkte ab. »Das hat sie schon immer. Mach dir deshalb keine Sorgen.«
»Du meinst, sie ahnt, dass ich Melina geküsst habe?«
Ich guckte meinen Bruder an. »Du hast sie NUR geküsst. Nicht mit ihr geschlafen. Marie soll also mal den Ball flach halten.«

Benjamin gluckste leise. »So, habe ich das?«
Mit einem Schlag war ich hellwach.
(Und das lag nicht an der Cola!)
»Hast du etwa mit ihr geschlafen? Im Kino? Oder irgendwann danach? Warst du bei ihr?«
Benjamin legte mir beruhigend eine Hand aufs Knie. »Nein, nun beruhige dich! Ich würde dich NIEMALS hintergehen oder belügen. Wenn ich es gewollt hätte, hätte ich dich gefragt, ob du einverstanden bist.«
»Etwas anderes hätte mich auch gewundert.« Ich sackte wieder bequem in mich zusammen. »Du willst also gar nicht mit ihr schlafen?« Gegen meinen Willen musste ich grinsen.
Benjamin verdrehte die Augen. »Und ob ich das will, mein Lieber! Ich bin so was von verliebt. Mein Kopfkino ist längst am Laufen. Und das ist kein Softporno!«
Nun musste ich lachen. »Ach, Ben! Es tut mir ehrlich leid für dich, aber du hast dich für Marie entschieden, und zwar vor über fünfzehn Jahren.«
»Es tut dir leid? Es tut dir gar nicht leid! Du bist heilfroh, dass ich unter der Haube bin und du dir Melina alleine unter den Nagel reißen kannst«, empörte sich mein Bruder. »Stell dir nur vor, wir wären beide Single? Gott, das will ich mir gar nicht ausmalen. Das wäre quasi das erste Mal, dass es zu einem Kampf kommen würde!«
Ich schluckte.
Er hatte leider vollkommen Recht.
Ich wurde ernst. »Stimmt. Es ist das erste Mal, dass ich eine Frau nur für mich alleine haben will und in die wir auch noch beide gleichzeitig verliebt sind. Tut mir leid, aber ich werde um sie kämpfen, wenn es sein muss. Und ich will sie auf gar keinen Fall teilen.«

»Muss dir nicht leidtun! Ich freue mich für dich. Auch wenn ich einen sehnsüchtigen Seufzer unterdrücken muss. Das Entlieben wird mich ein wenig Kraft und Zeit kosten. Ich habe von der süßen Märchenfrucht genascht. Das geht an keinem Mann spurlos vorüber.«
Ich grinste. »Vielleicht lässt mein Verliebtheitsgefühl ja irgendwann nach. Medizinisch gesehen soll es zumindest so sein, dass die Liebeshormone nach zwei Jahren nicht mehr vom Körper wahrgenommen werden. Dann könnte ich dir Melina vielleicht mal ausleihen.«
Benjamin musterte mich. »Ich glaube, es wird nie dazu kommen. Du hast dich das erste Mal in deinem Leben ernsthaft verliebt. Und das solltest du ausnahmsweise mal genießen!«
»Bist du wirklich großherzig«, platzte ich heraus.
Benjamin zwinkerte mir zu. »Ich liebe dich eben.«
Ich ergriff seine Hand und richtete mich auf.
Nach einer endlosen, brüderlichen Umarmung ließ ich mich seufzend wieder in den Sessel fallen. »Ich muss es ihr trotzdem sagen, Ben!«
»Was? Dass du dich verliebt hast?«
»Nein. Dass ich Henri bin und nicht Benjamin.«
Benjamin schnitt eine Grimasse. »Bist du dir da ganz sicher?«
»Ja. Ich kann ja schlecht warten, bis wir vor dem Traualtar stehen und der Standesbeamte mich mit Henri anspricht.«
Benjamin hob beide Augenbrauen. »Ach! DU denkst übers Heiraten nach? Wow! DANN ist es noch ernster, als ich befürchtet hatte.« Er seufzte. »In Ordnung. Wir sagen es ihr.«
»Wir?«
»Ja. Ich finde, wir sollten es ihr gemeinsam sagen.«

»In Ordnung. Ich verabrede mich nächste Woche mit ihr. Dann lassen wir die Zwillingskatze aus dem Sack.«

***

Heute war der Tag X.

Ich war fast grün im Gesicht, als ich in den Spiegel blickte. Melina würde vermutlich wieder rückwärts aus meiner Höhle stolpern, wenn sie mich sah. Ich räumte hier auf, putzte dort einen Staubkrümel weg und kriegte den Nachmittag irgendwie herum, bis es endlich an der Tür klingelte.

Mit schweißnassen Händen öffnete ich und nahm mir felsenfest vor, meine Hände bei mir zu lassen.

Ich konnte sie ja schlecht vernaschen und hinterher ganz beiläufig mal erwähnen, dass sie eigentlich mit Henri und nicht mit Benjamin geschlafen hatte.

Bevor ich ›Hallo‹ sagen konnte, flog sie mir auch schon in die Arme und küsste mich so stürmisch, dass ich mich kaum auf den Beinen halten konnte.

Die Haustür schubste sie einfach mit dem Fuß zu.

Ich versuchte zwischen den Berührungen Luft zu holen, aber das war auch alles, was mir gelang. Noch Worte zu formen, während ihre Zunge in meiner Mundhöhle herumturnte und ihre Hände über meinen Körper rasten, überstieg meine Fähigkeit zum Multitasking.

Nach einer gefühlten Ewigkeit schaffte ich es endlich, sie eine Armlänge von mir zu halten. »Hallo erstmal!«

Melina warf den Kopf in den Nacken und lachte lauthals los. »Entschuldige! DAS wollte ich schon immer mal tun.«

»Was?« Mein Gehirn war noch im Sexmodus und damit nicht zu großen Rätsellösungen in der Lage.

»Ohne ein Wort einfach über das Objekt der Begierde herzufallen.«
»So, so. Ich bin also das ›*Objekt der Begierde*‹?« Nun musste ich doch schmunzeln. Ich blickte an mir herunter. »Dafür bin ich aber noch ganz schön angezogen.«
DAS hätte ich nicht sagen sollen!
Binnen Sekunden hatte Melina mir die Klamotten vom Leib GERISSEN. Irgendwo kullerte noch ein Knopf durch die Gegend, mein Hemd hatte dran glauben müssen.
Ich hatte mein Denkzentrum allerdings auch ausgeschaltet, denn ich dachte nicht mehr daran, dass ich heute ja EIGENTLICH hatte standhaft bleiben wollen und mein Bruder jeden Augenblick kommen würde.
Ich vernaschte sie noch im Flur und war so überwältigt von meinen Gefühlen, dass ich nicht einmal mitbekam, dass mein Handy gleich mehrere Nachrichten aufploppen ließ.
»Du bist unglaublich«, sagte ich und strich ihr die Haare kurz darauf aus dem Gesicht.
Melina lächelte leicht entrückt. »Ich würde sagen, das Feuer ist auf beiden Seiten, oder?«
»Darauf kannst du wetten!« Ich blickte mich um. »Vielleicht sollte ich mich wieder anziehen.«
»Warum? Hast du heute noch etwas vor?«
Ich lachte leise. »Ich soll nicht ernsthaft den ganzen Abend nackt durch die Löwenhöhle springen, oder?«
Melina legte einen Finger an die Lippen, als müsste sie darüber nachdenken. Dann zwinkerte sie mir zu. »Ich hätte nichts dagegen.«
»Das glaube ich dir sogar.« Ich schlüpfte in meine Boxershorts, zog mir die Jeans über und klaubte mein kaputtes Hemd vom Boden auf.

Melina schlug sich eine Hand vor den Mund. »Oje, habe ICH das zerstört? Ich hoffe, es war kein teures Hemd!«
Ich blickte erst das Hemd an, dann schaute ich seufzend zu ihr. »Es war sündhaft teuer, aber den Preis zahle ich gerne. Ich glaube, ich bin noch nie so stürmisch verführt worden. Und ich bin schon oft verführt worden«, fügte ich hinzu.
»Ach echt? Du bist also ein Hallodri? Ein Frauenheld? Trotz Familie?« Neugierig musterte Melina mich.
Oh verflixt, Henri, was erzählst du da für einen Quatsch! Oh Gott, wo blieb Benjamin nur?
Ich wollte nicht schon wieder mit irgendwelchen Lügen aufwarten müssen!
Ich zuckte mit den Schultern. »Ich WAR ein Hallodri! Damit ist jetzt Schluss. Schon vergessen? Ich wurde von Amors Liebespfeil vergiftet!«
Melina lachte leise. »DAS war mir im Sturm der Leidenschaft glatt entfallen. Aber es stimmt schon, du gehst hart auf die vierzig zu und bist…« sie stutzte. Dann seufzte sie. »Ach, egal«, winkte sie ab.
Mein Handy piepste erneut.
Seufzend hob ich es vom Boden auf und blickte in den Messenger.

> *›Ich weiß gar nicht, wie ich es sagen soll, aber Marie macht Stress. Sie ist der felsenfesten Überzeugung, dass ich eine ›Mätresse‹ habe, wie sie sich ausdrückte. Ich komme hier also nicht weg. Sorry! Vielleicht sagst du es Melina ohne mich? LG, Ben.* 🧔 *‹*

Ich verdrehte innerlich die Augen.

DAS sah meiner Schwägerin absolut ähnlich.
Sie interessierte sich meistens nur für IHR Leben und IHRE Freunde, aber wenn sie ihre Felle davonschwimmen sah, dann musste Benjamin Gewehr bei Fuß stehen.
Es ploppte eine weitere Nachricht auf.

› *Henri, bitte sei nicht sauer! Wir holen das nach. Versprochen. HDL, Ben.* 🧔 ‹

Mein Bruder hatte einfach ein zu großes Herz!
Und da er wusste, dass er sich bei mir einfach ALLES erlauben konnte, ging er natürlich den Weg des geringsten Widerstandes und vertröstete lieber mich.
DIESES Mal wäre ICH allerdings wichtiger gewesen als seine Frau.
Aber egal, ich war nicht sauer.
Zumindest nicht auf ihn.
Marie war da schon ein anderes Blatt.
Ich mochte sie nicht sonderlich, hatte sie nie wirklich gemocht. Aber Benjamin hatte schon vor langer Zeit einen echten Narren an ihr gefressen.
Damals lagen ihr die Männer zu Füßen und mein Bruder hatte den Zuschlag bekommen.
Als Chirurg konnte er ihr auch ein gutes Leben bieten. Ich glaube, sonst wäre sie schon längst weg gewesen.
Ihre Freundinnen gehörten auch nicht zu den einfachsten. Sie waren allesamt reich und verwöhnt.
Und wenn es Marie in den Kram passte, dann hielt sie Benjamin auch wochenlang auf dem Trockenen.
Sexentzug sollte ja öfters in deutschen Schlafzimmern vorkommen, als man annahm.

Fieberhaft ging ich meine Möglichkeiten für den heutigen Abend durch und entschied mich, Melina HEUTE noch nicht aufzuklären.
Da ich sie bereits gestern zu einem Filmabend hatte einladen wollen, was aber arbeitstechnisch nicht geklappt hatte, war ich mit Popcorn, Chips und DVDs gut ausgestattet.
»Ich hatte dich eigentlich schon gestern zu einem gemütlichen Filmabend einladen wollen«, begann ich. »Was hältst du davon, wenn wir das heute nachholen? Ich habe alles da, was das Herz begehrt.« Ich grinste einladend.
Melina näherte sich mir wie eine Katze und ich sah schon wieder die Sexpartikel über ihrem Kopf schweben.
»Filmabend?«
»Ja.« Ich schluckte.
»Welche Art von Film?«
»Alles, was du willst!«
Netflix, *Amazon* und Co. machten es schließlich möglich, unabhängig vom hauseigenen DVD-Repertoire auch andere Filme abzuspielen.
»Alles?«
Ich lachte. »Alles. Lese ich deine Gedanken richtig?«
»Was liest du denn?«
»Du willst einen Sexfilm gucken?«
Melina gluckste. »Sexfilm? Wie das klingt. Kommst du aus dem 19. Jahrhundert? Bist du etwa ein Zeitreisender?«
»Vielleicht bin ich das. Aber gab es da schon Sexfilme?«
»Keine Ahnung. Wir könnten ja mit einer Komödie anfangen und uns langsam in Richtung Porno vorarbeiten«, schlug sie zu meiner Überraschung vor.
Ich musste so doof aus der Wäsche geguckt haben, dass Melina anfing zu lachen.
»Was ist? Guckst du etwa keine Pornos?«

Tja, was sollte ich dazu sagen?
Ich glaube, es gab KEINEN Mann, der nicht irgendwie schon mal einen Porno angesehen und sich dabei vergnügt hat. Zumindest in den westlichen Industrieländern.
»Zu schüchtern, um die Wahrheit zu sagen?«, feixte sie.
Ich zog sie ins Wohnzimmer, da ich die Enge meines Flures satt hatte, und pflanzte sie aufs Sofa. Dann hockte ich mich zu ihren Füßen auf den Boden. »Ich bin nicht zu schüchtern, um zuzugeben, dass ich schon mal einen Porno angesehen habe. Allerdings würde ich bei dir eher NICHT auf das Mittel zugreifen wollen.«
»Was? Warum das denn nicht? Findest du mich nicht heiß genug?« Fast schon erschrocken blies Melina die Backen auf.
»Quatsch!« Ich streichelte langsam ihren Oberschenkel hinauf. »Darum geht es gar nicht.«
»Worum geht es dann?«
»Ich glaube, wir brauchen keinen Porno, weil wir auch so genug Phantasie im Kopf und Feuer im Hintern haben.«
(Außerdem war ich wahnsinnig in sie verliebt. Ich wollte gar nicht, dass sie andere nackte Männer in Aktion sah.)
Melina blickte mich lange an. »Dann gucken wir eine Komödie?«
»Wenn wir es schaffen, die bis zum Ende zu gucken, gerne.« Ich grinste vielsagend und fing an, ihre Knie zu küssen.
Melina lehnte sich zurück. »Mmh. Wenn wir es nicht schaffen, ist es auch egal, oder?«
»Das ist es«, sagte ich und tauchte ab.

Herrje, ich seh doppelt!

»Und du willst einfach kommentarlos über ihn herfallen?«, platzte Emma am Telefon heraus.
Ich lächelte still ins Telefon und dachte an die Reizwäsche, die ich endlich ausführen konnte. Seit einer gefühlten Ewigkeit lag sie nun schon in meinem Schrank und wartete auf ihren Einsatz.
Heute endlich hatte ich es geschafft und mir Samt, Spitze und Mieder übergeworfen und mit Strapsen garniert.
UND ich hatte vor, Benjamin wie im Film gleich an der Haustür zu überfallen und die Tür wie ein Vollprofi mit dem Fuß zuzustoßen.
»Ja. Das wollte ich schon immer mal machen«, antwortete ich meiner Freundin. »Wie im Film.« Ich bog nach rechts ab. »Außerdem war meine Mom ganz merkwürdig. Sie meinte, ich sollte mir Benjamin noch einmal zur Brust nehmen, da würde etwas nicht stimmen. Aber sie wollte mir auch nicht sagen, was sie plötzlich für ein Problem mit ihm hat.«
»Was hat sie denn gesagt?«
»Sie meinte, manche Dinge erscheinen uns anders als sie in Wirklichkeit sind. Und ich solle vorsichtig sein.« Ich schnalzte mit der Zunge. »Total merkwürdig. Nun ja, ich dachte mir, bevor ich ihn zur Rede stelle, verführe ich ihn noch einmal. Falls es was Ernstes ist und ich danach nie

wieder in den Genuss eines Abends mit ihm kommen sollte, habe ich etwas, woran ich mich erinnern kann.«
»Ach, wie gerne würde ich Mäuschen spielen«, rief Emma verzückt.
Perplex schaute ich auf das Display, welches ein Foto meiner Freundin zeigte. Sie sah mit ihren roten Locken und der üppigen Frauenfigur auch wirklich aus wie Merida aus dem Disney-Streifen. Wenn wir zu zweit unterwegs waren, neckten uns die Leute manchmal und fragten, ob die Märchenwesen Ausgang hatten.
»DU willst zugucken, wie ich Benjamin vernasche?«
»Nun guck nicht so erstaunt. Ist doch total antörnend. Du bist ein hübsches Schneewittchen und Benjamin ist Prinz Charming. Bei mir läuft momentan überhaupt nichts mehr im Bett. Total frustrierend! Till schläft mittlerweile sogar auf dem Sofa. Er spricht kaum noch mit mir. ER streikt, weil ich ARBEITEN gehe.«
»Was? Till hat den Spieß umgedreht?« Ich bog um die Ecke und sah das Wohnhaus, in dem Benjamin seine Eigentumswohnung hatte.
»Ja. Er ist immer noch sauer, weil ich den Job nicht aufgeben will.«
»Das ist NICHT dein Ernst, oder? Gott, wie alt ist er? Achtzig? Oder ist er ein Zeitreisender, der zuletzt im siebzehnten Jahrhundert gelebt hat, wo die Frauen noch als Hausmütterchen brav zuhause geputzt und das Essen vorbereitet haben?« Ich schüttelte den Kopf.
»Süße, ich glaube, du verwechselst da etwas! Im siebzehnten Jahrhundert hatten die Ehefrauen allerhand zu tun. Es gab weder Waschmaschinen noch elektrische Herde. Wenn du dir weibliche Schoßhündchen ansehen willst, brauchst du gar nicht so weit zurückzuwandern.« Emma schnaufte. »Du brauchst nur in die Fünfziger Jahre zu bli-

cken! Da gab es sogar ›*Eheleitfäden*‹, in denen genau beschrieben wurde, wie die Frau ihrem Manne DIENEN sollte! Muss ich dir mal rüberbeamen!«

»Ich erinnere mich wage an diese Broschüre. Eine meiner Studentinnen hatte mir die mal gezeigt. Unfassbar! Ich hätte nicht in den Fünfziger Jahren leben können. Oder ich hätte zu dem Zeitpunkt nicht geheiratet.«

»Das glaube ich dir.«

»Emma, ich bin am Ort der Verführung angekommen. Ich muss dich jetzt leider wieder deinem Eheschicksal überlassen«, sagte ich bedauernd. »Aber wenn du willst, gehen wir die nächsten Tage mal schick aus. Dein Mann ist ja noch im Schmollmodus.«

»Supergerne, Schatz! Also, tue nichts, was ich nicht auch tun würde! Hau rein!«, rief Emma durchs Telefon, als müsste sie mich noch anfeuern.

Ich lachte leise. »Vielen Dank, Merida! Kram doch auch mal deine Strapse wieder aus der hintersten Schrankecke hervor und ziehe sie an! Lass den Slip weg und tänzele vor deinem beleidigten Mann herum. Und wenn er dich dann immer noch wegstößt, dann lässt du ihn eiskalt stehen und gehst ins nächstbeste Tanzlokal. Oder du schnappst dir gleich einen heißen Polizisten!«

»DAS ist die beste Idee des Jahres! Genau so werde ich es machen.« Emma schickte mir noch einen Kuss durch den Apparat, dann beendeten wir das Gespräch.

Ich atmete noch einmal tief durch und versuchte das Kopfkino auszuschalten, wie Emma vor ihrem Mann herumtanzte und er sie wie ein bockiger Affe abblitzen ließ.

Mit klopfendem Herzen drückte ich auf die Klingel und wartete ungeduldig, bis der Türsummer ertönte.

Dann sprang ich die Treppen hinauf.

Benjamin öffnete die Tür und schon hatte ich ihn angesprungen. Fast noch hätte ich ihn gegen die Wand gestoßen vor lauter Übermut. Mit einem gekonnten Fußkick ließ ich die Haustür ins Schloss krachen und war auch schon in den Kuss hineingetaucht.
Das Überraschungsmoment war auf jeden Fall auf meiner Seite.
Ich riss ihm das Hemd auf und hörte die Knöpfe kullern.
(Dabei hatte ich natürlich ein tierisch schlechtes Gewissen, denn Benjamins Hemden sahen alles andere als billig aus.)
Bevor ich ihm jedoch die Hose von den Hüften reißen konnte, hielt er mich plötzlich eine Armlänge von sich weg.
»Hallo erstmal!«
Ich spürte die Hitze in meine Wangen schießen.
Unsicher blickte ich ihn an.
Fand er meine Aktion ätzend?
Hatte ich gerade Minuspunkte gesammelt?
Trotz allem musste ich lachen.
»Entschuldige! DAS wollte ich schon immer mal tun.«
»Was?« Vollkommen perplex starrte er mich an und fuhr sich durch die zerstrubbelten Haare.
»Ohne ein Wort über das Objekt der Begierde herfallen.«
»So, so. Ich bin also das ›Objekt der Begierde‹?« Benjamin blickte schmunzelnd an sich herab. Das Hemd hing offen von ihm herunter, quasi am letzten Faden. Dennoch war ich nicht gerade weit gekommen, ihn zu entkleiden.
»Dafür bin ich aber noch ganz schön angezogen.«
DAS hätte er besser nicht sagen sollen!
Ich fühlte mich urplötzlich herausgefordert und musste meine Ehre verteidigen. Nun war er so was von schnell ausgezogen, dass ich selbst kaum hinterher kam.

Während ich über ihn herfiel, piepte sein Handy ununterbrochen, als sei er der Kaiser von China, der permanent auf dem aktuellsten Stand gehalten werden musste. Aber ER schien das im Eifer des Gefechts gar nicht zu bemerken. ICH schon!
Eine halbe Stunde später schaute ich ihn atemlos an. »Du bist unglaublich.« Ich versuchte, mir eine Locke aus dem Gesicht zu pusten, als das nicht gelang, nahm ich die Hände zu Hilfe. »Ich würde sagen, das Feuer ist auf beiden Seiten, oder?«
»Darauf kannst du wetten!«, erwiderte Benjamin verschmitzt. »Vielleicht sollte ich mich wieder anziehen.«
»Warum? Hast du heute noch etwas vor?«
Benjamin lachte leise. »Ich soll nicht ernsthaft den ganzen Abend nackt durch die Löwenhöhle springen, oder?«
Ich legte einen Finger an die Lippen, als müsste ich darüber nachdenken. Dann zwinkerte ich ihm zu. »Ich hätte nichts dagegen.«
»Das glaube ich dir sogar.« Benjamin schlüpfte in seine Boxershorts, zog sich die Jeans über und klaubte sein kaputtes Hemd vom Boden auf.
Erschrocken schlug ich eine Hand vor den Mund. »Oje, habe ICH das zerstört? Ich hoffe, es war kein teures Hemd!«
Benjamin blickte erst das Hemd an, dann schaute er seufzend zu mir. »Es war SÜNDHAFT teuer, aber den Preis zahle ich gerne. Ich glaube, ich bin noch nie so stürmisch verführt worden. Und ich bin schon oft verführt worden«, fügte er hinzu.
Was?
Echt?

Oh Gott, vermutlich hatte er als Chefarzt JEDEN TAG irgendeine Krankenschwester an seinem Bett stehen, die Einlass begehrte!
Und ICH war nur eine von tausend.
Ich schluckte.
Dann versuchte ich, den Ernst aus meiner Stimme zu vertreiben und die Sache lockerer anzugehen. »Ach echt? Du bist ein Hallodri?«
Benjamin zuckte mit den Schultern. »Ich WAR anno dazumal ein Hallodri! Damit ist jetzt Schluss. Schon vergessen? Ich wurde von Amors Liebespfeil vergiftet!«
DAS war die richtige Antwort!
Erleichtert atmete ich auf und fing an, meine Kleidungsstücke einzusammeln.
(Da ich den Slip in meiner Handtasche trug und Benjamin meine Strapse NICHT ausgezogen hatte, musste ich nur Rock und Bluse anziehen und ließ den Slip, wo er war.)
»Das war mir im Sturm der Leidenschaft glatt entfallen. Aber es stimmt schon, du gehst hart auf die vierzig zu und bist…ach egal!«
Ich hatte keine Lust, über seine Ehefrau zu reden. Ich wollte die Stimmung nicht kaputtmachen. Ich hoffte zwar, dass er mich nicht allzu lange hinhalten und sich bald zwischen ihr und mir entscheiden würde, aber ich wollte bis dahin nicht auf dem Thema herumreiten.
»Hübsche Reizwäsche übrigens.«
»Danke für die Blumen!«
»Ich hatte dich eigentlich schon gestern zu einem gemütlichen Filmabend einladen wollen«, begann er plötzlich. »Was hältst du davon, wenn wir das heute nachholen? Ich habe alles da, was das Herz begehrt.«
Filmabend klang gut.

Ich war leider noch längst nicht satt und beschloss daher, ihn zeitnah noch einmal zu verführen.
»Filmabend?«
»Ja.«
Wir begaben uns ins Wohnzimmer und machten es uns vor dem Fernseher gemütlich. Benjamin hockte vor mir auf dem Boden und fing an, mir mit dem Finger das Bein hinauf zu wandern.
Ich schloss die Augen und ließ es zu, dass er mir unter den Rock ging.
Das versprach ein spannender Abend zu werden!
Emma und ihre Verführungsversuche hatte ich längst vergessen.

***

»Melina, was machst du denn hier?«, rief Emma begeistert. Sie winkte kurz ihrer Chefin zu und verschwand mit mir auf den Flur, wo wir ETWAS ungestörter reden konnten.
»Ich habe Unterrichtsausfall und dachte mir, ich schaue mal kurz bei meiner besten Freundin vorbei«, erwiderte ich vor Glück strahlend.
»Boah, du siehst SO toll aus! Benjamin scheint dir RICHTIG gut zu bekommen.«
»Das tut er wirklich. Apropos, wie war dein Samstagabend? Du hast dich nicht mehr gemeldet. Ich bin also davon ausgegangen, dass du keine Schützenhilfe im Tanzlokal benötigt hast«, fragte ich neugierig.
Emma verzog das Gesicht. »Till ist SO ein Stinkstiefel geworden! Ich erkenne meinen eigenen Mann nicht wieder. Er HASST es, dass ich hier bei der Polizei arbeite. Ich bin schon ganz verzweifelt. Weiß gar nicht mehr, wie ich mich noch verhalten soll. Er ist nur am Meckern. Er

WEIGERT sich ernsthaft, Küchendienst zu machen oder mal einen Staubsauger in die Hand zu nehmen. Unfassbar!« Emma blinzelte die Tränen weg. »Und mein Verführungsversuch am Wochenende hat er so boshaft abgeblockt, dass ich mich regelrecht geschämt habe.«
Mitleidsvoll umarmte ich Emma. »Ach Süße! Das tut mir SO leid! Ich befürchte, dein Mann ist ein chauvinistisches Arschloch. Der wird sich ganz bestimmt nicht mehr ändern. Den hast du fünfzehn Jahre lang verwöhnt. Und nun sieh dir an, was du dir für einen Kotzbrocken rangezogen hast!«
Emma wischte sich eine Träne aus den Augenwinkeln. »DAS befürchte ich auch. Dabei dachte ich immer, wir würden eine tolle Ehe führen.«
»Oh ja! Solange du ihm Haushalt und Kinder abgenommen hast, war auch scheinbar alles toll. FÜR IHN! Für dich nicht, du warst ja seine Sklavin. Aber JETZT bist du nicht mehr verfügbar und zack, sortiert er dich ganz schnell aus. Du solltest also zusehen, dass du den Absprung schaffst, bevor er dich rauskickt.«
Emma schlug die Hände vors Gesicht. »Was soll ich nur tun?«
»Süße«, ich umarmte Emma erneut, »du verdienst doch jetzt dein eigenes Geld! Schmeiß ihn raus und suche dir einen modernen Mann! Einer, der sich nicht zu fein ist, auch mal im Haushalt mit anzupacken.«
»Ich weiß ja, dass du Recht hast, aber das Haus hat ER bezahlt!« Verzweifelt schaute Emma mich an. »Es gehört doch damit IHM!«
Ich wackelte mit dem Zeigefinger. »Irrtum, ihr steht BEIDE im Grundbuch und habt auch BEIDE dafür bezahlt.«
»Hä? Aber ich war die letzten zehn Jahre nur eine schnöde Hausfrau, die ab und zu mal Taschengeld bekommen

hat«, widersprach mir Emma. »Ich habe gar nichts bezahlt.«
Ich lächelte. »Schnucki, das ist ein weit verbreiteter Irrglaube. Es gibt jede Menge Gerichtsentscheidungen zugunsten der Ehefrauen, die ihren Männern zuhause den Rücken freigehalten haben. Da ist keine Rede mehr vom Taschengeld. Die Frauen haben im Nachhinein nicht nur Taschengeld zugesprochen bekommen, sondern ein echtes GEHALT! Und es wurde per Urteil auch nochmal betont, dass die Frauen damit ihren Teil zur Haushälfte beigetragen haben, indem sie den Haushalt geführt haben.«
»Echt? Dann meinst du, ICH kann IHN vor die Tür setzen? Ich kann ihm ja ein Ultimatum stellen, dass er sich überlegen kann, ob er zu meinen neuen Bedingungen zurückkommen oder ob er sich eine neue Frau suchen will«, schlug Emma vor.
Ich hob einen Daumen. »Super Idee, Süße!«
»Okay, danke! Ich muss jetzt wieder reingehen. Weiterarbeiten.« Emma lächelte mich an und gab mir einen Kuss auf die Wange. »Was hast du jetzt vor?«
»Ich werde mal spontan in der Klinik vorbeischauen und meinen neuen Freund besuchen«, erwiderte ich augenbrauenwackelnd. »Meine Mom benimmt sich immer noch so komisch. Sie sagte erst heute Morgen, ich soll GANZ dringend mit Benjamin sprechen und mich aufklären lassen. Was immer sie damit meinte! Ich habe sie gebeten, mir endlich reinen Wein einzuschenken, aber sie sagte daraufhin, sie wolle nicht der Buhmann sein.«
»Merkwürdig! Na, dann viel Erfolg.«
»Danke!«
Ich machte auf dem Absatz kehrt und verließ das Gebäude. Es war ein Katzensprung zur Bahn und nur eine kurze Strecke zur Klinik.

Dort angekommen ging ich schnurstracks in den ersten Stock. Bereits von weitem sah ich Benjamin in seinem blauen Kittel im Gang stehen und sich mit einer Mitarbeiterin unterhalten.
Ich beschloss, ein paar Bilder im Gang anzusehen, bis er fertig war.
Als ich wieder hochsah, war Benjamin verschwunden. Er hatte mich offenbar nicht bemerkt.
Ich entschied daher, ihn in seinem Zimmer aufzusuchen oder gegebenenfalls davor zu warten.
Als ich um die Ecke bog, sah ich Benjamin, der eine Frau umarmte und auf den Mund küsste.
Mir fielen fast die Augen aus dem Kopf, als ich die Frau erkannte. Das war doch diese Marie von der Session! Sie war mir gleich so merkwürdig vorgekommen.
(War das etwa der Umstand, auf den meine Mom hinauswollte? War seine Ehe doch noch intakter als er vorgab?)
Ich zog mich zurück und versteckte mich hinter einer hohen Pflanze, um die zwei zu beobachten.
Mann, waren die vertraut miteinander! DAS war ganz bestimmt seine Ehefrau. Und es sah nicht so aus, als wenn er sich für mich entschieden hätte.
Schwer atmend, mit einem Puls von dreihundert, drehte ich mich schließlich weg und ließ mich auf die Sitzgruppe fallen.
Plötzlich hörte ich Fußschritte.
Die beiden kamen in meine Richtung.
Zum Fliehen war keine Zeit mehr.
Mir brach der Schweiß aus.
Melina, es war eine absolute Mistidee gewesen, Benjamin spontan im Krankenhaus zu besuchen!
So ein Schiet!
Wo war bloß das nächste Mauseloch?

»Melina?«
Ich schloss kurz die Augen.
Oje, das war Marie und sie konnte sich sogar an meinen Namen erinnern!
Langsam öffnete ich die Augen wieder und erhob mich vom Sitz, während ich mich umdrehte. Vor mir stand tatsächlich Marie. Neben ihr stand Benjamin mit einer hochroten Birne.
Das war ein Alptraum, oder?
Im Eiltempo suchte ich ihre Hände ab.
Sie trug einen Ehering.
Benjamin war offenbar wirklich mit ihr verheiratet.
Ich schluckte.
»Was machst du denn hier? Hast du dich verlaufen? Bist du verletzt? Oder suchst du Henri?«, fragte Marie und lachte gekünstelt.
Wer, zum Henker, war Henri?
Ich wollte antworten und verschluckte mich fürchterlich. Hustend versuchte ich mich zu verständigen, gab den Versuch jedoch schnell wieder auf.
Benjamin wollte mir zu Hilfe eilen, doch ich hatte mich bereits wieder im Griff.
»Hallo Marie! Hallo Benjamin!«
Marie fasste Benjamin an den Oberarm. »Schatz, gab es noch etwas zu besprechen? Sonst würde ich gleich wieder nach Hause fahren und alles für heute Abend vorbereiten.«
Okay, damit war klar, dass SIE mit Benjamin verheiratet war. Wehmutsvoll dachte ich an die Abende mit Benjamin. So, wie er sie eben geküsst hatte, war die Ehe aber noch ziemlich intakt!
Mir wurde speiübel.

Ich konnte mich offenbar überhaupt nicht mehr auf meinen siebten Sinn verlassen. In meiner Gegenwart hatte sich Benjamin stets so verhalten, als sei ich die einzige Frau auf Erden. Wenn ich die beiden so betrachtete, wusste ich, dass er sich NIEMALS für mich entscheiden würde.
»Nein. Es ist alles geklärt. Ich komme dann nach Dienstschluss und nehme die Kinder mit ins Kino, damit du deine Party feiern kannst«, hörte ich Benjamin leise sagen.
An seine Kinder habe ich überhaupt nicht mehr gedacht.
Mein Herz sank in Richtung Höllenfeuer.
Ich spürte die Hitze in meinen Wangen und den aufkommenden Stausee in meinen Augen.
Eilig blinzelte ich die Tränen weg.
Bloß nicht losheulen, Melina!
Mein Luftschloss war gerade mit einem Riesenknall explodiert.
Ich sah, dass Benjamin auf seinen Pieper drückte, den er immer bei sich trug.
(Wozu drückte er den?
War der nicht für Notfälle in der Klinik?
Den medizinischen Notfall konnte ich momentan nicht erkennen.)
»Hat mich gefreut, dich wieder zu sehen, Melina. Und falls es sich um eine Verletzung handelt, hilft Benjamin bestimmt gerne. Er ist nicht umsonst einer der besten Ärzte hier. Neben seinem Bruder«, fügte Marie lächelnd hinzu. »Aber das weißt du ja sicherlich. Schließlich sind Henri und du ja ein Paar.«
HENRI und ICH sind ein PAAR?
Wer, zum Teufel, war dieser Henri?
Ich musste sie leicht verstört angesehen haben, denn sie wurde mit einem Mal ganz unsicher. »Du bist doch mit

Henri zusammen, oder nicht? Ihr habt neulich bei der Session SO verliebt ausgesehen!« Marie lächelte. »Ihr seid SO ein süßes Pärchen! Und ich habe es noch NIE erlebt, dass Henri VERLIEBT war!«
Henri ist verliebt?
In mich?
Herr im Himmel, WER war nur dieser Henri, von dem sie da ständig faselte? Ich wusste überhaupt nicht, wovon sie sprach, als plötzlich eine tiefe, mir sehr vertraute Männerstimme zu hören war.
»Ben, ich bin so schnell gekommen wie mö…«
Ich drehte mich um, sah noch einen Benjamin und spürte nur noch, wie mir das Blut aus dem Kopf schoss.
Dann wurde alles dunkel.

Ich könnte, wenn ich dürfte

Benjamin

»Marie, was machst du denn hier?«
Meine Frau machte sich NIE die Mühe, mir in der Klinik einen Besuch abzustatten. Und das war auch gut so! Ich brauchte einen klaren Kopf und weder eine eifersüchtige, noch eine kontrollsüchtige Ehefrau, die mir die Mitarbeiterschaft durcheinander brachte. Außerdem hatte ich in der Regel einen Berg Arbeit.
»Schatz, ich wollte dich bitten, heute Abend mit den Mädchen ins Kino zu gehen. Ich musste die Brautparty von Ella zu uns verlegen, weil sie einen Wasserrohrbruch hatte und nun die Handwerker im Haus hat.«
»DESHALB kommst du hier vorbei?« Fassungslos blickte ich meine Frau an. »Fängst du jetzt an, mich zu kontrollieren? Ehrlich, Marie! Darauf habe ich überhaupt keinen Bock! Normalerweise gibt es für solche Fälle das Telefon. Oder willst du mir jetzt erzählen, dass dich die Sehnsucht gepackt hat und du dafür auch gerne mal eine Stunde durch den Verkehr rauscht?«
Boah, ich war kurz vorm Platzen!
Das merkte Marie offenbar auch.
»Ben, es tut mir leid! Ich bin wirklich eifersüchtig. Ich bin felsenfest davon überzeugt, dass du dein Herz verschenkt hast. An diese Melina. Die noch dazu aussieht, wie ein zartes, liebliches Schneewittchen! Darum würde ich gerne

irgendetwas tun, um dich wieder daran zu erinnern, dass wir verheiratet sind.«
Ich rümpfte die Nase. »Seit wann verschenkt man sein Herz? Und erinnern musst du mich nicht. Ich weiß sehr wohl, dass ich mit dir verheiratet bin, auch wenn es JETZT gerade keinen Spaß macht!«
Oh Mann!
Ich musste zugeben, dass Marie voll ins Schwarze getroffen hatte. Da ich aber meinen Bruder noch mehr liebte als sie, war es für mich ein Selbstläufer, dass ich mir Melina aus dem Kopf schlug, mich ENTLIEBTE und Marie gar nicht erst in das Verwechslungsspiel mit hineinzog.
»Man verschenkt es nicht?«, fragte Marie verwirrt.
»Nein.« Kopfschüttelnd nahm ich ihre Hand und legte sie auf meine Brust. »Mein Herz schlägt noch in meiner Brust. Ich kann es also nicht verschenkt haben. Und jetzt hör bitte auf, so einen Blödsinn zu reden! Melina ist mit Henri zusammen, nicht mit mir!« Ich atmete tief durch. »Oder glaubst du ernsthaft, ich würde meine Ehe aufs Spiel setzen, indem ich meinem Bruder die Frau ausspanne, die er liebt?«
»Henri ist verliebt?«, quiekte meine Frau überrascht auf. »DAS ist ja was ganz Neues!«
Ich musste schmunzeln.
Das war wirklich ein ECHTES Wunder.
»Ja. Man glaubt es kaum, aber es hat ihn erwischt.«
Marie stellte sich auf die Zehenspitzen und gab mir einen leidenschaftslosen Kuss.
Sofort musste ich an Melinas Küsse denken.
Kurzerhand zog ich Marie enger an mich und gab ihr - entgegen meiner sonstigen Einstellung, keine Zärtlichkeiten an meinem Arbeitsplatz auszutauschen - einen kleinen Exkurs im leidenschaftlichen Küssen.

Vollkommen entgeistert löste sich Marie von mir. »Du bist fremdgegangen!«
»WAS? Spinnst du?« Ich schüttelte den Kopf.
Wie konnte sie mir so etwas vorwerfen, nur weil ich ihr mal zeigte, wie man wirklich küsst?
Ich hatte mich schwer zusammengerissen, um NICHT fremdzugehen und nun warf sie mir genau das vor!
»Ich küsse dich so, wie man sich als Paar küssen sollte und du meckerst mich gleich an? Wie kommst du nur auf so einen Blödsinn, dass ich fremdgegangen bin?«
»Du hast mich noch NIE so geküsst, Benjamin Müller! In den ganzen fünfzehn Jahren unserer Ehe nicht.«
Ich zuckte mit den Schultern. »Dann wird es vielleicht mal Zeit. Sonst geht unsere Ehe noch baden.«
»Wie bitte?«
»Du hast mich schon richtig verstanden, Marie! Es wird Zeit, dass wir etwas Leidenschaft in unsere Beziehung bringen. Sonst versauern wir beide noch. Ich habe mir in letzter Zeit viele Gedanken gemacht, was wir tun können, damit es zwischen uns wieder funkt.« Ich blickte sie mit ernster Miene an. »Oder bist du schon gar nicht mehr in mich verliebt und willst dich von mir trennen?«
Marie runzelte die Stirn. »Trennen? Nein, das wollte ich nicht. Es läuft doch eigentlich alles ganz gut, oder nicht?«
»›*Eigentlich*‹? Hm. Ich finde das eher nicht.«
»Offensichtlich.«
»Ich finde, unsere Beziehung ist langweilig geworden, Marie. Ich fange an, mich nach anderen Frauen umzusehen. Und DAS habe ich zwanzig Jahre lang NICHT getan.«
Sie wich meinem Blick aus.
»Oder sind wir bereits am Ende?«

Sie atmete tief durch. »Nein. Vielleicht hast du Recht. Es ist wirklich leidenschaftslos zwischen uns geworden. Also, was schlägst du vor? Tantra-Kurse? Pornos? Urlaub zu zweit?«

Ich musste trotz Ernst der Lage nun doch grinsen. »Klingt wie ein Anfang!«

Marie lächelte. »Gut. Dann reden wir heute Abend nach der Party weiter, ja? Ich mache mir Gedanken.«

»Gut. Und nun muss ich weiterarbeiten.«

»Geht klar.«

Wir gingen den langen Gang entlang in Richtung meines Büros, als wir plötzlich eine dunkelhaarige Frau auf einem der Wartestühle sitzen sahen.

Ich kniff die Augen zusammen.

Marie dachte offenbar dasselbe wie ich. »Ist das da vorne Melina?«

»Sieht fast so aus, oder? Ist sie verletzt?« Ich bemühte mich, nicht allzu besorgt zu klingen.

Wir näherten uns der Sitzgruppe.

»Was machst du denn hier? Hast du dich verlaufen? Bist du verletzt? Oder suchst du Henri?«, fragte Marie.

Ich wollte etwas sagen, doch mein Hals war so trocken, dass meine Stimmbänder versagten.

Das Problem an dieser Situation war, dass wir Melina noch immer nicht hatten aufklären können!

Sie wusste ja gar nix von Henris Existenz!

Plötzlich fiel mir der Pieper ein.

Ich fuhr mit den Händen in den Kittel und suchte das Ding, welches ich gemeinsam mit Henri als absoluten Notfallmelder benutzte.

Wenn ihn einer von uns drückte, musste der andere kommen, egal, was gerade anlag.

»Hallo Marie! Hallo Benjamin!«, sagte Melina fast ein wenig röchelnd.
Marie fasste mir an den Oberarm. »Schatz, gab es noch etwas zu besprechen? Sonst würde ich gleich wieder nach Hause fahren und alles für heute Abend vorbereiten.«
Ich spürte Melinas fragenden Blick und hoffte, Henri war bereits auf dem Weg zu mir.
»Nein. Es ist alles geklärt. Ich komme dann nach Dienstschluss und nehme die Kinder mit ins Kino, damit du deine Party feiern kannst«, entgegnete ich leise.
Ich drückte noch einmal auf den Pieper.
»Hat mich gefreut, dich wieder zu sehen, Melina. Und falls es sich doch um eine Verletzung handelt, hilft Benjamin bestimmt gerne. Er ist nicht umsonst einer der besten Ärzte hier. Neben seinem Bruder«, fügte Marie lächelnd hinzu. »Aber das weißt du ja sicherlich. Schließlich sind Henri und du ja ein Paar.«
Ich schluckte erschrocken.
Melina guckte Marie an, als wenn diese ihr gerade eröffnet hätte, dass die Außerirdischen unter uns weilten und durch die Übernahme der Weltherrschaft leider von allen einen Arm verlangen würden.
Melina sagte kein Wort.
Stattdessen starrte sie erst Marie und dann mich an.
»Du bist doch mit Henri zusammen, oder nicht? Ihr habt neulich bei der Session SO verliebt ausgesehen!« Marie lächelte. »Und ihr seid SO ein süßes Pärchen! Und ich habe es noch NIE erlebt, dass Henri VERLIEBT war!«
Endlich tauchte Henri auf!
Erleichtert atmete ich auf.
Nun mussten wir nur noch Marie loswerden, die Erklärungshürde erklimmen und dann hatte dieses Versteckspiel endlich ein Ende.

»Ben, ich bin so schnell gekommen wie mö…«
Melina drehte sich um, und bevor wir uns versahen, sackte sie auch schon ohnmächtig zusammen.
»Fang sie auf!«, rief Marie panisch.
Henri und ich stürmten gleichzeitig auf Melina zu und packten sie, aber sie stieß sich den Kopf trotzdem an den harten Sitzbänken.
Kurzerhand warf Henri sie sich über die Schulter und lief zu meinem Büro. Dort legte er sie auf die Untersuchungsliege, die hinter dem Vorhang aufgestellt war.
»Was hat sie nur? Ist sie etwa schwanger?«, plapperte Marie aufgeregt drauflos.
Henri drehte sich mit leicht aufkommender Panik um.
»Sie ist was? Schwanger?«
Ich winkte ab. »Blödsinn, Marie! So ein Stuss! Warum sollte Melina schwanger sein? Eine Blitzschwangerschaft, oder was? So lange ist sie nun auch wieder nicht mit Henri zusammen.«
»Es muss ja nicht von Henri sein«, beschwerte sich Marie.
Henri fing an, Melina abzuchecken, während meine Frau wie ein nervöses Huhn umherhüpfte und uns ganz kirre machte.
Plötzlich drehte sich mein Bruder um und sah mich eindringlich an. »Bitte - schicke - deine - Frau - nach - Hause! Sie macht mich WAHNSINNIG!«
Ich nickte.
Es ging mir nicht anders.
Marie konnte wirklich anstrengend sein.
Ich packte sie am Arm und schob sie zur Tür. »So, mein Schatz, vielen Dank für deinen Besuch. Jetzt ist es Zeit für dich zu gehen.«
»Aber…«

»Kein ›Aber‹! Raus hier, bevor ich sauer werde! Das ist MEIN Arbeitsplatz und Melina ist gerade ein Notfall. Ich habe zu tun. Und DU machst uns ganz verrückt. Henri und ich sind beide Ärzte. Wir kriegen die Lage sehr gut ohne dich in den Griff.«
»Vorausgesetzt, du schwingst deinen verknöcherten Arsch hier raus!«, rief Henri wütend von hinten.
Ich verdrehte die Augen.
DAS hätte mein Bruder auch ETWAS diplomatischer verpacken können!
Marie schnalzte mit der Zunge, fügte sich aber und schlüpfte aus dem Zimmer.
Erleichtert atmete ich auf.
»Schließe bitte die Tür ab, Ben!«, rief Henri.
Ich drehte den Schlüssel herum und ging zurück zu ihm und Melina.
»Ich glaube, wir haben sie gerade ETWAS überfordert«, mutmaßte ich.
Henri nickte seufzend. »Ja. Das befürchte ich auch. Scheiße noch eins! Sie wird vielleicht NIE wieder ein Wort mit mir sprechen. Und ich hätte es verdient.«
Ich streichelte seinen Oberarm, dann zog ich ihn in meine Arme. »Nee, hast du nicht. ICH bin an der Misere schuld! Wenn ich es nicht zugelassen hätte, dass Langeweile und Trott in meine Ehe einziehen, dann hätte ich auch kein Auge auf Melina geworfen. Sieh nur, wie bezaubernd sie aussieht!«
»Ja«, pflichtete Henri mir bei, »als wenn Schneewittchen durch den Apfel vergiftet worden wäre und nun hier scheintot herumliegt. Gleich kommen die Zwerge und bringen sie in ihren gläsernen Sarg. Natürlich darf dann auch der Prinz nicht fehlen. Soll ich mich also wieder

vom Acker machen und mir irgendwo ein weißes Pferd ausborgen?«
Ich gluckste leise. »Du kannst reiten?«
»Nö«, gestand meine zweite Hälfte, »aber das macht mein Auftauchen vielleicht so eindrucksvoll, dass sie uns alles verzeiht.«
Melina schmatzte plötzlich und schlug die Augen auf. »Wo bin ich?«
Henri schob mich zurück, als ich mich über sie beugen wollte.
Obwohl es mir nicht gefiel, ließ ich ihn gewähren.
Henri nahm ihre Hand und tätschelte sie. »Melina, wie geht es dir? Du bist ohnmächtig geworden. Wann hast du zuletzt gegessen oder getrunken? Bist du vielleicht schwanger? Nimmst du Medikamente?«
Ich verdrehte die Augen.
Nun ließ er jawohl GANZ den Arzt raushängen!
»Henri!«, mahnte ich leise, aber er ignorierte mich.
Melina grunzte. »Bin ich jetzt deine Patientin? Wieso sollte ich schwanger sein? Wir haben doch verhütet. Wäre außerdem ein bisschen schnell, oder?«
Henri lächelte unsicher. Dann zuckte er mit den Schultern. »Eigentlich hatte ich die Hoffnung, dass du mehr bist als nur meine Patientin. Und wenn du schwanger wärest, würde ich mich sehr freuen.«
Hatte ich gerade RICHTIG gehört?
MEIN freiheitsliebender, bisher beziehungsunfähiger Zwillingsbruder würde sich FREUEN, wenn Melina von ihm schwanger wäre?
DAS war de facto das neunte Weltwunder!
Melina versuchte sich aufzurichten. »Benjamin, ich glaube nicht, dass ich schwanger bin. Aber ich habe dich doppelt gesehen. Nachdem mir klar wurde, dass die Marie,

die ich bei der Session kennengelernt hatte, deine Ehefrau ist, warst du plötzlich zweimal da. Gott, ich drehe schon durch.« Nervös strich sie sich die Haare aus dem Gesicht.
»Du drehst nicht durch. Es gibt mich doppelt.« Henri holte tief Luft. »Und ich bin nicht Benjamin, sondern Henri.« Mit Henris Hilfe setzte sie sich aufrecht hin und blickte sich etwas wirr im Zimmer um, bis sie auch mich erspähte.
»Benjamin?«
»Hallo Melina! Ja, ich bin's.«
Verwirrt schaute Melina uns an.
Nach dem ersten Schock, fing sie an zu lachen, bis sie plötzlich in Tränen ausbrach.
Ich war so erschrocken, dass ich für den Bruchteil einer Sekunde gar nicht wusste, wie ich reagieren sollte.
Henri war schneller. Er sprintete vor und riss sie in seine Arme. »Melina, meine kleine, süße Melina! Es tut mir SO leid! Wir wollten dich nicht auf den Arm nehmen. Wirklich nicht. Benjamin hatte dich kennengelernt und so von dir geschwärmt, dass ich neugierig wurde. Und als ich dich zufällig im Supermarkt traf und du dich zu erkennen gegeben hast, wurde mir klar, dass du die Frau meines Lebens bist. Ich MUSSTE dich einfach kennenlernen! Ich fand einfach nicht den passenden Zeitpunkt, dir zu sagen, dass ich Benjamins Zwillingsbruder bin.«
Melina hörte auf zu weinen und nahm das Taschentuch entgegen, welches ich ihr hinhielt. »Danke! Und dann habt ihr euch gedacht, tauschen wir doch mal ein bisschen hin und her. Wird schon nicht auffallen.« Plötzlich wurde Melina wütend und schlug Henri gegen den schlanken Bauch. »Und erzähle mir NIE wieder, dass dein bescheuertes Bauchkissen zur Abwehr von Krankenschwestern ist! Du wolltest mich wohl verkohlen!« Sie deutete auf

Henris flachen Bauch und zeigte dann auf meinen, der noch ziemlich deutlich vorhanden war.
Hilflos schaute Henri mich an.
Ich setzte mich zu Melina auf die Bank, während Henri wieder Abstand nahm. Seufzend nahm ich Melinas Hand. »Das ist alles meine Schuld, Melina! Henri war so fleißig und hat in den letzten Monaten trainiert und abgespeckt. Und weil ich dich auch so toll fand, dachten wir, es würde keinem wehtun, wenn wir anfangs mal tauschen. Damit wir nicht auffliegen, hatte Henri das Kissen benutzt.«
Melina blickte mich an.
In ihrem Blick lag so viel Verletztheit, dass es mir einen Stich versetzte.
Sie schloss die Augen. Als sie sie wieder öffnete, fragte sie tonlos: »Und, hatte ich auch mit euch beiden Sex? Habt ihr euch gut amüsiert und euch anschließend über meine Blindheit lustig gemacht? Oder habt ihr euch darüber ausgetauscht, was euch gefallen hat und was nicht?«
»NEIN! Wo denkst du hin?« Voller Empörung sank Henri vor Melina auf die Knie. Er nahm ihre Hand und hielt sie sich gegen die Brust. »Wie kannst du nur so etwas von uns denken? ICH war der einzige, mit dem du geschlafen hast! Ich schwöre es!«
»Also hatte ich Sex mit Henri. Und was hatte ich mir dir, Benjamin?« Sie blickte mich an.
»Ich hatte nur das Date im Kino übernehmen dürfen«, warf ich ein.
»Wie gnädig von Henri«, sagte Melina tonlos. »Gott, ich glaube, ich bin in meinem ganzen Leben noch NIE SO verarscht worden! Ich hoffe, ihr hattet euren Spaß!« Sie rutschte von der Liege und schwankte.

»Du solltest jetzt nicht aufstehen und alleine rausgehen! Du hast vielleicht eine Gehirnerschütterung«, sagte Henri besorgt.
Melina winkte ab. »Das ist egal. Ich muss hier raus!«
»Dann bringe ich dich nach Hause«, schlug Henri vor.
»Autofahren solltest du jetzt auch nicht.«
»Wir können dir auch ein Taxi rufen. Das bezahlen wir selbstverständlich«, warf ich hinterher.
Melina lächelte höhnisch. »Wie großzügig, Benjamin. Bist du doch oder verwechsele ich euch schon wieder?« Sie blickte auf meinen üppigen Bauch. »Ich schätze, das ist keine Bauchattrappe aus Plastik, damit dich die Krankenschwestern nicht belästigen, oder?«
Ich schüttelte den Kopf. »Nein, der ist leider echt.«
»Es tut mir leid, Melina. Bitte gehe nicht! Ich…ich liebe dich!« Voller Verzweiflung blickte mein Bruder zu Melina. Dieses zögerte kurz, dann drehte sie sich von Henri weg. »Entschuldigt, Jungs! Aber ich muss den Schock erst einmal verdauen. Heute ertrage ich keinerlei Beteuerungen mehr - von keinem von euch.«
Mir blutete das Herz.
Ich hatte meinen Bruder noch NIE sagen hören, dass er eine Frau LIEBTE! Und ausgerechnet JETZT hatten wir die Sache ECHT versemmelt.
Ich MUSSTE etwas tun.
IRGENDETWAS.
»Melina, hör bitte zu! Es tut uns wirklich leid. Wir hätten dir erzählen sollen, dass wir eineiige Zwillinge sind. Das war nicht fair von uns. Bitte gib Henri noch eine Chance!«
»Für mich klingt das so, als hättet ihr dabei nur an euch gedacht. Ein bisschen Spaß mit der doofen Melina, die merkt das Tauschspielchen schon nicht.« Melina verzog

den Mund. »Ich muss das erst einmal verdauen. Wir sehen uns! Vielleicht.« Leicht schwankend ging sie zur Tür, doch die war noch verschlossen. »Schließt ihr eure Opfer nun auch noch ein?«, zischte sie erbost.
Ich schlug mir gegen die Stirn und rannte zu ihr. »Entschuldige! Ich wollte nur vermeiden, dass meine eifersüchtige Ehefrau noch einmal reinplatzt.«
Melina blickte mir lange in die Augen. »Dann bist du mit Marie verheiratet?«
Ich nickte.
»Und du warst mit mir im Kino, richtig?«
Wieder nickte ich.
Sie deutete ein Lächeln an. »Das erklärt einiges. Du warst ganz anders an dem Abend als in der Wohnung, die dann schätzungsweise auch nicht dir, sondern Henri gehört. Richtig?« Sie blickte an meiner Schulter vorbei zu Henri, der vollkommen verzweifelt auf dem Sessel saß.
»Richtig. Das ist Henris Eigentumswohnung.«
Plötzlich machte sie einen Schritt auf mich zu und küsste mich inbrünstig. Ich war so überrumpelt, dass ich sie nicht einmal von mir wies.
Henri fing vor Entsetzen fast an zu röcheln.
Melina löste sich wieder von mir. Dann ging sie an mir vorbei und gab auch Henri einen ziemlich intensiven Kuss. »Ich hätte euch eigentlich durch eure Art zu küssen unterscheiden müssen. Henri hat da wohl als ewiger Single ETWAS mehr Übung. Oder bist du auch verheiratet und versteckst irgendwo noch eine Ehefrau?«
Henri schüttelte den Kopf. »War ich noch nie!«
Sie wandte sich ab, dann schien ihr noch etwas einzufallen. »Wenn ich tatsächlich noch einmal mit dir ausgehen sollte, Henri, dann weiß ich nicht, ob ich nicht eines Tages ganz aus Versehen mal deinen Bruder vernasche. So ein

kleiner Denkzettel würde euch beiden zumindest ganz gut tun!« Hoch erhobenes Hauptes marschierte sie an mir vorbei und schlüpfte aus dem Raum.
Ich schloss die Tür und lehnte mich dagegen.
Gedankenverloren fuhr ich mir mit der Zunge über die Lippen. Die Aussicht, mit ihr Sex zu haben, war leider immer noch total verführerisch.
»Lief das jetzt gut oder total scheiße?«, riss mich Henri aus meinen Gedanken.
»Gute Frage!« Ich stöhnte laut und deutlich. »Im Nachhinein bin ich ganz froh, dass ich NICHT mit ihr geschlafen habe, auch wenn ich es immer noch gerne tun würde. Aber dann wäre die Sache hier bestimmt schlimmer abgelaufen! Immerhin ist sie Strafrechtsdozentin. Vermutlich hätte sie dich - oder mich - dann noch wegen Vergewaltigung angezeigt.«
Henri zog die Stirn kraus. »Oh Gott, meinst du wirklich?« Er raufte sich die Haare. »Im Grund genommen habe ich jetzt auch ein Problem! Sie dachte, sie schläft mit dir, dabei war ich mit ihr zusammen.«
Lächelnd schüttelte ich den Kopf. »Ich denke nicht, dass sie diesbezüglich irgendetwas unternehmen wird. Aber sie hat schon Recht, dass wir EIGENTLICH zu alt sind für solche miesen Spielchen. Wir haben mit ihren Gefühlen gespielt. Sie dachte doch die ganze Zeit über, dass du ich bist.«
»Ich weiß.« Henri ließ sich rücklings in den Sessel fallen. Dieser verlor den Halt und flog mitsamt meinem Zwilling krachend zu Boden. Leise stöhnte er.
Ich verdrehte die Augen. »Na, super! Vielleicht könntest du dich wenigstens unverletzt lassen? Noch einen Verletzten brauche ich nicht. Es reicht, dass ich mir jetzt Sorgen mache, ob Melina überhaupt heil nach Hause kommt.«

Ächzend erhob sich Henri wie ein zu schwerer Käfer. »Soll ich ihr hinterherfahren und nachsehen, ob sie heil ankommt?«
»Wir wissen doch gar nicht, ob sie nach Hause fährt!«
»Ein Versuch ist es wert. Ich mache mich auf den Weg.«
Er sprang auf die Füße und umarmte mich eilig. »Bis später!«
»Ja, bis später.«

Der Notfallknopf

Ich war mitten in einer Untersuchung, als mein absoluter Notfall-Pieper Alarm schlug.
Wie von der Tarantel gestochen, sprang ich auf.
»Alles in Ordnung, Dr. Müller?«, fragte Schwester Agathe erschrocken.
Ich zuckte vor Schreck zusammen und hätte den Patienten fast fallen gelassen. Ich atmete tief durch und versuchte, die Untersuchung schnell abzuschließen.
Das gelang mir auch binnen von wenigen Minuten, als mein Pieper erneut Alarm schlug.
Ich schaltete ihn aus und wandte mich an die Schwester.
»Können Sie den Patienten dann bitte noch auf sein Zimmer bringen? Ich muss weg! Superoberdringender Notfall.«
»Natürlich, Dr. Müller. Werden Sie lange weg sein?«
»Das weiß ich nicht. Ich flitze mal eben rüber zu meinem Bruder und kläre das. Ich melde mich bei Ihnen.« Ohne ein weiteres Wort abzuwarten, stürmte ich aus dem Zimmer und rannte die Flure entlang, bis ich zur plastischen Chirurgie kam, der Abteilung, wo mein Bruder Chefarzt war. Ich klopfte gegen seine Zimmertür, öffnete sie, doch der Raum war verwaist. Dann flitzte ich weiter den Gang hinunter, als ich links von mir plötzlich eine Gruppe von Leuten wahrnahm.

Ich sah erst Benjamin in seinem blauen Kittel (daran war er immer gut auszumachen), dann Marie (die noch NIE hier in der Klinik war) und schließlich…
»Ben, ich bin so schnell gekommen wie mö…«
Melina stand vor meinem Bruder und meiner Schwägerin und starrte mich stumm vor Schreck an.
Mich traf fast der Schlag.
WAS, zum Henker, machte SIE hier?
Panik schnürte mir die Luftröhre zu.
Mein Herz schlug Saltos.
Melina sah mich und sackte auch schon ohnmächtig zu Boden.
»Fang sie auf!«, rief Marie panisch.
Mein Bruder und ich stürmten gleichzeitig auf Melina zu und packten sie, aber sie stieß sich den Kopf trotzdem an den harten Sitzbänken.
Kurzerhand warf ich sie mir über die Schulter und lief zu Benjamins Büro, das gleich um die Ecke lag.
Dort legte ich Melina auf die Untersuchungsliege, die hinter dem Vorhang aufgestellt war.
»Was hat sie nur? Ist sie etwa schwanger?«, plapperte Marie aufgeregt drauflos.
Ich drehte mich mit leicht aufkommender Panik um. »Sie ist was? Schwanger?«
Oh Gott, hatte ich Kondome benutzt? Die blöden Lümmeltüten hatte ich noch NIE vergessen! Ich hatte bei Melina überhaupt NICHT aufgepasst in meinem Liebestaumel! DAS war mir in meinem ganzen Leben noch nicht passiert. Ich war so kopflos, dass ich mich nicht einmal an irgendwelche Verhüterlis erinnern konnte.
In meinem Kopf drehte sich alles, als ich Benjamin schimpfen hörte. »Blödsinn, Marie! So ein Stuss! Warum sollte Melina schwanger sein? Eine Blitzschwanger-

schaft? So lange ist sie nun auch wieder nicht mit Henri zusammen.«
Ich versuchte, das nervige Gebrabbel meiner Schwägerin zu ignorieren und fing an, Melina abzuchecken.
Irgendwann ging mir Maries Gehopse allerdings dermaßen auf den Keks, dass ich Benjamin anfuhr: »Bitte - schicke - deine - Frau - nach - Hause! Sie macht mich wahnsinnig!«
Benjamin nickte.
»So, mein Schatz, vielen Dank für deinen Besuch. Jetzt ist es Zeit für dich zu gehen.«
»Aber...«
»Kein ›Aber‹! Raus hier bevor ich sauer werde. Das ist MEIN Arbeitsplatz. Ich habe zu tun. Und DU machst uns ganz verrückt. Henri und ich sind beide Ärzte. Wir kriegen die Lage sehr gut ohne dich in den Griff.«
»Vorausgesetzt, du schwingst deinen verknöcherten Arsch hier raus!«, fügte ich noch hinzu, damit Marie auch wirklich ging. Wenn man bei ihr nicht mit härteren Bandagen kämpfte, machte sie, was sie wollte. Mein Bruder war da VIEL zu weich!
»Schließe bitte die Tür ab, Ben!«, rief ich, sobald Marie draußen war. Ich hatte keinen Bock auf weitere Überraschungen.
»Ich glaube, wir haben Melina ETWAS überfordert«, sagte Benjamin.
Wir plänkelten kurz vor uns hin, bis Melina plötzlich die Augen aufschlug. »Wo bin ich?«
Ich schob Benjamin beiseite, damit Melina zunächst erst nur mich sah und nicht uns beide.
»Melina, wie geht es dir? Du bist ohnmächtig geworden. Wann hast du zuletzt gegessen oder getrunken? Bist du vielleicht schwanger? Nimmst du Medikamente?«

»Henri!«, mahnte mein Bruder.
Melina knurrte. »Bin ich jetzt deine Patientin? Wieso sollte ich schwanger sein? Wir haben doch verhütet. Wäre außerdem ein bisschen schnell, oder?«
Ich lächelte unsicher. »Eigentlich hatte ich die Hoffnung, dass du mehr bist als nur meine Patientin. Und wenn du schwanger wärest, würde ich mich darüber sehr freuen.«
Hatte ich das wirklich gerade gesagt?
Hatte ich tatsächlich gesagt, dass ich Vater werden wollte?
Ich hatte noch NIE den Wunsch verspürt, Kinder zu kriegen. Ich blickte Melina an und dachte darüber nach, wie süß es wäre, wenn kleine Schneewittchenkinder über den Erdball liefen.
Die Erkenntnis traf mich wie ein Blitzschlag!
(Ich glaube, Amor hatte auf meinen GIFTpfeil EXTRA viel Liebesserum draufgeschmiert!
Ich erkannte mich selbst nicht wieder.)
Melina versuchte sich aufzurichten. »Benjamin, ich glaube nicht, dass ich schwanger bin. Aber ich habe dich doppelt gesehen. Nachdem mir klar wurde, dass die Marie, die ich bei der Session kennengelernt hatte, deine Ehefrau ist, warst du plötzlich zweimal da. Gott, ich drehe schon durch.« Nervös strich sie sich die Haare aus dem Gesicht.
»Du drehst nicht durch. Es gibt mich doppelt.« Ich holte tief Luft. Es war längst überfällig, dass wir uns zu erkennen gaben. »Und ich bin nicht Benjamin, sondern Henri.«
Mit meiner Hilfe setzte sie sich aufrecht hin und blickte sich etwas wirr im Zimmer um.
»Äh, Benjamin?«
»Hallo Melina!«, sagte Benjamin und kam näher.
Verwirrt schaute Melina uns an. Dann brach sie in schallendes Gelächter aus, welches in einem Weinkrampf ende-

te. Oh Mann, ich war wahnsinnig schlecht im Tränentrocknen! Da war mein Bruder bei weitem besser drin.
Da sich Benjamin nicht an sie herantraute, entschloss ich mich, sie in meine Arme zu nehmen. »Melina, meine kleine, süße Melina! Es tut mir SO leid! Ich wollte dich nicht auf den Arm nehmen. Wirklich nicht. Benjamin hatte dich kennengelernt und so von dir geschwärmt, dass ich neugierig wurde. Und als ich dich zufällig im Supermarkt traf und du dich zu erkennen gegeben hast, wurde mir klar, dass du die Frau meines Lebens bist. Ich MUSSTE dich einfach kennenlernen!«
Melina hörte auf zu weinen und nahm das Taschentuch entgegen, welches Benjamin ihr hinhielt. »Danke! Und dann habt ihr euch gedacht, tauschen wir doch mal ein bisschen hin und her. Wird schon nicht auffallen.« Plötzlich wurde Melina wütend und schlug mir gegen den Bauch. »Und erzähle mir NIE wieder, dass dein bescheuertes Bauchkissen zur Abwehr von Krankenschwestern ist! Du willst mich wohl verkohlen, was?«
Hilflos schaute ich meinen Bruder an.
Das geschah mir ganz recht. Die Aktion mit dem Kissen war wirklich selten dämlich gewesen.
»Und, hatte ich auch mit euch beiden Sex? Habt ihr euch gut amüsiert und euch anschließend über meine Blindheit lustig gemacht?«
»Nein!« Voller Empörung sank ich vor Melina auf die Knie. Ich nahm ihre Hand und hielt sie gegen mein Herz. »Wie kannst du nur so etwas denken? Ich war der einzige, mit dem du geschlafen hast! Ich schwöre es!«
»Dein Schwur ist nichts wert, du bist ein Lügner…« Melina lächelte. »Ich glaube, ich bin in meinem ganzen Leben noch NIE SO verarscht worden! Ich hoffe, ihr hattet euren Spaß!« Sie rutschte von der Liege und schwankte.

»Du solltest jetzt nicht aufstehen und alleine rausgehen! Du hast vielleicht eine Gehirnerschütterung«, sagte ich besorgt.
Melina winkte ab. »Das ist egal. Ich muss hier raus!«
»Dann bringe ich dich nach Hause«, schlug ich verzweifelt vor. »Autofahren solltest du jetzt auch nicht.«
»Wir können dir auch ein Taxi rufen. Das bezahlen wir selbstverständlich«, schlug Benjamin vor.
Melina lächelte höhnisch. »Wie großzügig, Benjamin. Bist du doch, oder?« Sie blickte auf seinen üppigen Bauch. »Oder ist das eine Bauchattrappe aus Plastik, damit dich die Krankenschwestern nicht belästigen?«
Benjamin schüttelte den Kopf. »Nein, der ist leider echt.«
»Es tut mir leid, Melina. Bitte gehe nicht! Ich…ich liebe dich!« Voller Verzweiflung blickte ich zu Melina.
Egal was wir sagten, sie war unfassbar wütend.
Plötzlich machte sie einen Schritt auf Benjamin zu und küsste ihn leidenschaftlich inbrünstig. Vor Schreck wäre ICH fast in Ohnmacht gefallen. Ein hässliches Gefühl von Eifersucht machte sich in meinem Innern breit.
Boah! Könnte sie vielleicht mal aufhören, ihn zu küssen?
Ich räusperte mich theatralisch laut.
Melina löste sich von ihm.
Dann ging sie an ihm vorbei und kam zu mir.
Meine Knie fühlten sich an wie Pudding.
Was hatte sie vor?
Würde sie nun auch mich küssen?
Sollte das ein Zwillingstest werden?
Würde sie danach entscheiden, wer ihr besser gefiel?
Sie beugte sich vor, blickte mir tief in die Augen und gab mir einen leidenschaftlichen Kuss. Dann löste sie sich und wischte sich demonstrativ den Mund trocken. »Ich hätte

euch eigentlich durch eure Art zu küssen unterscheiden müssen.«
Sie wandte sich ab, dann schien ihr noch etwas einzufallen. »Wenn ich tatsächlich noch einmal mit dir ausgehen sollte, Henri, dann weiß ich nicht, ob ich nicht eines Tages ganz aus Versehen deinen Bruder vernasche. So ein kleiner Denkzettel würde euch beiden zumindest ganz gut tun!« Hoch erhobenen Hauptes marschierte sie an uns vorbei und schlüpfte aus dem Raum.
»Lief das jetzt gut oder total scheiße?«, überlegte ich laut. Wir resümierten noch kurz, dann flitzte ich aus dem Gebäude, um sicher zu gehen, dass sie heil Zuhause ankam. Im Arztkittel und ohne Jacke.
Der Wind war eisig.
Mit zitternden Fingern zückte ich meinen Autoschlüssel und schoss kurz darauf mit meinem Sportwagen vom Klinikgelände.
Eine gefühlte Ewigkeit später erreichte ich Lindas Wohnung, in der Melina noch wohnte. Für einen kurzen Moment überlegte ich, ob ich klingeln sollte.
Auf das Lenkrad trommelnd wartete ich noch ein paar Minuten, dann stieg ich aus und klingelte.
»Benjamin! Was machst du denn hier? Melina ist nicht da. Oder bist du der Zwilling?«
»Hallo Linda! Um ehrlich zu sein, bin ich Henri und nicht Benjamin. Du hast uns schon bei der letzten Session durchschaut, oder?«
Melinas Mutter nickte. »Ja. Mann, ihr seht euch aber auch echt erstaunlich ähnlich!«
»Kunststück! Wir sind eineiige Zwillinge.«
»Soll ich Melina etwas ausrichten? Weiß sie, dass sie mit dir und nicht mit Benjamin ausgegangen ist?«
»Ja. Seit eben«, sagte ich zerknirscht.

»Verstehe! Darum wolltest du sie sehen. Aber ist sie gar nicht in der Akademie?«
»Nein. Sie hatte heute frei und war kurz in der Klinik. Eigentlich hatten wir ihr letztes Wochenende schon reinen Wein einschenken wollen, aber dann ist Benjamin etwas dazwischengekommen. Und heute hat sie uns zufällig zusammen gesehen.«
»Verstehe! Und DU bist derjenige, der sich in Melina verliebt hat?«
Ich nickte seufzend. »Ja. Unsterblich sogar.«
»Vielleicht kommt sie ja gleich.« Sie lächelte aufmunternd.
Ich kramte eine Visitenkarte hervor und reichte sie ihr. »Könntest du mir vielleicht eine Nachricht schicken, wenn sie heil hier angekommen ist?«
Melinas Mutter betrachtete mich, dann nickte sie. »Mach ich. Aber gib dir bloß Mühe, das wieder gerade zu biegen. Ich habe meine Tochter noch NIE so verliebt gesehen. Ich sehe es nicht gerne, wenn ihr jemand das Herz bricht.«
»Danke! Das habe ich nicht vor. Mein Herz hängt ja auch dran an einem guten Ende.«
»Na, dann viel Erfolg und bis später.«
»Bis später.«

Nochmal auf Anfang

»Melina! Da bist du ja endlich!«
Verstört begrüßte ich meine Mom. »Endlich? Normalerweise arbeite ich um diese Uhrzeit, Mama.«
»Ich weiß«, winkte sie ab. »Aber Henri war gerade hier und hat sich nach dir erkundigt. Er meinte, du seist in der Klinik gestürzt, als du ihn und Benjamin gesehen hast.«
»Ich muss, aus mir unerfindlichen Gründen, ohnmächtig geworden sein. Halb so wild. Aber ich schätze, DU wusstest, dass Benjamin einen identischen Zwilling hat?«
Meine Mom zog den Kopf ein. »Tut mir leid! Ich dachte mir, wenn ich mich da einmische, gibt es ein böses Ende.«
»Also hast du mich lieber ins offene Messer laufen lassen«, stellte ich pikiert fest.
»Nein, so würde ich das nicht sehen. Du liebst ihn doch, oder?«
»Wen?«, fragte ich spitzfindig.
Meine Mom lächelte. »Henri.«
»Nun, eigentlich hatte ich mich in Benjamin verliebt. Und ich bin die letzten Wochen auch davon ausgegangen, dass ich einen verheirateten Mann verführe und keinen ewig herumstromernden Single namens Henri.«
»Ich finde ihn sehr charmant.«
»Das finde ich leider auch.«
»Warum leider?«

»Weil ich eigentlich gerne noch sauer sein würde, aber sobald ich nur an ihn denke und die Zeit, die wir miteinander hatten, kriege ich Herzflattern.«
»Das verstehe ich. Hast du Hunger?«
»Keine Ahnung. Du?«
»Ja. Wollen wir auf den Schock etwas essen gehen?«
Erschöpft plumpste ich aufs Sofa. »Okay. Aber lass mich noch eben kurz ausruhen. Das hat mich irgendwie geschlaucht.« Ich rutschte an der Sofalehne runter und schlief augenblicklich ein.

Als ich wieder erwachte, dämmerte es bereits. »Wie spät ist es?«
Meine Mom deutete zur Uhr. »Abendbrotzeit.«
»Ach herrje, SO lange habe ich geschlafen? Du bist bestimmt halb verhungert! Wollen wir vielleicht jetzt etwas essen gehen?«, schlug ich versöhnlich vor.
Meine Mom zögerte. »Bist du denn überhaupt fit genug? Du hast geschlafen wie eine Tote. Ich habe mir schon Sorgen gemacht.«
»Daran muss der Sturz schuld sein. Aber ich bin okay.« Ächzend erhob ich mich und ging ins Bad. Mir brummte ganz schön der Schädel. Vorsichtshalber nahm ich eine Kopfschmerztablette.
Ich frischte mein Make-up auf und zog mir schließlich Schuhe und Jacke an. »Na, komm! Ich lade dich ein!«
Meine Mom tauchte auf und zog sich ebenfalls an. »Gerne.«
Eine Viertelstunde später saßen wir in unserem Lieblingsrestaurant. Nachdem wir bestellt hatten, lehnte ich mich gegen die Stuhllehne. »Was für ein Tag!«
»Erzähl!«

Ich holte tief Luft. »Erst habe ich Emma aufgesucht. Die arbeitet ja jetzt im Schreibpool bei der Polizei und ich glaube, da klopft die nächste Scheidung an die Tür.«
»Oh nein, warum das denn?«, fragte meine Mom erstaunt. Sie kannte Emma schon, seitdem wir Kinder waren. Ich war mit Emma bereits seit dem Kindergarten befreundet.
»Es passt Till nicht, dass sie jetzt arbeitet, statt den Haushalt zu führen und das Essen zu kochen«, erklärte ich genervt. »Dass es solche Typen heutzutage noch gibt, ist unfassbar.«
Meine Mom lachte leise. »Du wirst dich umgucken, WAS es alles für Typen gibt! Da ist Emmas Till noch harmlos!«
»Echt? Boah, ich glaube, ich werde lesbisch.«
Die Bedienung kam und brachte die Getränke.
Sie musste meine letzte Bemerkung gehört haben und grinste nur. »Wenn du Nachhilfe brauchst, ruf mich an!« Mit einem Zwinkern verschwand sie wieder.
»So schnell habe ich gar nicht mit einem Angebot gerechnet«, witzelte ich.
Meine Mom streichelte meine Hand. »Liebst du ihn?«
»Wen? Benjamin oder Henri?«
Meine Mom lachte auf. »Ja, gute Frage! Ich dachte ja, du bist mit Benjamin ausgegangen. Und der ist verheiratet. Seine Frau Marie habe ich übrigens letztens auf der Session kennengelernt.«
»Ich auch. In der Küche. Und sie ist eigentlich ganz nett.«
»Stimmt. Aber wenn es Benjamin nicht doppelt geben würde, wäre sie Konkurrenz.«
»Ich dachte ja die ganze Zeit über, dass ich Benjamin date. Tatsächlich aber war ich mit seinem Bruder Henri auf den Abwegen der Liebe«, sagte ich nachdenklich.
»Aber wenn ich ehrlich bin, ist es eigentlich super, dass

Benjamin einen Zwilling hat, der genauso toll ist UND noch Single.«

»Nun«, sagte meine Mom und hielt ihr Glas hoch, »ganz offensichtlich war deine Liebe nicht eine Sekunde getrübt, auch wenn du davon ausgegangen bist, dass dein Objekt der Liebe ›*Benjamin*‹ heißt und nicht ›*Henri*‹! Ich würde also sagen, Amor hat dich ausgetrickst.« Sie prostete mir zu.

Ich dachte darüber nach, was sie gerade gesagt hatte.

Es hatte meinen Gefühlen tatsächlich keinen Abbruch getan, dass ich mit Henri und nicht mit Benjamin ausgegangen war. Im Gegenteil, ich habe jede Sekunde mit ihm genossen.

»Ich glaube, du hast Recht, Mama. Wie immer«, fügte ich lächelnd hinzu. »Ich bin dann wohl in Henri verliebt. Ich kann nicht behaupten, dass ich Henri blöd finde, nur weil ich nicht wusste, dass er überhaupt existiert.«

»Siehst du! Da gibt es wohl nur eine Möglichkeit…«

»Die wäre?«

»Gib Henri eine Chance! Verabrede dich mit ihm, als würdest du ihn zum ersten Mal sehen.«

»Gute Idee! Aber zuerst werde ich ihn noch etwas zappeln lassen.«

***

»Du hast was?« Fassungslos blickte Emma mich an und vergaß sogar, ihren Kuchen zu essen.

»Ich bin mit Henri ausgegangen, in dem Glauben, dass es sich um Benjamin handelt. Allerdings habe ich wohl nur mit Henri Sex gehabt, obwohl ich beide geküsst habe«, fasste ich noch einmal zusammen.

Emma blies die Backen auf und schüttelte stumm den Kopf. Gedankenverloren biss sie in ihren Kuchen, kaute,

schluckte und biss erneut ab. Als sie die zweihundert Gramm endlich verputzt hatte, fand sie ihre Stimmbänder wieder. »Das ist echt unglaublich! Da hat dich das Zwillingspärchen aber ganz gewaltig an der Nase herumgeführt. Oder Amor, wie man es nimmt.«
»Das heißt nicht ›Pärchen‹, wenn es sich um zwei gleichgeschlechtliche Zwillinge handelt«, mischte sich Till ein.
»Hast du uns etwa belauscht?«, fragte Emma empört.
Till zuckte mit den Schultern. »Ihr habt so laut gesprochen, dass es bis in die Küche zu hören war.«
Emma verdrehte - mit dem Rücken zu Till - die Augen.
»Wenn ich als Mann dazu auch etwas sagen dürfte…«
»Bitte«, sagte ich großzügig.
»Du hast dich doch anfangs in Benjamin verliebt, oder?«
»Ja.«
»Und bist dann aber mit Henri ausgegangen und warst… ähm, intim mit Henri, richtig?«, hakte Till noch einmal nach, bevor er ausholte.
»Richtig.«
Mann, der hatte uns aber ganz gewaltig belauscht!
Er kannte ja JEDES Detail!
Wie peinlich war das denn!
»Okay. Ich würde sagen, es sei den beiden zu verzeihen, dass der eine die Gelegenheit genutzt hat, um dich auszuführen und zu küssen und aus seiner langweiligen Ehe auszubrechen, während sich Henri offenbar wirklich in dich verliebt hat, weil er mit dir zusammensein will und sich nicht getraut hat, seine wahre Identität preiszugeben. Er wollte bestimmt gar keinen Sex mit dir haben, ohne dass du weißt, dass er Henri ist. Aber da du ihm offenbar so gut gefallen hast, wird er dir nicht widerstanden haben können. Du solltest also etwas nachsichtig mit den beiden sein und Henri eine Chance geben.«

»Echt jetzt?«, fragte Emma überrascht.
»Ja, im Ernst. Ich glaube, den beiden ist die Angelegenheit ETWAS aus dem Ruder geraten. Ich schätze, da Henri Single ist, dachte sich Benjamin anfangs, das ist DIE Gelegenheit, um so eine tolle Frau wie Melina auszuführen und mal etwas aufregenden Duft der Verführung außerhalb des Ehehafens zu schnuppern - wie ihr euch stets auszudrücken pflegt. Und dann hat sich aber sein Bruder wirklich in Melina verliebt. Sonst wäre er längst weg! Ein Mann in unserem Alter ist nicht einfach nur so Single! Er ist entweder freiheitsliebend und bindungsunfähig oder ein Idiot.«
Nachdenklich starrte ich in meine Teetasse, als wenn mir die Teeblätter die Zukunft voraussagen könnten. Dann blickte ich auf. »Ihr meint also, ich sollte Henri eine Chance geben?«
Emma machte große Augen. Dann deutete sie auf ihren Ehemann. »Till meint das. ICH NICHT. Ich wäre sauer auf die beiden.«
»Komischerweise bin ich nicht sauer. Klar, im ersten Moment war ich echt geschockt. Dann war ich verärgert und nachdem ich etwas abgedampft war, kam die Sehnsucht wieder durch. Ich vermisse Henri!«
»Siehst du, du bist verliebt. Da verzeiht man alles!« Till schnitt eine Grimasse, die wohl an ein Lächeln erinnern sollte.
Emma blickte ihn aus schlitzförmigen Augen an und verschränkte die Arme vor der Brust. »Ach! DAS sagt ja genau der Richtige! Du verzeihst mir also, dass ich einen Vollzeitjob habe und NICHT mehr ausschließlich den Haushalt schmeißen will?«
»Schatz«, Till versah Emma mit einem genervten Seitenblick, »mit uns ist das was anderes. Wir befinden uns be-

reits seit tausend Jahren im Ehehafen. Übrigens ein Hafen, in dem noch alles seine Ordnung hatte, BIS du dir Flausen in den Kopf hast setzen lassen und alles über den Haufen geworfen hast. Nun sind alle Boote im Ehehafen gekentert und keiner weiß mehr, was er machen soll, weil DU in einem anderen Hafen kehren willst.«
Emma schnaufte vor Empörung. »Du Chauvinist! Was redest du für einen Oberblödsinn? Ich kehre doch nicht bei einem anderen Mann! Ich ARBEITE und verdiene GELD. Ich bin nicht fremdgegangen. Was bist du nur für ein verbohrter Lackaffe! Und dich habe ich jahrelang nicht nur in mein Bett gelassen.« Sie wandte sich von ihm ab.
»Wo hast du mich denn noch hingelassen?«, fragte Till perplex.
»In meine Vagina«, antwortete Emma, ohne ihn eines Blickes zu würdigen.
Till verdrehte die Augen. »Wenn es dich beruhigt, ich bin mir sicher, dass WIR beide KEINEN Sex hatten. DU wurdest bestimmt von Aliens ausgetauscht und nun sitzt eine karrieregeile Trulla auf meinem Sofa und gibt vor, in MEINEN Ehehafen zu gehören, obwohl sie eigentlich ein Feind ist.«
Emma klappte der Unterkiefer herunter.
(Zu Recht.
Jetzt war Till wirklich zu weit gegangen.)
Sie klappte ihn wieder zu und stand vom Sofa auf. Dann streckte sie die Hand nach mir aus. »Komm, Süße! Wir haben hier nichts mehr verloren. Willst du mich heiraten?«
Ich lächelte meine älteste und beste Freundin an. »Mit dir gehe ich bis ans Ende der Welt!«

Till stöhnte. »Meine Güte, geht es noch theatralischer? Ich hätte gerne meine Ehefrau zurück, die hier den Haushalt schmeißt und für gutes Essen sorgt, statt ihr Konto mit einem GEHALT aufzufüllen.«
Emma funkelte ihn wütend an. »DIE sitzt leider auf dem Mars und putzt das Haus vom Kriegsgott!« Schnaufend rauschte sie aus dem Wohnzimmer, dann steckte sie noch einmal ihren Kopf durch die Tür. »ICH, die billige, karriengeile Kopie deiner EX-Ehefrau, gehe nun und angele mir einen heißen Polizisten, der es zu schätzen weiß, dass ich arbeiten gehe. Einer, der keine Haussklavin braucht, die ihm die Pantoffeln bringt.«
Mit schreckgeweiteten Augen sprang Till vom Sofa auf. »Ist das dein Ernst? Emma…!«
»Tja, Till, DAS hast du ganz offensichtlich vergeigt. Wenn ich du wäre…«, fing ich an, wurde aber unterbrochen.
»Bist du aber nicht!«
»…würde ich mich GANZ schnell entschuldigen und ihr die Füße küssen, sonst ist dein zerrupfter Hafen keinen Cent mehr wert.« Damit machte auch ich mich vom Acker.
Ich zog mir im Untergeschoss die Schuhe an und begleitete Emma nach draußen.
Till folgte uns NICHT.
»Wo gehe ich jetzt hin?«, fragte Emma mit leichter Verzweiflung.
»Meine Wohnung ist noch nicht eingerichtet, aber…«
Emma wirbelte herum. »Du hast eine Wohnung gefunden? Warum hast du nichts gesagt?«
Ich lächelte. »Ja. Sie ist traumhaft. Aber noch leer. Es steht noch nicht einmal ein Stuhl darin. Ich habe vorgestern unterschrieben.«

»Weißt du was, wir fahren jetzt ins Möbelhaus. Ich habe noch Tills Kreditkarte. Damit kaufen wir uns jeder ein Bett und richten deine Wohnung ein.«
»Mit zwei Betten?«
Emma grinste. »Okay. Ich kaufe ein Sofa und du ein Bett. Dazu noch einen Küchentisch und zwei Stühle. Das Sofa darfst du anschließend behalten. Was meinst du?«
»Super Idee! Ich bin dabei. Aber ich habe kein Auto!«
Emma grinste und wackelte vielsagend mit den Augenbrauen. »Aber ich, Schätzchen. Sogar ein großes. Der Transporter steht in der Garage. Werkzeug ist ebenfalls dort. Das nehmen wir jetzt alles mit.«
»Na, dann wollen wir mal das Möbelhaus leerkaufen. Auf ins Getümmel!«

Harte Nuss

Ich konnte mich nicht erinnern, dass ich schon einmal einer Frau hatte hinterherlaufen müssen. Auch war ich NOCH NIE in die Bredouille gekommen, einer Frau den Hof machen und mir dabei fünf Beine ausreißen zu müssen.
Aber JETZT war alles anders.
Es waren ganze VIER Wochen vergangen, seitdem Melina unser Zwillingsgeheimnis gelüftet hatte. VIER Wochen, in denen ich Blut und Wasser geschwitzt habe und vor Sehnsucht vergangen bin. Ich habe ihr nun schon mehrfach *WhatsApp*-Nachrichten geschickt, sowohl in Schriftform als auch als Sprachnachricht, ich habe ihr Emails geschickt und sogar versucht, sie anzurufen. Aus lauter Verzweiflung habe ich ihr sogar einen handschriftlichen Brief an die Adresse ihrer Mutter geschickt.
Als ich bei Linda schließlich aufschlug, um nun auch die persönliche Begegnung als letzte Möglichkeit zu nutzen, sagte sie mir nur, dass ihre Tochter jetzt eine eigene Wohnung habe. Aber da sie uns nicht ins Handwerk pfuschen wollte, sollte ich die neue Adresse selbst herausfinden.
Wenig hilfreich.
Also beschloss ich, an meinem freien Tag in die Polizeiakademie zu fahren und Melina quasi aufzulauern.

Dabei war ich mir nicht ganz sicher, ob ich mich wie ein Stalker fühlte oder wie ein hoffnungslos verliebter Trottel. Mit beschleunigtem Puls - wie nach einer Sporteinheit - betrat ich die heiligen Hallen der Akademie und lief die Flure entlang, bis ich das Sekretariat fand.
Die Sekretärin war sehr hilfsbereit und schaute gleich nach, wo Melina wann Unterricht hatte und versorgte mich mit einem Lageplan.
»Die Stunde ist gleich vorüber. Wenn Sie sich beeilen, erwischen Sie Frau Klein gleich beim Hörsaal«, rief mir die nette Mittfünfzigerin hinterher.
»Vielen Dank für Ihre Hilfe und einen schönen Tag noch«, ließ ich den Charmebolzen heraushängen.
Es klingelte gerade, als ich den Raum gefunden hatte. Eine Horde zukünftiger Polizisten stürmte an mir vorbei. Ich blickte in den Raum und sah sie am Pult stehen, wo sie gerade ihre Sachen zusammenpackte.
Sie sah bezaubernd aus in ihrer schwarzen Schlaghose und dem blauen Pulli mit ausladenden Ärmeln. Ihre langen, dunkelbraunen Haare hatte sie hochgesteckt und auf dem Kopf saß eine Brille, die ich vorher noch nie gesehen hatte.
»Hallo Melina!«, wagte ich mich vor.
Überrascht blickte sie zur Tür. »Hallo!« Nachdenklich starrte sie mich an und ich sah, dass sie überlegte, wer ich nun war. »Henri oder Benjamin?«
Ich deutete auf meinen fehlenden Bauch und versuchte zu lächeln. »Ich bin Henri.«
»Oh ja, stimmt, der Bauch! Hallo Henri!«
Bildete ich mir das nur ein oder errötete sie gerade?
Ich ging auf sie zu und kam atemlos vor ihr zum Stehen, als hätte ich gerade einen Marathon absolviert.

»Ich weiß, ich habe Mist gebaut, Melina, aber ich habe das nicht getan, um dich zu ärgern oder auszunutzen. Ich habe das gemacht, weil ich...«
Sie zog ihre Augenbrauen hoch und verunsicherte mich. »Ja?«
»...von dir so verzaubert war«, versuchte ich mich vorsichtig auszudrücken.
Melinas Mundwinkel zuckten, dann hatte sie sich wieder im Griff. Schweigend betrachtete sie mich, dabei scannten mich ihre Augen, als sähe sie mich zum ersten Mal. »Es ist ein saudämliches Gefühl, wenn man erfährt, dass man mit einem Mann geschlafen hat, der eigentlich ein anderer war, als er vorgegeben hat zu sein.«
»Ich weiß. Und es tut mir auch echt leid! Ich hatte wirklich nicht vorgehabt, dich zu verführen, solange du von meiner Existenz nichts wusstest.« Ich legte den besten Hundedackelblick auf, den ich aufbringen konnte, aber dagegen schien sie immun zu sein.
»Gut, war es das? Ich muss jetzt leider in den nächsten Hörsaal.«
Ich stöhnte leise. »Nein. Bitte gehe nicht! Ich bitte dich um ein Date. Mit mir - als Henri.«
In ihren Augen blitzte der Schalk auf. »Und wie kann ich dann sicher sein, dass ich dann auch MIT DIR die Gegend unsicher mache oder in der Kiste lande und nicht mit deinem Bruder?«
»Es gibt einen entscheidenden Unterschied zwischen uns beiden...«
(Nun lehnte ich mich ganz besonders weit aus dem Fenster, denn von diesem kleinen, aber feinen Unterschied hatten wir noch NIE jemandem erzählt. Nicht einmal Marie war eingeweiht.)
Melina verschränkte die Arme vor der Brust. »Ich höre!«

Wollte ich unser Geheimnis wirklich preisgeben?
Ich schluckte. »Ein Leberfleck hinter dem rechten Ohr.«
Ich beugte mich vor und klappte meine Ohrmuschel so weit nach vorne, dass sie den kleinen Fleck in Herzform dahinter sehen konnte.
»Und Benjamin hat den nicht?«
Ich schüttelte den Kopf. »Nein. Davon haben wir noch nie jemandem erzählt. Nicht einmal Benjamins Ehefrau kennt den Leberfleck.«
»Und MICH weihst du ein?«, fragte sie ungläubig.
»Aus lauter Verzweiflung.«
»Dann musst du ja sehr verzweifelt sein.« Nun lächelte sie doch.
Ich nickte. »Melina, ich kann dich nicht einfach vergessen. Ich möchte meinen Fehler wieder gutmachen. Bitte gib mir noch eine Chance!«
Melina atmete tief ein. »Nächste Woche habe ich Zeit für ein Date.«
»Wirklich?«
»Ja. Nächstes Wochenende habe ich erst noch die Vereidigung einiger Studierenden, die gerade fertig geworden sind. Ich muss noch meine Wohnung zuende einrichten und ein paar Dinge für die Veranstaltung vorbereiten. Danach habe ich Zeit.«
»Klingt phantastisch.« Ich lächelte zaghaft.
Für den Bruchteil einer Sekunde schien sie mein Lächeln zu genießen, dann riss sie sich von meinem Anblick los und schnappte sich ihre Tasche. »Okay, schön, dass du da warst. Dann bis nächste Woche!«
»Ich freue mich.«
Sie blieb noch einmal stehen. »Ich mich auch.« Ohne ein weiteres Wort rauschte sie aus dem Raum und ließ mich in dem großen Hörsaal zurück.

Mein Herz schlug noch immer viel zu schnell. Ich war vollkommen überwältigt von meinen Gefühlen für sie. Ich war so was von unsterblich in sie verliebt, dass ich beschloss, alles daran zu setzen, sie als Henri von meinen Qualitäten als Mann zu überzeugen.
Aber das Beste an meinem heutigen Ausflug war, dass sie einem Date zugestimmt hatte.

***

»Nach vier endlosen Wochen sehe ich dich zum ersten Mal wieder lächeln«, platzte mein Bruder heraus, als wir uns am nächsten Tag in der Kantine trafen.
Ich rollte die Augen gen Himmel. »Ich habe sie gestern ENDLICH wiedergesehen und um eine zweite Chance gebeten.«
»Und sie hat zugestimmt?«
Wir bezahlten das Essen und suchten uns einen verwaisten Tisch, um ungestört reden zu können.
»Ja, nächste Woche haben wir ein Date.«
»Ich erkenne dich gar nicht wieder, Henri!«, lachte Benjamin leise. »Entwickelst du dich zum Schosshündchen?«
»Gott bewahre, nein!« Entgeistert ließ ich fast mein Tablett fallen. Ich war ein selbstbewusster, unabhängiger Mann. Noch NIE habe ich mich von einer Frau geißeln lassen. »Ich würde mich eher als verliebten Idioten bezeichnen.«
»Du bist VERLIEBT? Immer noch?«, neckte mein Bruder mich. »Obwohl sie dich zappeln lässt? DAS sind ja ganz neue Töne! Willkommen im Land des Glatteises.«
»Das ›*Land des Glatteises*‹? Kommt das gleich vor dem Ehehafen?«, platzte ich heraus.
Wir mussten beide lachen.

»So ungefähr. Wenn man verliebt ist, verändert das plötzlich alles. Man will den anderen festhalten und nie wieder hergeben. Man will mit demjenigen einschlafen und aufwachen, Dinge gemeinsam erleben und sowohl Freude als auch Leid teilen. Und natürlich begibt man sich IMMER wieder aufs Glatteis, denn man weiß nie genau, wie der andere tickt.«
»Ich höre, du sprichst aus Erfahrung.« Ich stöhnte leise.
»Für mich ist das Neuland. Aber die wenigen Wochen mit Melina waren so einzigartig, der Sex mit ihr so anders als mit all den Betthäschen, die ich bisher gehabt habe…« Ich brach ab.
Benjamin grinste. »Natürlich war er anders.«
»Warum ist das ›natürlich‹?«
»Du bist verliebt. Wenn Liebe ins Spiel kommt, ist Sex mehr als nur ein Spiel. Es ist ein Feuerwerk der Gefühle.«
»Sprach der Experte!« Ich führte die Gabel mit den Kartoffeln zum Mund. »Ich muss mir dringend etwas Außergewöhnliches einfallen lassen, um ihr Herz für mich zu gewinnen.«
»Du meinst, Melina ist in Benjamin verliebt und nicht in Henri?«, feixte Benjamin.
»Könntest du bitte mal eine Sekunde lang ernst sein? Du bist ja schon fest im sicheren Ehehafen verankert. ICH aber treffe zum ersten Mal auf eine Frau, die mich länger als drei Dates lang interessiert. Und ausgerechnet DIESE Frau hat sich EIGENTLICH in dich verliebt.«
»Ja. Aber sie ist ja dann mit DIR ausgegangen und in die Kiste gehüpft. Das wäre sie nicht, wenn sie dich abstoßend gefunden hätte«, widersprach mein Bruder.
»Zählt das? Immerhin dachte sie, dass sie mit dir schläft, nicht mit mir!« Ich versuchte, die aufkommende Ver-

zweiflung gemeinsam mit den Kartoffeln hinunterzuschlucken.
Benjamin beugte sich vor und streichelte meinen Arm. »Dann musst du ihr eben beweisen, dass Henri genau so ein toller Hecht ist wie Benjamin.«
Ich blickte meinen Bruder lange an und versuchte ernst zu bleiben. Es gelang mir nicht wirklich. »Du bist unmöglich«, lachte ich schließlich leise. »Und was schlägst du vor? Nächste Woche hat sie die Vereidigung ihrer Studenten. Da wird doch immer musiziert, oder nicht?«
Mit großen Augen starrte Benjamin mich an. »Versuchst du mich gerade zu fragen, ob wir zwei dort eine Musikeinlage hinlegen? Auf einer BÜHNE?«
Unsicher wog ich meinen Kopf hin und her. »DU könntest doch musizieren und ich rede mich um Kopf und Kragen.«
»Du könntest es auch weniger aufwendig lösen oder willst du wirklich vor Hunderten von Leuten eine Liebeserklärung abgeben?« Entgeistert vergaß Benjamin, weiter zu essen.
Ich zuckte mit den Schultern. »Zumindest wäre das eindrucksvoll. Du könntest den Pianisten bestechen und ein, zwei Lieder übernehmen.«
»Für dich würde ich alles tun, Henri. Und wenn es dir mit Melina hilft, bin ich dabei. Was genau willst du machen?«
»Ich könnte mich als Zwilling outen und sie offiziell um ein Date bitten.« Ich grinste bis über beide Ohren, auch wenn ich das Gefühl hatte, auf rohen Eiern zu wandeln. (Vermutlich war das bereits das Terrain des Glatteis-Landes.)
Benjamin pfiff leise durch die Zähne. »Wow! Da muss die Liebe aber besonders groß sein, wenn du so einen Akt auf

dich nehmen willst. Wie willst du das noch toppen, wenn du ihr einen Heiratsantrag machst?«
Heiratsantrag?
Piano, Piano, immer langsam mit den jungen Pferden!
Ich lachte leise. »Ich habe nie gesagt, dass ich in den Hafen der Ehe eintrudeln will. Ich bin mir nicht sicher, ob ein Vertrag wirklich das Richtige ist, um zwei Menschen miteinander zu verbinden oder ob das nicht der Sexkiller schlechthin ist.«
»Na gut, ich frage dich in ein paar Monaten oder Jahren noch einmal«, winkte Benjamin ab. »Vielleicht, wenn dein erster Spross unterwegs ist.«
»Du hattest doch einen Freund in der Akademie«, lenkte ich vom Thema ›*Ehe*‹ und ›*Familienplanung*‹ ab. »Könntest du nicht nachfragen, ob so eine kleine Einlage erlaubt ist?«
»Du stellst dir das aber einfach vor! Das ist eine Behörde. Geht deine Bitte um ein Date nicht auch ETWAS weniger spektakulär?«, fragte mein Bruder fast ein wenig hoffnungsvoll.
»Meinst du, es würde sie beeindrucken, wenn ich ihr einen echten Brief schreibe?«
»Ja, zum Beispiel.«
»Das habe ich bereits versucht. Ohne Erfolg. Soll ich mit Blumen vor ihrer Haustür stehen?«
»Nee, das ist ätzend.«
»Ich kenne ihre neue Adresse auch gar nicht. Ach Ben, ich habe einfach das Gefühl, dass ich ganz schön was verbockt habe. Wenn ich nicht mit ihr geschlafen hätte, wäre es sicherlich unspektakulärer gegangen, aber ich habe sie ja gleich an zwei Wochenenden vernascht. DAS bedarf etwas mehr Aufwand, um sie gnädig zu stimmen, befürchte ich.« Seufzend fuhr ich mir durchs Haar.

»In Ordnung. Ich helfe dir. Schließlich bin ich an dem Schlamassel nicht ganz unschuldig.«
Dankbar lächelte ich Benjamin an.

Mann oder Job?

Vier Wochen war es nun schon her, dass ich Henri und Benjamin gesehen hatte. Vier Wochen, in denen ich allerhand mit der Korrektur der Abschlussarbeiten meiner Studenten zu tun hatte und noch dazu eine kreuzunglückliche Freundin in meiner noch viel zu leeren Wohnung beherbergte, dessen Mann nicht einlenken wollte, solange sie nicht als Hausfrau zurückkehrte.
Emma tat mir leid!
Sie hatte sich all die Jahre für ihre Familie aufgeopfert und nun, wo sie EINMAL an sich dachte und ARBEITEN ging (NICHT Party feierte oder fremdpimperte), wurde sie wie ein altes Handtuch aussortiert.
Ich hatte versucht, mit Till zu reden, aber der alte Chauvinist beharrte tatsächlich auf dem Standpunkt, dass seine Ehefrau den Haushalt zu schmeißen und Essen zu kochen hatte für den hart schuftenden Göttergatten.
Von Benjamin hatte ich nichts mehr gehört. Er hielt sich dezent zurück, während Henri, sein Bruder, keine Gelegenheit unversucht ließ, mich zu einem Treffen zu bewegen.
Ich war mir nicht sicher, warum ich zögerte, denn er ließ mein Herz genau so höher schlagen wie Benjamin. Und wenn ich ehrlich war, war mir auch kein wirklicher Unterschied zwischen den beiden aufgefallen.

(Außer, dass Benjamin etwas mehr Bauch hatte und gesprächiger war.)
Ich nahm mir trotzdem vor, Henri nicht länger zappeln zu lassen, denn ich konnte ihn nicht nur NICHT vergessen, ich war unsterblich in ihn verliebt.
»Nun lass ihn nicht länger zappeln, Melina!«, redete Emma auch an diesem Morgen wieder auf mich ein. »Sieh mich an! Ich habe damals die falsche Wahl getroffen. Ich fand es total bequem, dass ich Till nur den Haushalt führen, Essen kochen und die Kinder betüddeln musste, während ER das große Geld nach Hause brachte. HEUTE zahle ich den Lohn dafür! Er will mich nur zurückhaben, wenn ich meinen Job im Schreibpool aufgebe, obwohl mir das wirklich Spaß macht.«
»Gib ihn nicht auf!«
»Was? Meinen Mann oder meinen Job?« Emma grinste und biss in ihr Toast.
»Den Job. Männer gibt es wie Sand am Meer. Vor allem Männer, die KEIN Hausmütterchen haben wollen. Ist ja nicht so, dass du nun zur Karrierefrau mutiert bist. Du arbeitest lediglich im Schreibpool und kandidierst nicht gleich für den Posten der Bundeskanzlerin.« Ich wackelte mit den Augenbrauen und steckte mir eine vorwitzige Locke hoch, um mein Schokoladenbrot essen zu können.
»So, wir müssen jetzt los!«
»Bin abfahrbereit.«
Nachdem Emma mich an der Polizeiakademie abgesetzt hatte, ging ich zum Unterricht. Das Ausbildungsjahr war nun fast rum. Und einen Teil meiner Studenten würde ich nächste Woche verabschieden.
Als es nach dem ersten Unterrichtsblock klingelte, packte ich meine Sachen und wollte mich gerade auf den Weg

machen, als Henri - oder Benjamin - plötzlich im Türrahmen auftauchte.
»Hallo Melina!«
»Hallo!« Ich musterte Monsieur Supersüß-Müller und überlegte, wer von beiden vor mir stand.
(Er war zwar schlank, aber Benjamin hatte ja abspecken wollen.)
»Henri«, half mir Mr Noch-immer-Perfekt aus.
»Hallo Henri!« Ich spürte, wie meine Wangen heiß wurden und mein Herzschlag rasant zunahm. Er löste in mir noch immer eine Woge der Begeisterung aus, wenn ich ihn nur sah.
Zielstrebig steuerte er meinen Schreibtisch an und kam ohne Umschweife zum Punkt. »Ich weiß, ich habe Mist gebaut, Melina, aber ich habe das nicht getan, um dich zu ärgern oder auszunutzen. Ich habe das gemacht, weil ich…«
Naaaa, was würde jetzt kommen?
Eine Liebeserklärung von Mr Dauer-Single?
War er wirklich bereit, sich SO weit aus dem Fenster zu lehnen?
»…von dir so verzaubert war«, drückte er sich vorsichtig aus.
Ich schmunzelte innerlich und bemerkte den leichten Schweißfilm auf seiner Stirn.
ER war NERVÖS?
Ein gutes Zeichen, wie ich fand.
Ich blickte ihm in die Augen. Sie waren noch immer so traumhaft schön und erinnerten mich gleich an unsere erste Begegnung.
(Auch wenn ich zu dem Zeitpunkt eigentlich Benjamin getroffen hatte. Aber die Augen der Zwillinge waren ja quasi identisch und damit gleichermaßen schön.)

Und dann tauchten wieder die Bilder in meinem Kopf auf von unseren wirklich heißen Nächten in seiner sogenannten Löwenhöhle.

Und plötzlich spürte ich wieder diese Mischung aus Scham und Lust - Scham, weil ich nicht gemerkt hatte, dass ich mit einem anderen Mann im Bett war, der in Wahrheit der eineiige Zwilling von Benjamin war, und Lust, nun ja, weil er in mir eine ungeahnte Leidenschaft geweckt hatte, die ich von mir bis dato nicht gekannt hatte.

»Es ist ein saudämliches Gefühl, wenn man erfährt, dass man mit einem Mann geschlafen hat, der eigentlich ein anderer ist, als er vorgegeben hat zu sein.«

»Ich weiß. Und es tut mir auch wirklich leid!«

Ich wusste, er meinte es bierernst.

Ich sah die Zeiger der Wanduhr unaufhaltsam ticken.

Ich musste los, denn ich hatte nur eine kurze Pause.

»Gut. Ich muss jetzt leider in den nächsten Hörsaal.«

Henri stöhnte leise. »Bitte gehe noch nicht! Ich bitte dich um ein Date. Mit mir - als Henri.«

»Und wie kann ich dann sicher sein, dass ich dann auch mit dir die Gegend unsicher mache oder in der Kiste lande und nicht mit deinem Bruder?«

»Es gibt einen entscheidenden Unterschied zwischen uns beiden…«

Ich sah ihm an, dass es ihm SEHR schwer fiel, sein Geheimnis preiszugeben. Aber natürlich war ich absolut neugierig, zu wissen, wie man die beiden Zwillinge auseinanderhalten konnte.

Ich verschränkte die Arme vor der Brust. »Ich höre!«

»Ein Leberfleck hinter dem rechten Ohr.« Henri beugte sich vor und klappte seine Ohrmuschel nach vorne, so

dass ich den kleinen Fleck dahinter sehen konnte. Es war ein kleines, braunes Herz.
(Total süß - wie alles an ihm!)
»Und Benjamin hat den nicht?«
Henri schüttelte den Kopf. »Nein. Davon haben wir noch NIE jemandem erzählt. Nicht einmal Benjamins Ehefrau weiß davon.«
»Und mich weihst du ein?«, fragte ich ungläubig.
Ich bezweifelte, dass ich zukünftig immer hinter sein Ohr gucken würde. Dennoch entlockte mir diese Vorstellung ein leichtes Grinsen.
»Aus lauter Verzweiflung.«
»Dann musst du ja sehr verzweifelt sein.«
Henri nickte. »Melina, ich kann dich nicht einfach vergessen. Ich möchte meinen Fehler wieder gutmachen. Bitte gib mir noch eine Chance!«
Ich konnte - und wollte - ihn auch nicht vergessen!
Er war toll - egal, ob er nun Benjamin oder Henri hieß.
Und wenn ich ganz ehrlich zu mir war, musste ich zugeben, dass es mir sogar sehr recht war, dass er Henri und Single war und nicht der verheiratete Benjamin.
Ich atmete tief ein. »Nächste Woche habe ich Zeit für ein Date.«
»Wirklich?«
»Ja. Nächstes Wochenende habe ich erst noch die Vereidigung einiger Studierenden, die gerade fertig geworden sind. Danach habe ich Zeit.«
»Gut. Das ist toll!« Henri lächelte sein Prinz-Charming-Lächeln, das meine Knie weich werden ließ. Ich himmelte ihn noch immer an und konnte es gar nicht erwarten, wieder mit ihm auszugehen. ABER das musste ich ihm ja nicht gleich auf die Zwillingsnase binden.

Seufzend riss ich mich von seinem Anblick los und schnappte meine Tasche. »Gut. Dann bis nächste Woche!« Ich wollte ihm noch etwas Nettes sagen, aber ich wusste nicht, was, also hob ich nur kurz die Hand.
»Ich freue mich.«
»Ich mich auch.«
Mit einem beschwingten Herzen und ungewöhnlich leichtfüßig schwebte ich aus dem Raum zur nächsten Unterrichtsstunde.
Den Rest des Tages erlebte ich wie im Traum.
Ich saß auf Wolke Sieben und weigerte mich, diese wieder zu verlassen.
Es war exakt vier Wochen her, dass ich beide Zwillinge getroffen hatte und trotzdem löste Henri noch immer eine Welle der Gefühle in mir aus.
Ich war so unsterblich in ihn verliebt, dass es mir schwer fiel, noch bis nächste Woche auf ein Date zu warten.
Aber allzu leicht wollte ich es ihm auch nicht machen.
Also musste ich wohl oder übel durchhalten.

***

Ich zählte die Tage, ach, was sagte ich, ich zählte die Stunden, bis endlich die Vereidigungsfeier herangenaht war und ich nur noch 72 bis 120 Stunden auf ein Date mit Henri warten musste.
Ich schlüpfte in mein bestes Kostüm, steckte mir die Haare zur Hälfte hoch und drehte mir den Rest meiner Haarpracht über einen Lockenstab auf.
»Du siehst umwerfend aus, Melina!«, lobte Emma.
»Komm doch mit, Süße! Sonst bläst du hier noch mehr Trübsal«, versuchte ich meine beste Freundin zum wiederholten Male zu überreden, mich zur Feier zu begleiten.

»Du brauchst doch nur einen Chauffeur für dein schickes Outfit«, witzelte Emma mit Blick auf draußen.
Es regnete in Strömen.
Ich seufzte. »Ich besitze einen Regenschirm. Und in der Bahn ist es trocken. Ich habe also in erster Linie an dein Gemüt gedacht. Also, was ist? Kommst du mit? Wir könnten danach noch irgendwo essen gehen. Vielleicht sogar mit ein paar heißen Kollegen?«
»In Uniform?«, fragte Emma und wackelte mit den Augenbrauen.
Ich musste lachen. »Vor mir aus auch mit uniformierten Kollegen, sofern sie Zeit haben.«
Emma stand auf. »Du denkst doch trotzdem nur an deinen Arzt! Aber sei es drum, danke für dein tolles Angebot!«
»Natürlich denke ich den lieben langen Tag nur an Henri«, gab ich seufzend zu, »und ich bin heilfroh, dass unser Date immer näherrückt. Trotzdem würde ich dir zu einem Date verhelfen.«
»In Ordnung, ich begleite dich. Gib mir zehn Minuten!«
Emma sprintete ins Bad, legte Schminke auf und zog sich in Windeseile ein schickes Kleid an. Ihre roten Locken saßen wie immer perfekt, als sie exakt zehn Minuten später abfahrbereit in der Küche stand.
»Wow, pünktlich wie die Maurer! Super siehst du aus! Was für ein umwerfendes Kleid! Die Männer werden dir zu Füßen liegen«, lobte ich meine Freundin.
Emma zwinkerte mir zu. »Schön, freut mich, wenn es dir gefällt. Dann lass uns fahren!«
Im Nu waren wir in der Aula der Polizeiakademie. Normalerweise fanden die Festakte im Rathaus statt, aber das war heute wegen irgendeiner Delegation aus dem Ausland besetzt. Auf der Bühne stand bereits ein Flügel, alles war festlich mit Blumen dekoriert. Die Abschlussklasse der

Schutzpolizei saß bereits in ihren schnieken Polizeiuniformen in den ersten Reihen, während meine Studienklasse für die Kriminalpolizei in Anzug, Schlips oder Festkleid aufwartete.

Ich begrüßte hier und dort einige Leute und stellte Emma auch gleich als meine Freundin vor.

Und wie immer bemerkten die Leute, dass wir ein recht ungleiches Paar waren. Während Emma feuerrote Locken und VIELE Sommersprossen hatte und in ihrem Kleid aussah wie eine russische Prinzessin, wirkte ich eher wie das aussortierte Schneewittchen, das quasi inkognito in schnödem grauen Rock und Blazer mit blauem Hemd unerkannt umherwandern musste, um nicht von der bösen Stiefmutter eingefangen zu werden.

Ich nahm mit Emma in den mittleren Reihen Platz und musste glatt schmunzeln, als sich bereits die ersten paarungswilligen Kollegen neben uns setzten und Emma in ein Gespräch verwickelten.

Ich freute mich für sie.

Emma hatte es dringend nötig, von ECHTEN Männern umgarnt und nicht nur von ihrem verstaubten Mann aus dem vorletzten Jahrhundert durch die Gegend geschubst zu werden.

Es wurden vorne bereits die ersten Reden geschwungen und der Pianist schlug kräftig in die Tasten. Nach einer halben Stunde wurde ich auf die Bühne gerufen und ließ Emma leichten Herzens zurück. Die Chemie zwischen ihr und ihrem Sitznachbarn schien derart gut zu passen, dass ich ohnehin überflüssig war.

Mit leichter Nervosität schritt ich an den vielen Gästen vorbei und platzierte mich hinter dem Rednerpult, als der Pianist plötzlich leise aufjaulte. Er hielt sich die Nase, die heftig zu bluten schien.

Unsere Sekretärin überreichte dem armen Mann ein paar Servietten, doch die schienen nicht auszureichen.
»Ist ein Arzt anwesend?«, rief ein Kollege aus der ersten Reihe.
Ganz hinten stand ein Mann im schwarzen Smoking und leuchtend blauem Hemd auf und hob eine Hand.
Mir klappte der Unterkiefer herunter.
Das war doch einer der Müller-Zwillinge!
Ich verengte die Augen und versuchte auszumachen, ob er einen Bauch hatte oder eher schlank war.
Mein Kollege winkte Doktor Müller nach vorne zum Pianisten.
»Hi!«, sagte er leise in meine Richtung.
Ich lächelte, meine Stimmbänder versagten gerade.
Während Mr Unwiderstehlich also an mir vorüberschritt und mir TIEF in die Augen blickte, wischte ich mir die feuchten Hände am Rock ab.
Mir schlug das Herz bis zum Hals.
Doktor Love öffnete sein Jackett. Ich inspizierte ihn, aber ich konnte nicht ausmachen, ob er einen Bauch hatte.
Der Pianist wurde verarztet, musste jedoch seinen Platz vorerst verlassen, damit sein Nasenbluten gestoppt werden konnte. Doktor Herzensbrecher begleitete ihn und so startete ich erst einmal mit meiner Rede. Ich hatte jedoch kaum drei Sätze von mir gegeben, als einer meiner Lieblingszwillinge zurückkam und sich an den Flügel setzte.
Ich war so perplex, dass ich aufhörte zu reden.
Was ging hier eigentlich vor sich?
Ich konnte mich kaum noch konzentrieren und stammelte meine Rede mehr, als dass ich sie ordentlich vortrug. Als ich ENDLICH fertig war, haute Doktor Piano in die Tasten und sang, dass mir das Herz aufging.

Ich wusste, es musste Benjamin sein, denn Henri würde NIEMALS auf eine Bühne gehen, vor der mehrere Hundert Gäste saßen.
Doch ich hatte nicht mit der Entschlossenheit von Henri gerechnet, die ihn offenbar jegliches Lampenfieber wegzauberte, denn plötzlich seilten sich ein paar uniformierte Spezialeinsatzkräfte von der Decke ab.
Meine Augen wurden immer größer.
SO ETWAS hatte es noch bei keiner Vereidigung gegeben und ich war ein gefühltes Jahrhundert an dieser Fachhochschule. Drei der SEK-Mitarbeiter traten an den Rand der Bühne, während sich einer von ihnen unverhofft entkleidete.
Natürlich war er unter seinem Overall NICHT nackt. Er trug einen Smoking und ein leuchtend blaues Hemd. Galant warf er die Uniform an den Rand der Bühne, nahm den Helm ab und setzte sich seine Brille auf.
»Henri?«
»Ja. Hi!« Seine Augen strahlten mich an.
Mein Herz machte einen verräterischen Freudensprung.
Ein Raunen ging durch die Zuschauerreihen, als man spitzkriegte, dass es sich beim Pianisten und dem Abgeseilten um zwei identisch aussehende Männer handelte.
Henri befestigte ein Headset an seinem Ohr und sprach über die Lautsprecherboxen. »Guten Tag die Herrschaften! Sie wundern sich sicherlich über diese Sondereinlage. Ich darf mich kurz vorstellen. Ich bin Dr. Henri Müller. Der Zwillingsbruder des kurzfristig eingesprungenen Pianisten, Dr. Benjamin Müller.«
Einige der Anwesenden kicherten leise.
»Wie man an unserer enormen Ähnlichkeit unschwer erkennen kann, sind wir eineiige Zwillinge und das ist leider nicht immer ein Grund zum Schmunzeln.« Er machte

eine bedeutungsschwangere Pause. »Es kann auch zu Problemen und Verwechslungen führen, die zu Kindertagen amüsant sind, aber dann im späteren Leben ganz schöne Fettnäpfchen bereithalten können.« Henri holte tief Luft und warf mir einen spitzbübisch lächelnden Blick zu, der mich heftig erröten ließ. Und just in diesem Moment wurde mir wieder einmal klar, dass an mir KEINE Schauspielerin verloren gegangen war. Auch als V-Mann eignete ich mich NICHT, denn ich war noch schlechter im Verbergen meiner Gefühle als im Lügen.
»So kam es denn, dass mein Bruder Benjamin«, Henri deutete zum Klavier und sein Zwilling hob lächelnd eine Hand zum Gruß, »Schneewittchen traf.«
Nun deutete er zu mir.
Alle blickten neugierig zu mir.
Mir wurde elendig heiß und eine leichte Übelkeit machte sich in meinem Magen breit.
Henri lachte leise. »Ja, sie vermuten richtig. Die Rede ist von der wunderschönen Strafrechtsdozentin, Melina Klein, deren Haar wie Ebenholz glänzt, deren Haut so weiß ist wie Schnee und deren Lippen…nun ja, Sie kennen ja sicherlich alle das Märchen von Schneewittchen.«
Henri erntete ein paar Lacher, während ich mich gerne im nächsten Mauseloch verkrochen hätte.
»Wie Sie sich sicherlich schon denken können, stimmte die Chemie zwischen meinem Bruder und unserem Schneewittchen und als ICH dann auch noch ins Spiel kam und vollkommen verzaubert war, war das Chaos quasi vorprogrammiert. Statt mich als Zwilling zu outen, war ich feige und führte unser Schneewittchen sozusagen an der Nase herum. DAS möchte ich wieder gutmachen.«
Henri lief in meine Richtung und fiel zu meinem Schrecken vor mir auf die Knie.

Einige der Zuschauer johlten - vor allem meine Studierenden.

(Ich glaube, meine Gesichtsfarbe war nun alles andere als weiß wie Schnee!)

»Liebste Melina, ich bitte dich hier in aller Öffentlichkeit um Verzeihung, dass ich dir nicht gleich von Anfang an gesagt habe, dass ich Henri und nicht Benjamin bin! Ich versichere dir hoch und heilig, dass das NIE wieder vorkommen wird. Ich gestehe, ich bin unsterblich in dich verliebt...«

Einige junge Männer im Publikum pfiffen und johlten, anderen klatschten Beifall.

Mir entlockte das ein fettes Grinsen.

Ich blickte Henri in die Augen und wusste, ich wollte diesen Mann mehr als alles andere.

»Bitte geh mit mir aus!«

Was wie ein Heiratsantrag verpackt war, war die schönste Einladung zu einem Date, die ich je bekommen hatte.

Ich brachte es daher nicht übers Herz, Henri auch nur eine Sekunde länger als nötig zappeln zu lassen.

»Könntest du bitte aufstehen?«, flehte ich ihn leise an.

Henri lächelte und erhob sich.

Just in dem Moment flog ich ihm um den Hals und verpasste ihm den intensivsten Kuss, den man vor etwa hundert heißspornigen Studierenden und noch dreimal so vielen Gästen geben konnte.

Das Publikum tobte.

(Aber das bekam ich gar nicht mehr mit.

Ich war so hingerissen von dem Mann in meinen Armen, dass ich den Liebestunnelblick eingenommen hatte und nichts weiter um mich herum mehr wahrnahm.)

»Heute noch?«, fragte ich Henri schließlich.

»Jeden Tag, wenn du magst«, erwiderte mein Lieblingszwilling.

»Und ob ich das mag!« Ich versiegelte meine Aussage mit einem weiteren Kuss und erntete erneuten Beifall. Dann sahen wir zu, dass wir winkend von der Bühne schwebten mit dem wohl breitesten Grinsen, das man je in diesen heiligen Hallen zu sehen bekommen hatte.

Schwein gehabt

Mir ging die Muffe!
Wollte ich wirklich wie ein SEK-Mitarbeiter in Uniform von der Decke gleiten und meine Auserkorene zu einem Date überreden? War ich sicher, dass ich mich vor Hunderten von Zuschauern blamieren wollte?
»Na, Bruderherz, du bist so blass! Hast du Bedenken?«, fragte Benjamin bei meinem Anblick.
Ich schaute in den Spiegel. »Ich sehe wirklich blass aus. Vielleicht bin ich krank.«
Benjamin lachte. »Ich würde eher sagen, du hast Lampenfieber.«
»Siehst du, und genau darum stehst DU auf den Bühnen dieser Welt und ICH bin einfach nur Arzt. Ich bin echt nicht fürs Rampenlicht geschaffen.«
»Nun gib dir einen Ruck! Schließlich hast du, nein, WIR haben ganz schön was vermasselt. Es wird Zeit, dass wir das ausbaden.«
Ich holte noch einmal tief Luft, dann sah ich meinem Bruder hinterher, der in die Aula ging, um den Pianisten, der zum Schein von heftigen Nasenbluten geplagt werden wird, zu ersetzen. Ich ging unterdessen, wie mit dem alten Schulfreund von Benjamin abgesprochen, zu einem kleinen Team vom Sondereinsatzkommando und warf mich dort in den Overall.

Wir warteten (un)geduldig auf ein Zeichen, dann ging es los. Über eine Spezialklappe in der Auladecke fixierten wir unsere Kletterseile und überprüften noch einmal den Seilverlauf des Abseilachters, der kleinen Öse, durch die wir mit einer bestimmten Knotentechnik das Abseilen gebremst vornehmen konnten. Dann seilten wir uns auf ein Kommando zum Boden ab.

Ich hatte wahnsinnige Herzklopfen.

(Von der Scham, die langsam in mir hochkroch beim Anblick der vielen Menschen ganz zu Schweigen!)

Während sich Benjamins Freund mit seinem Team zurückzog, stand ich nun neben dem Flügel, an dem mein Bruder saß und blickte auf Melina, die sprachlos am Rednerpult stand.

Eilig schlüpfte ich aus dem Overall und stand nun in feinem Zwirn auf der Bühne. Ich riss mir den Helm vom Kopf, kramte meine Brille hervor und setzte sie auf die Nase.

»Hi!«, sagte ich leise zu Melina.

Nun schienen die Zuschauer zu bemerken, dass Benjamin und ich nicht nur identische Kleidung trugen, sondern auch noch haargenau gleich aussahen.

Ein erstauntes Raunen ging durch die Zuschauerreihen, welches ich schon oft in meinem Leben hatte erleben dürfen. Und doch freute es mich immer wieder diebisch.

Ich befestigte ein Headset an meinem Ohr und sprach über die Lautsprecherboxen. »Guten Tag die Herrschaften! Sie wundern sich sicherlich über diese Sondereinlage. Ich darf mich kurz vorstellen. Ich bin Dr. Henri Müller. Der Zwillingsbruder des kurzfristig eingesprungenen Pianisten, Dr. Benjamin Müller.«

Einige der Anwesenden lachten leise, andere schmunzelten nur schweigend.

Ich sagte brav meinen gelernten Text auf und schritt dann auf Melina zu. Kurz vor ihr blieb ich stehen und kniete mich vor ihr nieder, als wollte ich ihr einen Heiratsantrag machen.
Einige der Zuschauer johlten - vor allem die Studenten.
»Liebste Melina, ich bitte dich hier in aller Öffentlichkeit um Verzeihung, dass ich dir nicht gleich von Anfang an gesagt habe, dass ich Henri und nicht Benjamin bin! Ich versichere dir hoch und heilig, dass das NIE wieder vorkommen wird. Ich gestehe, ich bin unsterblich in dich verliebt...«
Einige junge Männer im Publikum pfiffen und johlten, anderen klatschten Beifall.
Melina musste nun doch lächeln, obwohl ich ihr ansah, dass sie schwer bemüht war, es nicht zu tun.
»Bitte geh mit mir aus!«
»Könntest du bitte aufstehen?«, flehte Melina leise.
Ich zögerte nicht lange und erhob mich lächelnd.
Just in dem Moment flog Melina mir um den Hals und verpasste mir den intensivsten Kuss, den man vor etwa hundert heißspornigen Studenten und noch dreimal so vielen Gästen wohl geben konnte.
Das Publikum tobte.
Melina löste sich von mir und blickte mir tief in die Augen. »Heute noch? Gehen wir heute noch miteinander aus?«, fragte sie mich schließlich.
»Jeden Tag, wenn du magst«, erwiderte ich. Mir flog ein ganzes Gebirge vom Herzen. Ich konnte gar nicht sagen, WIE erleichtert ich war.
»Und ob ich das mag!« Sie versiegelte ihre Aussage mit einem weiteren Kuss und erntete erneuten Beifall. Dann winkten wir noch einmal ins Publikum und nahmen die Beine in die Hand. Wir flitzten an den Rand des Raumes,

wo Melina mir noch einmal um den Hals flog. Sie gab mir einen schnellen Kuss und hob einen Zeigefinger. »Bewege dich NICHT von der Stelle! Ich muss noch eben die Vereidigung mit begleiten. Dann habe ich den Rest des Tages frei.«
»Versprochen! Ich werde mich keinen einzigen Millimeter wegbewegen«, erwiderte ich grinsend. »Aber vergiss bitte nicht, mich hier auch wieder abzuholen!«
»Nein, nein. Wie könnte ich dich vergessen?«
Benjamin saß noch immer tapfer am Klavier und haute ein letztes Mal in die Tasten.
Dann kam es endlich zum Festakt.
Ich hörte weder zu, noch waren meine Augen auf die Zeremonie, die auf der Bühne stattfand, gerichtet. Ich war nur darauf bedacht, Melina nicht mehr aus den Augen zu verlieren und atmete auf, als sie endlich wieder vor mir stand, meine Hand ergriff und mich zum Auto zog.
»Fahren wir zu dir oder zu mir?«, fragte sie neckisch grinsend.
»Ohoooo! Du lädst mich in deine neue Wohnung ein?«
Melina nickte. »Ja. Allerdings teile ich sie mir momentan noch mit Emma. Und ich glaube, das wird auch noch ein Weilchen dauern, bis ihr verbohrter Ehemann endlich einlenkt. Falls er nochmal einlenkt. Oder falls sie überhaupt noch will, dass er einlenkt.« Atemlos brach sie ab.
»Der wird nicht mehr einlenken«, ertönte eine Stimme hinter uns.
Eine Frau mit lustigen, roten Springlocken kam auf uns zugelaufen und gab Melina einen Kuss auf die Wange. Im Schlepptau hatte sie einen Polizisten. »Brauchst du deine Wohnung dieses Wochenende?« Sie wackelte mit den Augenbrauen.

Melina lachte leise. Dann blickte sie hilflos zu mir. »Das kommt ganz darauf an, ob ich ein ganzes Wochenende in der Höhle des Löwen verbringen darf.«
Ich deutete erneut einen Kniefall an und ergriff Melinas Hand. »Dürfen? Gott, es wäre mir eine EHRE, Schneewittchen auf mein Schloss zu entführen! Und das ein ganzes Wochenende lang? Wahnsinn!«
»Großartig!« Melina legte ihrer Freundin einen Arm um die Schultern. »Emma, darf ich dir zuerst noch Henri vorstellen?«
Emma reichte mir die Hand. »Freut mich sehr, dich kennenzulernen, Henri. Zeig mir mal bitte dein rechtes Ohr!«
Ich lachte laut auf und beugte den Kopf vor.
(Melina hatte offenbar mein Obergeheimnis preisgegeben. Nun ja, wenn ich ehrlich war, waren wir ohnehin zu alt für Zwillingsspielchen.)
»Was ist das denn? Ein Ohrencheck?«, hörte ich meinen Bruder rufen.
Ich zuckte entschuldigend mit den Schultern. »Sorry, Ben! Ich musste unser Geheimnis preisgeben, sonst hätte ich das Vertrauen von Melina NIE zurückgewonnen.«
»Nun gut, dann will ich mal ein Auge zudrücken«, sagte Benjamin lachend. »Aber Marie werde ich trotzdem nichts verraten.«
»Nun«, wandte Emma ein, »niemand spricht davon, dass wir euch Vertrauen schenken. Schließlich werden wir euch die nächsten Wochen und Monate ständig am Ohr kontrollieren.«
Benjamin kam zu uns rüber.
»Mann, ihr seht euch aber auch ähnlich! Unfassbar!«, platzte Emma heraus, als die Zwillinge nebeneinander standen. »Und nun möchten wir natürlich auch noch das

rechte Ohr von Benjamin sehen.« Sie stutzte. »Du bist doch Benjamin, oder gibt es noch einen Drilling?«
Benjamin und ich platzten fast vor Lachen. Schließlich schüttelten wir die Köpfe und Benjamin zeigte sein rechtes Ohr, hinter dem sich KEIN Leberfleck befand.
Melina pustete erschrocken die Backen auf. »Drillinge?«
Ich nahm sie in den Arm. »Nein, um Himmels Willen! Es gibt wirklich nur uns zwei.«
Melina schmiegte sich an meine Brust. »Da bin ich aber beruhigt. Drillinge wären jetzt echt zu viel für mich gewesen.«
Emma beugte sich vor und gab Melina einen schnellen Kuss auf die Wange. »Wir sehen uns dann am Montag?«
»Ja«, erwiderte Melina. »Allerdings brauche ich noch ein paar Klamotten aus meiner Wohnung. Die hole ich am besten gleich heraus, damit ich nicht ungewollt in irgendwelche misslichen Situationen platze.«
»Sehr gute Idee, mein Schatz! Hätte von mir sein können.« Emma winkte und rauschte mit ihrem Polizisten davon, während wir in mein Auto einstiegen und zu Melinas Wohnung fuhren. Dort holte sie ein paar Klamotten heraus sowie ihre Zahnbürste.
Dann ging es endlich in meine ›*Höhle*‹.

***

»Ich habe dich noch NIE so glücklich gesehen, Bruderherz!«, sagte Benjamin, während er mich umarmte.
Ich klopfte ihm auf den Rücken. »Das muss wohl daran liegen, dass ich auch noch nie so glücklich war, Ben! Und ich bin schon SEIT SECHS Monaten mit ein und derselben Frau zusammen. Wir wollen sogar zusammenziehen.«
»Unglaublich! Wer hätte gedacht, dass du dich mal ins Land des Glatteises begeben würdest!«

Wir lächelten uns an.
Ich war heute zum ersten Mal zu Benjamins Musiksession mitgekommen und hatte natürlich Melina mitgebracht.
Marie war auch da.
Ich begrüßte meine Schwägerin und stellte ihr Melina offiziell als meine Freundin vor.
Diese errötete zwar leicht, hielt aber tapfer durch.
Ich wusste, dass sie sich ein wenig schämte, weil sie auch Benjamin geküsst hatte, aber wir hatten vereinbart, dass das unser Geheimnis bleiben sollte.
»Gott, ich kann euch echt nicht auseinanderhalten«, beschwerte sich Melinas Mutter.
»Jetzt haben auch beide keinen Bauch mehr«, warf Melina ein.
»Du bist Henri, oder?«, hakte Linda noch einmal nach.
»Hallo Linda! Ja, bin ich. Mein Bruder springt da vorne herum und bereitet seinen Auftritt am Klavier vor.«
»Dann singst du also nicht?«, fragte Linda und zwinkerte ihrer Tochter zu.
Melina beugte sich vor und gab ihrer Mutter einen Kuss.
»Vielleicht irgendwann mal. Heute bin ich nur Zuhörer«, redete ich mich heraus.
Melina schlüpfte mit ihrer zarten Hand in meine Pranke und drückte sie ganz fest. »Wegen mir musst du dich nicht wieder auf eine Bühne begeben. Ich zehre noch vom ersten Mal.«
Linda seufzte. »Na, wenn ich euch so ansehe, dann brauche ich ja zu meinem Glück nicht mehr allzu lange auf die ersten Enkelkinder warten. Ihr zwei seid ja so was von verliebt! Beneidenswert!«
»Mama!« Melina verdrehte die Augen.
Ich legte meinem zauberhaften Schneewittchen einen Arm um die Schultern und hauchte ihr ins Ohr: »Ich finde, dei-

ne Mutter hat Recht und wir sollten wirklich darüber nachdenken.«
Verwundert blickte Melina zu mir auf. »Worüber?«
»Über Kinder.« Ich blickte grinsend von oben auf sie herab und sah, wie es in ihrem Oberstübchen arbeitete.
»Wirklich?«
»Ja.«
Auf Melinas Wangen legte sich ein leichter roter Farbton, während sie immer breiter lächelte. »Das wäre phantastisch!«
Ich zog sie in meine Arme. »Wollen wir gleich loslegen? Wir könnten auch die Session schwänzen!«
Melina gluckste leise. Dann räusperte sie sich. »Nein, wir verlegen das auf heute Abend. JETZT haben wir deinem Bruder versprochen, ihn bei seinem Auftritt zu unterstützen.«
»Du willst ihn doch nur anhimmeln«, neckte ich sie.
Melina lachte leise. »Genau. Ich liebe es, wenn Benjamin singt.«
Wir steuerten auf unsere Sitzplätze zu.
»Ich sitze allerdings rechts von dir«, beharrte Melina und deutete auf mein Ohr. »Nur zur Sicherheit.«
Ich grinste und verdrehte die Augen zur Decke. »Glaubst du ernsthaft, ich tausche HEUTE mit Benjamin, wo mir ein zukunftsträchtiger Abend winkt? Niemals!«
Melina zögerte mit ihrer Antwort. »Merkwürdig nur, dass ihr heute exakt dasselbe Outfit anhabt.«
»Reiner Zufall!«, behauptete ich.
(Natürlich war das pure Absicht.
So manches Mal hatten wir eben doch noch unseren Spaß, von allen Leuten verwechselt zu werden. Und Benjamin hatte mittlerweile abgespeckt. Da machte es noch mehr Spaß, identisch auszusehen.)

Wir setzten uns auf die Stühle.
Melina beugte sich zu mir und knabberte an meinem Ohr.
»Willst du doch schon mit der Kinderplanung anfangen?«, witzelte ich.
Melina grinste. Dann klappte sie mein Ohr nach vorne. »Nein, eher checken, wer neben mir sitzt.« Als sie meinen Leberfleck sah, lehnte sie sich entspannt gegen meine Brust. »So, nun kann der Nachmittag beginnen.«
»Kannst du mich eigentlich am Küssen unterscheiden?«, wisperte ich ihr frech ins Ohr.
Melina drehte sich zu mir um. Sie gab mir einen intensiven Zungenkuss, der mir eine hungrige Schlange der Lust durch den Leib jagte. »Ach, Benjamin, DU bist das!«, witzelte sie leise.
Voller Empörung öffnete ich den Mund.
Melina lachte. »Ich werde mir andere Anhaltspunkte suchen müssen, um euch zu unterscheiden. Solange ihr mich beim Sex nicht an der Nase herumführt...«
Ich nahm sie fest in meine Arme. »Keine Sorge, ich werde dich NIE wieder hergeben. Auch nicht an meinen Bruder, den ich über alles liebe.«
»Da bin ich aber beruhigt.« Sie zwinkerte mir zu und hielt meine Arme fest um ihren Körper geschlungen.
Grinsend widmete ich mich der Performance auf der Bühne und träumte mich alsbald in den Hafen der göttlichen Kinderzeugung.

Ende gut, alles gut?

Die letzten sechs Monate habe ich wie in Trance verbracht, und zwar an Henris Seite. Ich war mir auch sicher, dass ich den richtigen Zwilling erwischt hatte, denn immer wieder checkte ich seinen beweiskräftigen Leberfleck hinter dem rechten Ohr.
Einmal hatte Henri mich auf die Schippe genommen und behauptet, er sei Benjamin und der Leberfleck künstlich. Nun, für einen kurzen Moment kam ich tatsächlich ins Schleudern, doch dann stellte sich schnell heraus, dass der Leberfleck eben NICHT angepinnt war.
Nach einer traumhaften Zeit mit viel zu viel Leidenschaft und einer Riesenportion Humor kamen mir schon fast Zweifel, ob der Sachbearbeiter im Universum wirklich das große Los für mich gezogen hatte oder ob nicht noch irgendeine Riesenüberraschung auf mich wartete, die sich dann mit einem lauten Knall ankündigte und mein Luftschloss in einer zerplatzten Seifenblase auflöste.
Aber glücklicherweise passierte nichts dergleichen.
»So, komm, mein süßes Schneewittchen, wir wollten doch zur Session! Benjamin wird heute auftreten und braucht seelischen Beistand«, drängelte Henri, während ich vor dem Spiegel die letzten Make-up Vollendungen vollführte.
»Bin fertig«, sagte ich schließlich.

Als ich das Bad verließ, starrte Henri mich sekundenlang einfach nur an. Dann breitete er die Arme aus. »Oh Gott, bist du schön! Bist du sicher, dass wir nicht hier bleiben und den Nachmittag im Bett verbringen wollen?«
Ich warf den Kopf in den Nacken und lachte.
(Henri war einfach umwerfend! Er war humorvoll, liebevoll, leidenschaftlich und er sparte nicht mit Komplimenten.)
»Nein, wir fahren zur Session.« Ich schnappte mir seine Hand. »Du darfst auch fahren.«
»Bist du großzügig. Du hast ja auch gar kein Auto«, feixte Henri.
Ich lächelte. »Stimmt. Aber vielleicht schaffe ich mir bald eins an. Ich weiß nur noch nicht, für welches Modell ich mich entscheiden soll.«
»Ich wüsste da schon was. Aber dazu später mehr. Schließlich wollen wir ja zur Session und nicht zurück ins Schlafzimmer.«
Wir verließen Henris Wohnung und liefen zum Auto.
»Im Schlafzimmer kann man Automodelle aussuchen?«, fragte ich grinsend.
Henri machte eine ernste Miene. »Und ob man das kann! Ich werde es dir heute Abend beweisen.«
»Ich bin schon sehr gespannt.«
Spielte er tatsächlich darauf an, mit mir eine Familie zu gründen?
Ich wagte es nicht, ihn zu fragen und stieg daher einfach nur in Gedanken versunken ins Auto.
Die Fahrt zur Musikhütte ging schnell.
Es war erstaunlich wenig los auf den Straßen.
Als wir dort ankamen, platzierte ich meinen selbstgebackenen Kuchen am Buffet und begrüßte meine Mom und ihren Freund.

Danach gesellte ich mich zu den Zwillingen.
(Die sich natürlich zur Feier des Tages auch noch haargenau gleich hatten anziehen müssen!
Herr im Himmel, hörte das denn NIE auf?)
Ich war nicht die einzige, die sich darüber ›amüsierte‹.
»Benjamin, WAS soll das bitte? Wieso zieht ihr euch exakt gleich an, als wäret ihr noch drei Jahre alt?«, beschwerte sich Marie.
Ich versuchte ein Schmunzeln zu unterdrücken.
»Schatz, wir sind eben noch drei Jahre alt«, entgegnete Benjamin.
Genervt verdrehte Marie die Augen. »Und was ist, wenn ich den Falschen küsse?«
Benjamin zuckte mit den Schultern. »Da mache ich mir überhaupt keine Sorgen. Schließlich ist Henri nicht gerade scharf darauf, dich zu küssen. Du bist quasi die erste und einzige Frau, die nicht unser beider Geschmack trifft.«
»Aha!« Maries Gesicht sprach Bände.
(Die Ärmste!
Sie ahnte bestimmt, dass ich zeitweise das Objekt der Begierde für beide Zwillinge war.)
»Dann steht ihr also beide auf Melina und habt heute dann das Glück, sie beide abwechselnd küssen zu dürfen, ohne dass es auffällt?« Marie verschränkte die Arme vor der Brust.
(Ha, wusste ich es doch!
Sie war NICHT doof!)
»Wer weiß«, sagte Benjamin. Er grinste, dann zwinkerte er mir zu. »Hallo Melina! Schön, dass du mitgekommen bist.« Er umrundete seine Frau und umarmte mich.
(Guter Gott, er trug sogar dasselbe Parfum wie Henri!)
Marie begrüßte derweil Heinrich und Jochen.
»Hallo Benjamin!«, sagte ich lächelnd.

»Bist du sicher, dass ich es bin?«, witzelte Benjamin.
Ich streichelte ihm über die Wange. »Du kannst mich ja probehalber küssen, dann finde ich das schnell heraus«, wisperte ich.
Benjamin lachte leise.
Ich ließ meine Finger unauffällig hinter sein rechtes Ohr gleiten und fühlte rein gar nichts. »Du bist Benjamin! Schön, dich zu sehen.«
Benjamin drückte mir einen Kuss auf die Wange. Dann ging er mit seiner Frau in den Saal, während Henri neben mir auftauchte.
Meine Mom kaum aus dem Musiksaal und begrüßte Henri. Natürlich musste sie ausgerechnet jetzt noch das Thema ›*Familienplanung*‹ in die Waagschale werfen.
»Mama!« Ich verdrehte die Augen.
Vorsichtig schielte ich zu Henri hoch.
Wie würde er darauf reagieren?
(Ich erinnerte mich noch zu gut an die Reaktionen meines Ex-Mannes, wenn das Thema ›*Kinder*‹ auf den Tisch kam. Meistens war der Abend dann gelaufen und er warf mir dann WOCHENLANG vor, dass meine Mutter ihn unter Druck setzte.)
Henri umarmte mich und küsste mir aufs Ohr. »Ich finde, wir sollten wirklich darüber nachdenken.«
Verwundert blickte ich zu ihm auf.
Sprach er ernsthaft davon, eine Familie zu gründen?
»Worüber?«
»Über Kinder.« Henri blickte von oben auf mich herab und betrachtete mich liebevoll.
»Wirklich?«
Mir schlug das Herz vor Aufregung bis zum Hals.
»Ja.«
»Das wäre phantastisch!«

Ich platzte fast vor Glück, als Henri mich in seine Arme zog. Dann setzten wir uns auf die Stühle, die Benjamin uns an seinem Tisch reserviert hatte.
»Hi!«, ertönte es plötzlich hinter mir.
»Emma! Erst sehe ich dich wochenlang nicht und jetzt tauchst du hier überraschend bei der Session auf!« Freudestrahlend erwiderte ich den Kuss meiner Freundin.
Emma war vor fünf Monaten aus meiner Wohnung in eine eigene kleine Bude umgezogen.
Seitdem hatte sie sich ziemlich rar gemacht.
»Und du hast Steffen mitgebracht!«, fügte ich leise hinzu.
»Er ist so umwerfend.« Emma wackelte mit den Augenbrauen.
»Hallo Steffen!« Und reichte Emmas neuem Freund die Hand.
Die beiden zogen ihre Jacken aus und Emma ließ sich neben mir auf den freien Stuhl plumpsen.
»Und was gibt es Neues aus dem Hause Eisenhauer?«, fragte ich neugierig. »Ich schätze, wenn du mit Steffen hier auftauchst, heißt das, dass Till sich nicht wieder eingekriegt hat?«
»Nein. Er hat erst kürzlich mit einer Mitarbeiterin in seiner Firma angebändelt. Sie ist zehn Jahre jünger als ich und schmeißt ihm jetzt den Haushalt«, erklärte Emma.
Mitleidsvoll streichelte ich ihre Schulter. »Du Ärmste! Tut mir ECHT leid, dass Till so ein Hinterwäldler ist.«
»Muss dir nicht leid tun.« Sie beugte sich zu mir hinüber. »Steffen ist toll. In jeder Hinsicht eine Bereicherung. Und die Kinder wollen übrigens jetzt BEI MIR wohnen!«
»DANN solltest du das Haus übernehmen und Till sollte sich eine Wohnung suchen.«
Emma verdrehte die Augen. »Das habe ich auch gesagt, aber Till weigert sich, das Haus zu verlassen.«

»Regele das über einen Anwalt, Süße!«, riet ich Emma. »Dein EX-Göttergatte unterliegt nämlich dem Irrtum, dass ihm das Haus alleine gehört, nur weil er jahrelang arbeiten gegangen ist. Schmeiß ihn raus und übernehme wieder dein Reich!«

Emma grunzte. »Dann bräuchte ich polizeilichen Beistand.«

»Ich habe gehört, meine Hilfe wird benötigt?«, mischte sich nun Steffen in unser Gespräch ein.

Ich lächelte Emma an. »Ja. Emma muss ihr Haus zurückerobern und könnte etwas Hilfe brauchen«, erklärte ich.

»DAS ist überhaupt kein Problem. Wir können die feindliche Übernahme für nächste Woche planen. Bis dahin habe ich ein paar Kollegen überzeugt, mitzuhelfen«, sagte Steffen grinsend. Er legte einen Arm um Emmas Schultern und drückte ihr einen Kuss auf.

»Wer könnte so einem starken Helden widerstehen?«, witzelte Emma.

»Ich bin hoffentlich auch ein starker Held für dich«, sagte Henri leise.

Ich klopfte ihm beruhigend auf den Oberschenkel. »Du bist mein starker Held. Humorvoll, attraktiv und mit dem schönsten Lächeln gesegnet, das die Natur einem nur schenken kann.«

Wir blickten uns in die Augen und wussten, DAS hier war alles andere als eine Eintagsfliege.

ENDE...?

Über die Autorin

Sobald Lilly Fröhlich das Schreiben und Lesen gelernt hatte, gab es kein Halten mehr. Nahezu jedes Buch wurde verschlungen und bereits in der dritten Klasse schrieb sie ihr erstes Kinderbuch. Jahrzehntelang schrieb sie für die Schublade, bis sie sich mit ihrem ersten Kinderbuch an die Öffentlichkeit wagte. Viele, viele literarische Schätze schlummern noch in ihrem Schreibtisch. Die nächsten Bücher dürfen also mit Spannung erwartet werden.

Mehr erfahrt ihr auf

www.lilly-froehlich.de

Als Taschenbuch und E-Book im Handel erhältlich

Susannah-Bücher

Band 1 - Bänker sind vom Schnöselplaneten - Echt!
(ISBN: 978-3-740733261)

Band 2 - Und Clowns sind aus dem All - Echt!
(ISBN: 978-3-74074309)

Band 3 - Kinder sind vom Mars - Echt!
(ISBN: 978-3-740743604)

Susannah Johnson hat eine Pferdemähne wie ein Haflinger, einen Hintern so groß wie ein Mini-Ufo-Landeplatz und als Tochter einer wirklich biestigen Mutter nimmt sie so ziemlich jedes Fettnäpfchen mit. Sie glaubt fest an das (australische) Rumpelstilzchen und natürlich an (verschlafene) Sachbearbeiter im Universum, die ihr ständig die falschen Typen vor die Nase setzen.
Aber dann endlich findet sie ihren Traummann und natürlich macht auch das Familienglück vor diversen Pannen kein Halt.

Urkomische, romantische Liebeskomödien von Lilly Fröhlich für alle, die mal wieder so richtig lachen wollen!

Ebenso im Handel als Taschenbuch und eBook erhältlich

Mia-Kinderbuchreihe

Band 1 - Eine Patchworkfamilie für Mia
(ISBN: 978-3-740-747596)

Band 2 - Mia und die Regenbogenfamilie
(ISBN: 978-3-740-747954)

Band 3 - Mia und die Flüchtlingsfamilie
(ISBN: 978-3-740-748005)

Band 4 - Mia und die Zirkusfamilie
(ISBN: 978-3-740-748043)

Egal, ob es um die Trennung von Mias Eltern geht, um das neue Zwillingspärchen mit den zwei lesbischen Müttern, um die Flüchtlingsfamilien im kleinen Bärenklau oder den Zirkus, bei Mia ist immer etwas los!

Kindgerecht aufklärende Kinderliteratur von Lilly Fröhlich, die nichts rosarot malt und doch ein Lächeln in das Gesicht der Leser zaubert!

Schau doch mal rein!

Ebenso im Handel als Taschenbuch und eBook erhältlich

Mia-Kinder-/Jugendbuchreihe

Band 5 - Mia und die Pflegefamilie (Mobbing)
(ISBN: 978-3-740-745974)

Band 6 - Mia und die Teeniefamilie (Teenagerschwangerschaft)
(ISBN: 978-3-740-746148)

Band 7 - Mia und die Adoptivfamilie (Transgender)
(ISBN: 978-3-740-749750)

Band 8 - Mia und die Stieffamilie (Drogen)
(ISBN: 978-3-740-750527)

Mia wird größer und plötzlich sind Probleme wie Mobbing, Sexualaufklärung und Teenagerschwangerschaften sowie Transgender und Drogen ein Thema in Mias Schulklasse. Sind das auch Themen, die dich interessieren?

Auch die Jugendbücher von Lilly Fröhlich sind jugendgerecht aufklärende Bücher, die nichts rosarot malen und doch so geschrieben sind, dass die Leser die Geschichten mit einem guten Gefühl abschließen können.

Schau doch mal rein!

Ebenso als Taschenbuch und eBook im Handel erhältlich

Körpertausch -
Sei vorsichtig mit deinen Wünschen…

Lea Hasenfleck hat eigentlich alles zum Leben, was man braucht: Einen Ehemann, zwei gesunde Kinder, ein Haus und einen langweiligen Teilzeitjob. Trotz Hamsterrad des Lebens hat sie allerdings noch etwas ganz anderes: zu viel Speck auf den Rippen. Und obwohl sie sich dafür schämt, hat sie weder Zeit noch Disziplin, ein paar Pfunde abzutrainieren.

Maja-Lena Marie hat fast alles, was sie zum Leben braucht: Einen heißen Verlobten, einen traumhaften Körper und mit ihrer Firma ›Modetipp‹ ist sie einer der erfolgreichsten Online-Versandhändler der Neuzeit.

Doch was passiert, wenn sich zwei so ungleiche Frauen begegnen und plötzlich den Körper tauschen?

Eine romantische, ehrliche und erotische Komödie von N. Schwalbe zum Thema Körperideale!

ISBN 978-3-740-73483-1

Ebenso im Handel als Taschenbuch und eBook erhältlich

Dornröschens Traum

Was macht man, wenn die Saurier-Ehe nach fast 20 Jahren einen Knacks hat und Amor den falschen Mann trifft? Milly Dreizack, noch-verheiratet, hat sich ausgerechnet in Tom verliebt, den besten Freund ihres Mannes. Nun steht sie vor der Wahl: Ihr Dornröschen aus seinem Jahrhundertschlaf wecken und um die Liebe kämpfen oder ihre Träume hinter der dicken Rosenhecke versauern lassen.
Millys Lebensberater, der Teufel Luzifer und das Engelchen Aurora, sind natürlich genau gegensätzlicher Meinung, also muss Milly ihre eigene Entscheidung treffen. Nur, was ist die richtige Entscheidung? Gibt es wirklich nur einen Weg zum Herzen des Mannes, wie Luzifer behauptet?

Die neue erotische Liebeskomödie von N. Schwalbe!

ISBN: 978-3-740-749491

Ebenfalls im Handel erhältlich als eBook und Taschenbuch

Antonio Hexenmacher, 36, Single, ist weder Zauberer noch Hexer. Eines Tages ist er es leid, von einem Bett ins nächste zu hüpfen. Er beschließt, den Hafen der Ehe anzusteuern. Doch Antonio will nicht irgendeine Frau. Er will eine Hexe. Als er Johanna auf dem mittelalterlichen Spektakulum zum ersten Mal begegnet, weiß er: Das ist sie! Johanna Orlando, 31, Single, ist eine freie und unabhängige - Hexe. Sie liebt und lebt die Traditionen der Wiccas im Kreise ihrer Familie nach den Regeln von Lady Gwen Thompson: ›Und schadet es niemand, tue, was du willst‹. Doch bevor die beiden endlich den Bund fürs Leben schließen können, bedarf es mehr als nur weiße Magie, um den schwarzmagischen Attacken von Tante Adelheide Mechthild Gardner auszuweichen, denn die alte Dame hat sich in den Kopf gesetzt, die Hochzeit ihrer Großnichte mit einem nichtmagischen Mann mit allen Mitteln zu verhindern.

Die hexenhaft, romantischen Liebeskomödien von N. Schwalbe!

**Band 1 - Suche Hexe fürs Leben
(ISBN 978-1-518-715235)**

**Band 2 - Finde Hexe fürs Leben
(ISBN 978-1-518-715280)**

Ebenso im Handel erhältlich als Taschenbuch und E-Book
Zabzaraks Spiegel
(Fantasybuch)

Die Erde war einst ein Ort, an dem Menschen und Lichtwesen friedlich miteinander lebten. Doch eines Tages erklärte der machthungrige Zauberer Tarek Su Zabzarak den Krieg. Er tötete das gütige Herrscherpaar Lady Tizia und Lord Kodron. Dann stahl er den Elben das Lachen und die Musikinstrumente, so dass sie keine Menschen mehr heilen konnten. Zabzarak krönte sich selbst und wurde zum Herrscher über Zaranien. Etwa tausend Jahre später half ein Junge namens Merlin seinen Freunden bei der Suche nach einem Kater. Dabei durchbrach er den Schleier des Vergessens. Jeremy und Lissy versuchten ihn aufzuhalten und landeten mit ihm in Zaranien, dem Land der Elben und Feen. Sind die drei Freunde tatsächlich die Auserwählten? Können sie es mit dem schwarzmagischen Zauberer und seiner Armee aufnehmen?

Das beliebte Fantasymärchen für Jung und Alt von Lilly Fröhlich!

ISBN: 978-3-740-745875